CLAUDIA ROSSBACHER

Steirerland

CLAUDIA ROSSBACHER

Steirerland

SANDRA MOHRS FÜNFTER FALL

GMEINER

Personen und Handlung sind frei erfunden.
Ähnlichkeiten mit lebenden oder toten Personen
sind rein zufällig und nicht beabsichtigt.

Immer informiert

Spannung pur – mit unserem Newsletter informieren wir Sie
regelmäßig über Wissenswertes aus unserer Bücherwelt.

Gefällt mir!

Facebook: @Gmeiner.Verlag
Instagram: @gmeinerverlag
Twitter: @GmeinerVerlag

Besuchen Sie uns im Internet:
www.gmeiner-verlag.de

© 2015 – Gmeiner-Verlag GmbH
Im Ehnried 5, 88605 Meßkirch
Telefon 07575 / 2095 - 0
info@gmeiner-verlag.de
Alle Rechte vorbehalten
7. Auflage 2023

Lektorat: Claudia Senghaas, Kirchardt
Herstellung: Julia Franze
Umschlaggestaltung: U.O.R.G. Lutz Eberle, Stuttgart
unter Verwendung eines Fotos von: © Hannes Rossbacher
Druck: CPI books GmbH, Leck
Printed in Germany
ISBN 978-3-8392-1683-5

Für meine Herzallerliebsten

Ein Glossar der steirischen beziehungsweise österreichischen Ausdrücke befindet sich am Ende des Buches.

PROLOG

Der Geruch explodiert in der Nase,
beißt sich in der Lunge fest,
frisst sich durchs Gehirn.
Gedanken verblassen,
verlieren sich im Nichts.

Der Körper sinkt leblos zu Boden,
leer der Kopf.
Blutrot. Schwarz.
Die Seele entschwebt,
tanzt ins Licht.

Die Hände haben ausgespielt.
Nichts mehr spüren,
nichts mehr berühren.
In Sehnsucht verbunden,
auf ewig vereint.

KAPITEL 1

Sonntag, 3. November

1.

Nachts hatte sich dichter Nebel über das Steirische Vulkanland gelegt. Gleich einer Daunendecke, die die goldgelbe Pracht beschützen sollte. Erste Nebelfenster taten sich spätmorgens auf. Allmählich setzte sich die Sonne auf den Hügelkuppen durch. Baumwipfel, Dächer und Kirchtürme glitzerten im Morgentau. Weiter unten zogen mystische Schwaden durch Wälder, Wein- und Obstgärten, über Wiesen, Äcker und Landstraßen. Langsam, wie von Geisterhand, lösten sich auch die letzten Schleier in Nichts auf, bis das Vulkanland einmal mehr in seinem farbenprächtigsten Gewand erstrahlte.

Sandra Mohr genoss die Stille dieses Sonntagmorgens. Die frische Herbstluft, die durch die geöffnete Balkontür ins Hotelzimmer drang, weckte spürbar ihre Lebensgeister. Ein weiterer Altweibersommertag kündigte sich an. Der letzte, den sie vorwiegend mit sich selbst verbrachte. Ihr Koffer war bereits für die Abreise gepackt. In weniger als 24 Stunden war ihre Auszeit vorbei. Dann würde sie den Polizeidienst im Grazer Landeskriminalamt wieder antreten. Erholt von den Strapazen der Mordfälle, die sie zuvor mit Chefinspektor Sascha Bergmann und den anderen Kollegen aufgeklärt hatte, der Trennung von ihrem Freund Julius und den ersten Anzeichen eines Burnouts, die sie eine Weile kürzertreten ließen.

In den vergangenen drei Monaten hatte sich Sandra einer Therapie unterzogen, eine Pilgerreise angetreten und viel nachgedacht, um schließlich eine Entscheidung zu treffen. Sie würde ihren Beruf weiterhin ausüben. Dennoch wollte sie einiges ändern, um nicht noch einmal beinahe auszubrennen. Sie nahm sich vor, künftig auszusprechen, was ihr gegen den Strich ging, mehr auf sich selbst zu achten und öfter nein zu sagen. Bevor sie wieder ihre Grenzen überschritt. Sandra war gerne Polizistin, wie ihr verstorbener Vater. Sie konnte sich keinen anderen Job für sich vorstellen. Weder wollte sie Ernährungsberaterin noch Schriftstellerin oder gar Wunderheilerin werden, wie manche Frauen, die sich in Krisenzeiten völlig neu erfanden. Ihr Leben war gut, wie es war. Meistens jedenfalls. Höhen und Tiefen gehörten nun einmal dazu und ließen sich zumeist ohnehin nicht vorausplanen oder vermeiden. Besser war es, Probleme anzunehmen, sie wenn möglich zu lösen und daraus zu lernen, wie Sandra es nach ihrem Zusammenbruch getan hatte. Die Augen-zu-und-durch-Methode, mit der sie jahrelang gut gefahren war, funktionierte eben nicht immer. Vor allem dann nicht, wenn einem das Schicksal ein Bein stellte. Wie mit dem Skiunfall ihres nunmehrigen Exfreundes Julius Czerny. An seiner Querschnittlähmung war die Beziehung endgültig zerbrochen. Im Privatleben wollte sich Sandra fortan nur noch mit Menschen umgeben, die ihr guttaten. Menschen wie Andrea, die immer für sie da waren. Auch und gerade dann, wenn es ihr schlecht ging.

Während ihrer Auszeit hatte Sandra viel Zeit mit der Freundin verbracht, reichlich geschlafen und so viel gegessen wie noch nie. Gestärkt und um fünf Kilo schwerer war sie nun wieder bereit für alles, was auf sie zukommen würde. Mehr noch: Sie freute sich auf den Dienst und ihre Kollegen. Sogar auf Sascha Bergmann, der – mit Abstand betrachtet – gar kein so übler Partner war. Auch wenn sie der Chefinspektor gelegentlich auf die Palme brachte. Dass sie ihn früher zu Gesicht bekommen sollte, als sie glaubte, ahnte sie zu diesem Zeitpunkt noch nicht.

2.

»Ich habe eine Nachricht für Sie, Frau Mohr. Von einem Herrn Bergmann. Wir konnten Sie in Ihrem Zimmer nicht erreichen, als er vorhin angerufen hat.«

»Bergmann?« Sandra sah die Rezeptionistin verwundert an. Nach der ersten Schrecksekunde schob sie ihre Kreditkarte über die Empfangstheke und nahm den Briefumschlag entgegen. »Wann hat er denn angerufen?«, erkundigte sie sich.

»Die Uhrzeit steht vorne auf dem Kuvert drauf, neben Ihrer Zimmernummer«, antwortete die Hotelangestellte.

Sandra entdeckte die blasse Bleistiftschrift und blickte auf ihre Armbanduhr. Es war noch keine halbe Stunde her, dass Bergmann versucht hatte, sie zu erreichen. Während sie gerade beim Frühstück gesessen war, überlegte sie und zog den Zettel aus dem Umschlag.

›Ruf mich an, bevor du nach Hause fährst. Dringend!‹, stand da geschrieben. Sandra griff nach ihrem Handy, das in letzter Zeit nur dann eingeschaltet war, wenn sie auch wirklich bereit war zu telefonieren. Sie fand es heilsam, nicht immer und überall erreichbar zu sein. Doch damit war es demnächst wohl vorbei.

Was zum Teufel wollte Bergmann von ihr? Konnte er nicht bis morgen warten? Woher wusste er überhaupt, dass sie an ihrem letzten freien Wochenende in diesem Wellnesshotel nahe Bad Gleichenberg einquartiert war? Wahrscheinlich hatte er wieder Andrea ausgefratschelt. Außer ihrer Freundin wusste ja niemand, dass sie hier war. Oder etwa doch?

Den offiziellen Weg übers Meldeamt war der Chefinspektor bestimmt nicht gegangen. Die Behörde konnte ihren Aufenthaltsort noch gar nicht kennen. Da Sandra erst am Freitag im Hotel eingecheckt hatte, waren ihre Meldedaten dort gewiss noch nicht eingelangt. Handy- oder Laptop-Ortungen waren bei ausgeschalteten Geräten ebenfalls auszuschließen, spann sie ihre kriminalistischen Überlegungen aus alter Gewohnheit weiter. Derlei Fahndungsmaßnahmen wären zudem völlig unangemessen gewesen. Obwohl man bei Sascha Bergmann nie so genau wusste.

Sandra registrierte drei versäumte Anrufe und eine neue Nachricht von Bergmann auf ihrer Mobilbox, die ihr nicht viel mehr verriet als die Notiz. Nach so langer Zeit wieder seine Nummer zu wählen, fühlte sich seltsam an. Ihr Puls beschleunigte sich, bis er abhob. »Hast du nach mir fahnden lassen? Oder wieder mal Andrea missbraucht, um mich zu finden?«, fragte sie, kaum dass er sich auf seinem Handy gemeldet hatte.

»Missbrauch würde ich das nun nicht gerade nennen. Schließlich hat deine liebe Freundin freiwillig mitgemacht.«

Dass Bergmann sie bei der erstbesten Gelegenheit mit einem seiner Macho-Sprüche provozieren wollte, war zu befürchten gewesen. Sein dreckiges Grinsen hatte Sandra deutlich vor Augen. Den Gefallen, sich darüber zu ärgern, machte sie ihm allerdings nicht mehr. Zu ihrem eigenen Wohl würde sie künftig nicht alles persönlich nehmen. Auch das zählte zu den guten Vorsätzen, die sie gefasst hatte. »Was gibt es denn so Wichtiges, dass du mich unbedingt heute schon sprechen musst?«, bemühte sie sich, gelassen zu bleiben.

»Ich hätte dich bestimmt nicht gestört, wenn ich nicht wüsste, dass du ganz in der Nähe bist«, schlug Bergmann auf einmal deutlich sanftere Töne an. »Und dass du uns ab morgen ohnehin wieder Gesellschaft leistest.«

Gleich würde ihm ein Heiligenschein wachsen, dachte Sandra. »Soso … Ganz in der Nähe wovon eigentlich?«, wollte sie wissen.

»Vom Leichenfundort. Was denn sonst?« Bergmann blies hörbar Luft aus. Oder war das eben Zigarettenqualm gewesen? Sandra hoffte inständig, dass er in ihrer Abwesenheit nicht wieder mit dem Rauchen angefangen hatte.

»Ein Mord?«, fragte sie nach, um sicherzugehen, dass Selbsttötung, Unfall oder ein natürlicher Tod ausgeschlossen werden konnten.

»No na ned. Ich bin es, Sandra. Chefinspektor Sascha Bergmann, LKA Steiermark, Abteilung Leib und Leben. Erinnerst du dich noch an mich?« Da waren sie wieder, die gewohnt sarkastischen Töne.

Bergmann, wie er leibt und lebt, dachte Sandra und musste schmunzeln. »Ich erinnere mich sehr gut an dich, Sascha. Leider. Eine Gehirnwäsche zahlt die Krankenkassa nämlich nicht. Nur Psychotherapie.«

»Und wo ist da der Unterschied?«, ätzte Bergmann.

Sandra atmete durch, ehe sie auf den Mordfall zu sprechen kam. »Wo wurde die Leiche denn gefunden?«

»Bezirk Südoststeiermark. In der Nähe von Straden. Schon wieder …«

»Wieso schon wieder?« Sandra hatte keine Ahnung, wer in ihrer Abwesenheit gewaltsam zu Tode gekommen war. Oder wo. Während ihrer Auszeit hatte sie sich ganz bewusst von allen Nachrichten ferngehalten. Vom LKA und von den Kollegen sowieso.

»Du hast davon gar nichts mitbekommen?« Bergmann klang enttäuscht. »Also doch Gehirnwäsche …«

»Nein, ich habe nichts mitbekommen. Aber du wirst es mir bestimmt gleich erzählen. Ob ich es nun will oder nicht.« Sandra überflog die Rechnung, die ihr die Rezeptionistin wortlos zugeschoben hatte, und unterschrieb den Kreditkartenbeleg.

»Du willst also nicht. Auch gut …«

»Jetzt red schon endlich, Sascha.« Bergmann konnte einem wirklich den allerletzten Nerv rauben.

»Also doch … Möglicherweise haben wir es mit einem Serientäter zu tun«, verkündete er.

»Was du nicht sagst … So viel konnte ich mir aus deinen Worten schon zusammenreimen.«

»Es geht dir doch eh wieder gut. Gell ja, Sandra?«

Schon wieder diese scheinheiligen Töne, stellte Sandra irritiert fest. »Ja. Aber wenn du mich schon fragst: Vor deinem Anruf ging es mir bedeutend besser.«

»Aber du warst es doch, die mich angerufen hat«, korrigierte Bergmann sie mit diesem provokanten Grinsen in der Stimme.

»Nur, weil du es unbedingt wolltest«, entgegnete Sandra forscher als beabsichtigt und steckte die Hotelrech-

nung ein. Um sich zu verabschieden, nickte sie der Angestellten zu. Die grüßte lächelnd zurück und wünschte ihr
eine gute Heimreise. Von wegen … Sandra seufzte.

Während sie den schwarzen Rollkoffer neben sich her
durch die Lobby schob, gab Bergmann ihr die Wegbeschreibung zu jenem Waldstück in Hof bei Straden durch,
in dem eine Spaziergängerin an diesem Morgen eine unbe-
kannte männliche Leiche aufgefunden hatte. In etwa 25
Minuten würde der Chefinspektor dort eintreffen, schätzte
er. Tatortgruppe und Gerichtsmedizinerin waren ebenfalls
auf dem Weg zum Einsatzort. Sandra konnte es in einer
knappen Viertelstunde schaffen, wenn sie wollte. Immerhin überließ ihr Bergmann dann doch noch die Entscheidung, ob sie sofort oder erst morgen in die Mordermittlungen einstieg. Aber wo sie schon einmal in der Nähe
war, könne sie doch genauso gut den kurzen Umweg zum
Leichenfundort nehmen und anschließend über Mureck,
Sankt Veit am Vogau und Leibnitz nach Hause fahren,
ließ er nicht locker.

»Woher kennst du denn Sankt Veit am Vogau?«, wunderte sich Sandra über die ungewöhnliche Ortskenntnis
des Wiener Chefinspektors, der sich noch nicht einmal
in Graz auskannte, obwohl er seit über drei Jahren in der
steirischen Landeshauptstadt lebte.

»Ich habe mir die Strecke extra angeschaut, um dich ja
nicht zu überfordern«, erwiderte er nahezu sanftmütig.

»Du kannst die Glacéhandschuhe wieder ausziehen,
Sascha. Sie passen dir nicht.«

»Ich dachte, ich versuche es mal mit Einfühlungsvermö-
gen«, kehrte er zum üblichen süffisanten Tonfall zurück.

Sandra lachte hell auf. »Vergiss es. Das kauft dir ohnehin
niemand ab. Ich am allerwenigsten.« Schmunzelnd stellte

sie ihren Koffer hinter dem Leihwagen ab und öffnete die Heckklappe. »Ich bin schon unterwegs. Bis dann«, beendete sie das Gespräch.

Ob sie jetzt gleich oder erst in ein paar Stunden ihren Dienst wieder aufnahm, machte wirklich keinen großen Unterschied. Außerdem wollte sie endlich wissen, was es mit diesen mutmaßlichen Serienmorden auf sich hatte.

3.

Die weißen Folientunnel auf dem Gemüseacker zu ihrer Linken ließen Sandra die Streifenwagen, die dahinter auf dem Feldweg parkten, zu spät erkennen, um noch rechtzeitig vor der Kreuzung abbremsen und abbiegen zu können. Den Gedanken, zurückzusetzen oder den Toyota zu wenden und zur Abzweigung zurückzufahren, verwarf sie gleich wieder. Stattdessen stellte sie den Kleinwagen hinter einer Funkstreife am Bankett ab. Der Forstweg, der von dort in ein Waldstück führte, war durch das Einsatzfahrzeug ohnehin schon blockiert. Wen störte es also, wenn sie auch noch dahinter parkte?

Bevor Sandra den Sicherheitsgurt öffnen konnte, stand ein Uniformierter neben dem Wagen und deutete ihr, dass sie hier nicht stehen bleiben durfte. Sie hielt ihren Dienstausweis gegen die Scheibe. Nur gut, dass sie ihn – im Gegensatz zu ihrer Dienstwaffe, den Handschellen und anderen kriminalpolizeilichen Ausrüstungsgegenständen – auch privat stets bei sich trug. Augenblicklich wich der Polizist zurück und kam neben seiner hageren Kollegin zu stehen, die inzwischen ebenfalls die Funkstreife verlassen hatte.

Sandra stieg aus dem Leihwagen aus und stellte sich offiziell vor. »Abteilungsinspektorin Sandra Mohr, LKA Steiermark.«

Die beiden Uniformierten von der Polizeiinspektion Halbenrain nannten ihrerseits Namen und Dienstränge.

»Die Kollegen aus Graz sollten etwa in einer Viertelstunde hier eintreffen. Wo ist die Leiche?«, kam Sandra direkt zur Sache.

»Hier drin.« Der Polizist deutete in den Wald.

»Kommt wer mit zur Fundstelle oder finde ich sie allein?«, fragte Sandra.

»Ich komm schon mit«, bot sich der Kollege an.

»Vom Feldweg, wo die anderen Einsatzwagen stehen, ist es aber näher«, warf die Polizistin ein.

»Wir können genauso gut durch den Wald gehn«, entgegnete ihr Partner, offenbar genervt von ihrer Besserwisserei.

»Wie weit ist die Stelle denn von hier entfernt?«, fragte Sandra.

»Keine 300 Meter.«

»Haben Sie Handschuhe für mich?«

Die Polizistin holte ein Paar Einweghandschuhe aus der Funkstreife und überreichte sie der LKA-Ermittlerin.

»Danke. Gehen wir.« Sandra setzte sich in Bewegung. »Wo ist die Zeugin, die den Toten aufgefunden hat?«, wandte sie sich an ihren Begleiter.

»Drüben am Feldweg. Beim Inspektionskommandanten Stöckler«, sagte er. »Wir kennen die Frau. Krenn Waltraud heißt sie, eine Pensionistin, wohnhaft in Hof bei Straden.

Nach der Sonntagsmesse war sie mit ihrem Hund spazieren. Ohne den hätt s' die Leich wahrscheinlich gar nicht entdeckt.«

»Wann genau war das denn?« Erst jetzt bemerkte Sandra, dass sie fröstelte ohne ihre Jacke, die sie im Auto gelassen hatte. Obwohl die Herbstsonne an diesem späten Vormittag durch die teilweise kahlen Kronen der Laubbäume schien, war es kühl im Wald. Die leichte Brise, die ihr um die Nase wehte, roch nach Holzrauch, als würden in der Nähe Fleisch oder Würste geselcht werden. Sandra beschleunigte ihre Schritte.

»Wir sind um halb zehn von der Einsatzzentrale verständigt worden.« Sandras Begleiter passte sein Tempo dem ihren an und streckte den Arm aus. »Der Tote liegt dort hinten. In einem Graben unterm Laub.« Er deutete zu einem Holzstoß, in dessen Nähe sich zwei weitere Polizisten miteinander unterhielten. »Ihm fehlen beide Hände«, berichtete er weiter.

»Ihm fehlen die Hände?«, hakte Sandra nach.

»Ja, sie wurden ihm abgetrennt.«

Sandra hielt vor dem brusthohen, etwa vier Meter langen Holzstoß inne und streifte die Handschuhe über. »Sie meinen, im Zuge seiner Ermordung?«

Der Uniformierte sah Sandra an, als wäre sie schwer von Begriff. »Ja sicher.«

Sicher? Der Mann hätte ja auch schon vor seinem Tod bei einem Unfall die Hände verlieren können. Oder ein paar Waldtiere hatten nach seiner Ermordung daran genagt, überlegte Sandra. »Könnte es sich nicht auch um Tierfraß handeln?«, fragte sie. »Füchse, Wildschweine, Ratten, Krähen ...?« Es brauchte höchstens drei Tage, bis eine Rotte Wildschweine einen ganzen Menschen aufgefressen hatte.

Der Polizist zuckte mit den Schultern. »Glaub ich nicht.«

»War die Leiche denn vollständig mit Laub bedeckt, als sie aufgefunden wurde?«

»Die Kollegen wissen das besser als ich. Sie haben den Fundort abgesichert und sind seither hier postiert.«

Sandra trat hinter den Holzstoß und wandte sich an die Uniformierten am Absperrband, um ihnen dieselbe Frage zu stellen. Neben dem Surren zahlreicher Fliegen waren immer wieder Stimmen aus ihren Funkgeräten zu vernehmen. Ebenso jene, die von den Einsatzfahrzeugen am nahen Feldweg in den Wald herüberdrangen. Um sie verstehen zu können, waren diese jedoch zu weit entfernt.

»Der Zeugin ihr Hund hat die Leich ausm Laub ausgegraben«, antwortete einer der Männer. »Dann ist sie in die Muldn einigstiegen und hat nachgschaut, ob s' dem Mann noch helfen kann. Die Frau Krenn war früher Hebamme. Von dem her kennt sie sich medizinisch recht gut aus. Aber da war nix mehr zu machen. Die Leich is ja schon am Verwesen«, berichtete der Landpolizist gleichmütig, als stünden derartige Leichenfunde auf der Tagesordnung.

Sandra wollte sich gerade nach dem ersten Mordopfer erkundigen, als der andere Beamte ihrer Frage zuvorkam. »Wir ham dann auch noch ein bissl was vom Laub wegg'schafft, damit wir seine Taschen durchsuchen können. Anschließend ham wir ihn wieder mit Blattln zuadeckt«, schilderte er die Vorgänge weiter.

Wozu das denn, wunderte sich Sandra. »Irgendwelche Hinweise auf seine Identität? Brieftasche? Ausweis? Handy? Persönliche Gegenstände?«

Beide Polizisten schüttelten die Köpfe. »Nicht einmal ein Schneiztiachl.«

»Wurde die Position der Leiche verändert?«

Wieder folgte synchrones Kopfschütteln. »Liegt genauso da wie vorher.«

Sandra nickte. Es war nicht das erste und bestimmt nicht das letzte Mal, dass Polizisten bei einem Einsatz neue Spuren an einem Tatort oder Fundort setzten, die später abgeglichen werden mussten, um zu den tatrelevanten zu gelangen. Den Kommentar, der ihr auf der Zunge brannte, schluckte sie hinunter und tauchte stattdessen unter dem rot-weißen Flatterband mit dem Polizei-Schriftzug hindurch. Die Leiche lag jetzt gute zwei Meter von ihr entfernt, bäuchlings in einem Graben, der mit kupferbraunem Laub gefüllt war. Kopf, Arme und Beine waren fast vollständig damit bedeckt. Nur der Rücken und das Gesäß, beide durch schwarze Kleidung verhüllt, ragten hervor.

»Werd ich hier noch gebraucht?«, hörte sie hinter sich den Polizisten, der sie hergeführt hatte, fragen.

»Nein danke«, winkte Sandra ab, ohne sich umzudrehen. Vorsichtig setzte sie einen Fuß vor den anderen, um so den Boden unter den abgestorbenen Blättern zu ertasten, während sie sich der Leiche im Graben langsam näherte. Schon einmal hatte sie beim Joggen im Wald eine Vertiefung unter einer laubbedeckten Stelle übersehen und sich eine langwierige Bänderzerrung im Sprunggelenk zugezogen. Einen ähnlichen Unfall wollte sie tunlichst vermeiden. Ihre Füße fanden den Rand einer Mulde. Kontrolliert rutschte Sandra seitlich weiter hinab, bis sie sicher im knietiefen Laub zu stehen kam. Wenn hier ohnehin schon alles durchwühlt worden war, konnte sie sich genauso gut auch noch umsehen, bevor die Tatortgruppe eintraf und Leiche und Fundort für die nächsten Stunden blockierte. Dass dem Toten beide Hände fehlten, konnte Sandra bestätigen, nachdem sie seine Arme behutsam aus dem Laub gehoben und die Ärmel des schwarzen Samtsakkos und des ebenso schwarzen Hemdes hochgeschoben hatte. Die Amputation der Hände war in beiden Fällen oberhalb der Handgelenke erfolgt. Zum Ellenbogen hin fehlten Hautteile. Die Wundränder waren ausgefranst, zahlreiche Maden fraßen sich bereits durchs Gewebe. Die Frakturen von Elle und Speiche ließen hingegen auf ein scharfkantiges Tatwerkzeug schließen. Sandra war kein einheimisches Tier bekannt, das die Knochen dermaßen glatt hätte durchtrennen können. Während sie sich neben den Kopf der Leiche hockte, wachelte sie mit der Hand wiederholt vor ihrem Gesicht herum, um die Fliegenschar zu vertreiben, die der Verwesungsgeruch magnetisch anzog. Sorgfältig fegte sie die Blätter vom Kopf und vom Hals des Mannes. Dann fasste sie in die braunen Locken, um seinen Kopf zur Seite zu drehen und eine tiefe Schnittwunde an der Kehle zu entdecken. Die Schlagader war durchtrennt. Maden und Insekten waren hier ebenso emsig am Werk wie an den Ohren. Ihr spontaner Verdacht des postmortalen Tierfraßes schien sich wenigstens an dieser Stelle zu bestätigen. Das andere Ohr war in einem ähnlichen Zustand. Die Nasenlöcher waren wie auch die Augen von Maden bevölkert. Andere Tiere als Insekten hatten diese Stellen wohl nicht erreichen und an ihnen nagen können, da der Tote darauf gelegen war. Ansonsten konnte Sandra keine sichtbaren Verletzungen ausmachen. Dafür hätte sie die Position des Leichnams verändern beziehungsweise ihn auskleiden müssen, was glücklicherweise nicht zu ihren Aufgaben zählte. Ohne den Obduktionsbefund zu kennen, der den Ermittlern frühestens am nächsten oder übernächsten Tag vorliegen würde, deutete für sie momentan alles darauf hin, dass der Mann verblutet war. Und dass er länger als zwei bis drei Tage tot sein musste. Die Totenstarre hatte sich bereits aufgelöst, Verwesung und Insektenbefall waren fortgeschritten. Auffällig erschien ihr, dass weder die Kleidung noch das Laub in der Nähe der Leiche sichtbare Blutflecken aufwiesen. Zumindest nicht an jenen Stellen, die in der Auffindesituation zu sehen waren. Der Regen konnte keine Spuren fortgewaschen haben. In der Region hatte es zuletzt vor einer guten Woche Niederschlag gegeben, wusste Sandra von der Frau, die sie in der Hotelsauna in ein Gespräch verwickelt hatte. War das wirklich erst gestern gewesen? Es kam ihr vor, als wären inzwischen mehrere Tage vergangen. Ein sicheres Zeichen, dass sie wieder in ihrem Job angekommen war.

Sandra erhob sich aus der Hocke und suchte den Graben mit ihren Blicken ab. Oberflächlich war auch hier kein Blut zu entdecken. Sich weiter durch das Laub zu wühlen, um auf mögliche Spuren zu stoßen, überließ sie liebend gern der Tatortgruppe, die dafür zuständig war. Allen voran deren Leiter, Manfred Siebenbrunner. Die Tatsache, dass jemand anders als er und seine Leute zuerst in der Nähe der Leiche gewesen war, würde ihm bestimmt miserable Laune bescheren, wusste Sandra aus leidvoller Erfahrung. Ein Schauer jagte über ihren Rücken. Den Leiter der Kriminaltechnik hatte sie während ihrer Auszeit am allerwenigsten vermisst. Der Gedanke an den überheblichen Forensiker bereitete ihr beinahe noch größeres Unbehagen als die Gesellschaft der verstümmelten, verwesenden Leiche neben ihr.

Sandra stieg aus dem Graben, um die nähere Umgebung genauer zu begutachten. Nichts deutete darauf hin, dass sie sich am Tatort befand. Vielmehr sah alles danach aus, als wären sowohl der Mord als auch die Amputation der Hände woanders durchgeführt und die Leiche erst später hier abgelegt worden. Warum schnitt man jemandem die Hände ab, fragte sie sich. Um einen Diebstahl zu bestrafen, wie es im Mittelalter und gegenwärtig in einigen islamischen Staaten noch immer praktiziert wurde? Oder um die Identifizierung der Leiche zu erschweren, da keine Fingerabdrücke mehr genommen werden konnten? Der Tote hatte keine Papiere und keine persönlichen Gegenstände bei sich. Hatte der Täter diese vielleicht aus demselben Grund verschwinden lassen? Oder hatte man ihn beraubt? Was war mit den Zähnen des Opfers? Sandra hatte es verabsäumt nachzusehen, ob das Gebiss erhalten war. Der Abgleich des Zahnstatus würde ohnehin im Gerichtsmedizinischen Institut erfolgen. Sofern der Mann zu Lebzeiten einen Zahnarzt in Österreich oder Ungarn, dem Zahnmekka vieler Österreicher, konsultiert hatte, würden sie seine Identität mehr oder weniger rasch feststellen können.

Noch einmal betrachtete Sandra das Mordopfer im Graben, diesmal von weiter oben. Wo waren seine Hände geblieben, fragte sie sich. Entweder der Täter hatte sie – aus welchen Gründen auch immer – mitgenommen, oder ein Tier hatte sie als willkommene Beute angesehen und verschleppt. Falls die fehlenden Gliedmaßen nicht doch noch unter dem Laub verborgen waren, was Sandra aufgrund der augenscheinlichen Spurenlage bezweifelte.

»Sandra! Griaß di!«, unterbrach eine Frauenstimme ihre Überlegungen. Sie wandte sich um und sah Miriam Seifert winkend auf sich zukommen. Im Schatten der jungen groß gewachsenen Kollegin folgte Sascha Bergmann, die obligate Sonnenbrille auf der Nase. Den schwarzgerahmten Klassiker hatte Sandra allerdings noch nie an ihm gesehen. Zuletzt hatte er eine verspiegelte Pilotenbrille getragen, die sie immer mit Pornodarstellern assoziierte. Dabei konnte sie sich nicht einmal erinnern, wann sie zuletzt einen solchen Film gesehen hatte.

»Voll schön, dass du wieder da bist«, fügte Miriam, strahlend wie eh und je, hinzu. Fehlte nur noch, dass sie ihr gleich um den Hals fiel. Angesichts der Leiche, die Miriam aus ihrer Perspektive noch nicht sehen konnte, wäre diese Geste völlig fehl am Platz gewesen. Immerhin musste die junge LKA-Ermittlerin doch am Polizeiabsperrband erkennen, dass sie sich dem Leichenfundort näherte. Sandra konnte nicht umhin, über die herzliche Art der Kollegin zu schmunzeln. Genau wie die beiden Provinzpolizisten, die sich über die Blondine mit Modelmaßen sichtlich amüsierten. Nur Bergmann blieb todernst.

Beim Anblick der Leiche wich der fröhliche Ausdruck schlagartig aus dem hübschen Gesicht der Kollegin. Ihr überschwänglicher Auftritt schien ihr nun doch ein wenig peinlich zu sein. Vor allem vor den ihr unbekannten Männern, deren Blicke noch immer an ihr klebten. Was mehr an ihrem attraktiven Äußeren lag als an ihrem ungestümen Verhalten, vermutete Sandra.

Bergmann half Miriam prompt aus der Verlegenheit, indem er die Aufmerksamkeit der Uniformierten auf sich zog. »Was gibt's denn hier so blöd zu grinsen?«, schnauzte er die beiden an. Dann wandte er sich Sandra zu. »Servus«, begrüßte er sie knapp, aber immerhin. Mehr hatte sie auch gar nicht von ihm erwartet.

»Hallo, Sascha. Griaß di, Miriam.« Sandra schenkte der Kollegin ein Lächeln, das diese nunmehr zögerlich erwiderte.

»Und?«, erkundigte sich Bergmann, den Blick auf die Leiche gerichtet. »Schon was herausgefunden?«

Er hatte sich kein bisschen verändert, stellte Sandra fest. Weder sparte er mit schlechten Scherzen, wie vorhin in ihrem ersten Telefongespräch seit Monaten, noch nahm er sich sonst ein Blatt vor den Mund. Selbst Fremden gegenüber nicht. Dass der drahtige, bald 40-Jährige stets unrasiert und unfrisiert in löchrigen Jeans und Sportschuhen daherkam, war auch nichts Neues. Dennoch freute sich Sandra, ihn wiederzusehen. Wenngleich sie ihm das bestimmt nicht auf die Nase binden würde.

Besonders viel hatte sie dem Chefinspektor noch nicht zu berichten, außer ihren Schlüssen, die sie aufgrund der ersten Eindrücke vor Ort gezogen hatte.

Bergmann und Miriam hörten ihr aufmerksam zu, verzichteten jedoch darauf, den Toten selbst aus der Nähe zu betrachten. Die Gerichtsmedizinerin würde ohnehin jeden Augenblick hier eintreffen, meinte Bergmann, der unterwegs mit Doktor Jutta Kehrer telefoniert hatte.

Dass die Tatortgruppe soeben im Anmarsch war, war nicht zu überhören. Siebenbrunner schimpfte wie ein Rohrspatz, kaum, dass er die Kollegen ohne Schutzoveralls und Schuhüberzüge im abgesperrten Bereich erblickte.

Das konnte ja heiter werden, dachte Sandra. Ihre kurze Erläuterung der Fakten verschlimmerte die Laune des Chefforensikers nur noch. Wobei ihr Anblick allein vermutlich schon ausreichte, um Siebenbrunner den Tag zu verderben. Umgekehrt war auch ihr Ärger über ihn ziemlich rasch so weit gediehen, dass sie kurz davor stand, zu explodieren. Wie gut, dass Bergmann darauf drängte, den Fundort der Spurensicherung zu überlassen und die Zeugin einzuvernehmen.

Sandra atmete erst einmal tief ein und aus, während sie zu dritt die direkte Route zum Feldweg einschlugen. »Was für ein Grantscherbn«, murmelte sie.

»Einmal Wölli, immer Wölli«, stimmte Miriam ihr zu.

Sandra wandte sich an Bergmann. »Du hast vorhin erwähnt, dass es kürzlich schon einen Mord in der Gegend gegeben hat«, kam sie auf seine Bemerkung am Handy zurück.

Bergmann nickte. »Wenn du mich nachher nach Graz mitnimmst, erzähle ich dir unterwegs alles. Miriam kann ja allein zurückfahren.«

»Von mir aus …« Sandra sah die Kollegin fragend an.

Miriam deutete ihr mit einer Geste, dass sie ihr den Vortritt ließ. »Du schaust übrigens voll super aus«, sagte sie zu Sandra, während Bergmann, nunmehr einige Schritte vor ihnen, auf den ersten Streifenwagen in der Reihe zueilte. »Mindestens fünf Jahre jünger«, fügte sie an.

»Ach wirklich? Und fünf Kilo schwerer«, gestand Sandra.

Miriam musterte sie von oben bis unten. »Zu dünn in deinem Alter ist eh nix. Wegen der Falten …«

»Danke«, erwiderte Sandra trocken. Mit der letzten Bemerkung hatte Miriam ihr Kompliment mit einem Schlag wieder zunichtegemacht.

»Oh, entschuldige bitte. So hab ich's nicht gemeint. Meine Mama sagt das immer.« Erst jetzt wurde Miriam bewusst, dass sie, wie so oft, ins Fettnäpfchen getreten war.

Sandra schmunzelte einmal mehr über die unverblümte Art der Kollegin, die sie durchaus zu schätzen wusste. Auch wenn es oftmals besser gewesen wäre, vorher zu denken und nachher zu sprechen und nicht umgekehrt. »Schon gut, ich kenne diese Weisheit. In einem gewissen

Alter muss man sich entscheiden: entweder fürs Gesicht oder für den Hintern«, zeigte sie sich versöhnlich, obgleich sie nicht gedacht hatte, dass sie mit ihren 34 Jahren schon zu dieser Altersgruppe zählte. Aus Sicht der 23-jährigen Miriam wohl aber doch.

Zum Glück hatte sich Bergmann inzwischen dem Inspektionskommandanten zugewandt, sodass ihr ein Kommentar aus seinem Mund wenigstens erspart blieb. »So schnell sieht man sich also wieder«, sprach er ihn an.

»Leider«, meinte der Uniformierte, sichtlich betroffen.

»Das hast du hoffentlich nicht persönlich gemeint. Oder, Stöckler?« Bergmann grinste ihn an, die Daumen im Hosenbund eingehakt.

»Was? Nein. Ich hab den Mord gemeint«, beteuerte der Landpolizist mit unverändert ernster Miene. »Glaubst du, das war derselbe Täter, der den Haselbacher Markus auf dem Gewissen hat?«

»Wenn es kein Nachahmungstäter war, halte ich es für sehr wahrscheinlich, dass der Mörder des Jungwinzers noch einmal zugeschlagen hat. Ist in den letzten Tagen bei euch jemand als vermisst gemeldet worden?«

Stöckler seufzte. »Nicht bei uns. Aber in Leibnitz. Eine Musikgruppe namens ›Trio fatal‹ hat ihren Akkordeonspieler als vermisst gemeldet. Der Mann ist seit Mittwoch abgängig. Die Burschen hätten dort ein Konzert geben sollen. Am Abend zuvor haben s' das letzte Mal im Kulturhaus in Straden aufgespielt.«

»Volksmusik?« Bergmann verzog das Gesicht, als würde ihm allein der Gedanke an dieses Musikgenre Schmerzen bereiten.

»Nein, leider nicht. Im Kulturhaus spielen s' meistens Jazz. Das ist nix für mich.«

»Über Geschmack lässt sich nun mal nicht streiten«, ätzte Bergmann.

Stöckler schien seinen sarkastischen Tonfall gar nicht wahrzunehmen. »Mir sind die Kabarettabende dort eh viel lieber. Wir ham ja in unserm Beruf eher wenig zum Lachen. Überhaupt in letzter Zeit«, meinte er.

»Humor ist, wenn man trotzdem lacht«, erwiderte Bergmann süffisant.

Auch dieser Kommentar prallte an Stöckler ab. Von dem Stoiker konnte sie sich noch einige Scheiben abschneiden, stellte Sandra voller Bewunderung fest.

»Habt ihr ein Foto von dem Vermissten? Und seine Daten?«, kam Bergmann zur Sache.

»Hier ist sein Steckbrief. Wir haben ihn im Einsatzwagen für euch ausgedruckt.«

Bergmann und Sandra studierten gemeinsam den Zettel. Die braunen lockigen Haare stimmten mit jenen der Leiche überein, wenngleich sie auf dem Foto etwas kürzer geschnitten waren. Das geschätzte Alter kam ebenfalls hin. Der abgängige Christian Maric hatte am 13. August dieses Jahres seinen 28. Geburtstag gefeiert, der leider auch sein letzter gewesen sein dürfte. Die Beschreibung der Kleidung, die der Tote zuletzt getragen hatte – eine schwarze Hose, ein schwarzes Hemd und ein ebenfalls schwarzes Samtjackett, dazu knöchelhohe graue Sneakers – passte ebenso.

»Gut. Wir kümmern uns dann um alles Weitere. Wo ist denn die Zeugin, die die Leiche gefunden hat?«, fragte Bergmann.

»Bei der Zeugin handelt es sich um die Krenn Waltraud«, erklärte Stöckler den Ermittlern nichts Neues. »Ich hab sie vor einer halben Stunde gehn lassen. Sie war ein bissl groggy und wollt lieber aufm Koglerhof auf ihre Einvernahme warten. Ist ja nimmer die Jüngste, die Traudl. Aber Arzt wollt sie partout keinen haben.«

»Und wo ist dieser Hof?«

Stöckler drehte sich um und deutete zur Anhöhe. »Gleich hinter dem Acker rechts die Kurve hinauf. Nach den Hollerbüschen ist der Koglerhof. Er g'hört der Josefine, die Traudl ... die Frau Krenn ist ihre Taufgodl.«

»Ich nehme mal an, das soll Taufpatin heißen«, sagte Bergmann.

»Genau.«

»Von Josefine Kogler«, sagte Bergmann und war drauf und dran, sich den Namen zu notieren.

»Aber nein«, unterbrach Stöckler ihn. »Kogler ist der Vulgoname.«

Sandra und Miriam grinsten einander an.

»Ihr immer mit euren komischen Vulgonamen. Als ob man sich nicht so schon viel zu viele Namen merken müsste«, beschwerte sich der Chefinspektor aus Wien, der lange genug in der Steiermark ermittelte, um an diese ländliche Sitte gewöhnt zu sein.

»Die Josefine heißt Haselbacher mit Nachnamen. Sie ist Schweinebäuerin, baut aber auch Holler und Marillen an«, sagte Stöckler.

»Haselbacher? Wie der tote Winzer?«

Stöckler nickte. »Er war ihr Cousin.«

»Ach so, verstehe. Jeder mit jedem ...« Einmal mehr war es Bergmann, der nun grinste, »... verwandt, meine ich.«

»Das macht das Namenmerken doch wiederum um einiges einfacher für dich«, stichelte Sandra.

Bergmann steckte Notizblock, Stift und Steckbrief in die Innentasche seiner Jacke. »Wo steht dein Wagen?«

»Den Feldweg hinunter, dann links. Wir können aber auch den Abstecher zurück durch den Wald nehmen«, meinte Sandra.

Bergmann schüttelte den Kopf und deutete zu einem zivilen Wagen in der Reihe. »Miriam fährt uns zu diesem Hof hinauf. Und nach der Einvernahme zu deinem Auto.«

Sandra starrte ungläubig den schwarzen Audi an. »Wir haben einen neuen Dienstwagen?« Kaum zu fassen, dass der alte VW-Passat in ihrer Abwesenheit gegen einen funkelnagelneuen A6 eingetauscht worden war.

»Da siehst du mal, was dir alles entgangen ist«, meinte Bergmann. »Servus, Stöckler«, verabschiedete er sich vom Inspektionskommandanten.

Der hob seine Hand gemächlich an den Kappenrand. »Pfiat eich«, grüßte der Landpolizist die drei Ermittler aus der Landeshauptstadt und ließ seinen Arm ebenso langsam wieder herabsinken.

4.

Schnüffelnd streckte Bergmann die Nase in die Luft, kaum, dass er aus dem Wagen ausgestiegen war. »Da stinkt's ja gar nicht mal so arg.«

Sandra wusste, dass der Chefinspektor um Landwirtschaftsbetriebe, die Tiere hielten, nicht nur aus olfaktorischen Gründen einen möglichst großen Bogen machte. »Was ist mit deiner Katzenhaarallergie?«, erkundigte sie sich grinsend.

»Wie weggeblasen. Auch meine anderen Allergien. Seit unserem letzten Fall im Mürzer Oberland. Obwohl ich es ja selbst kaum glauben kann …«

Sandra erinnerte sich noch gut an die Tropfen, die Bergmann einer blinden Naturheilerin abgekauft hatte. Dass diese anscheinend nachhaltig gegen seine Allergien wirkten, überraschte auch sie.

»Die Schweine sind dort oben. Und der Wind kommt aus der anderen Richtung«, sagte Miriam, die wie Sandra auf dem Land aufgewachsen war. Wenngleich die Seiferts in der Oststeiermark keine Vieh-, sondern Apfelbauern waren, war Miriam mit der Natur und mit landwirtschaftlichen Betrieben aller Art bestens vertraut. Den neuen Holzbau mit den vergitterten Seitenwänden und dem Freigelände davor, der etwas abseits auf der anderen Straßenseite lag, hatte sie auf den ersten Blick als Schweinestall identifiziert, auch wenn sich die Tiere vermutlich drinnen in den schattigen Bereichen aufhielten und aus dieser Entfernung nicht zu erkennen waren. Dass die anderen Gebäude des bunt zusammengewürfelten Hofensembles aus früheren Jahrhunderten stammten, verrieten die verschiedenen Baustile. Der hintere Teil des alten gemauerten Schweinestalls war ziemlich verfallen. Der große Schuppen, in dem Sandra landwirtschaftliche Geräte und Fahrzeuge vermutete, war in einem etwas besseren Zustand. Dazwischen watschelte eine Gruppe schnatternder Gänse, die in wenigen Tagen ihren Lebenszweck erfüllt haben und als schmackhafte Martinigansln im Rohr landen würden.

Die drei LKA-Ermittler strebten auf den modernen Anbau aus Glas und Holz zu, der sich kontrastreich, aber durch die Edelrostfassade doch harmonisch, an das zweistöckige ältere Haupthaus anfügte. Dessen Dachgeschoss war anscheinend im Zuge der letzten Renovierung ausgebaut worden. Wie der neue Schweinestall trug auch der Zubau die Handschrift eines zeitgenössischen Architekten. Über dem Glasportal prangte der Schriftzug ›Kogler Hofladen‹, der in eine Blende aus Edelrostmetall gestanzt war.

»Das Geschäft ist geschlossen«, stellte Bergmann fest, nachdem er vergeblich versucht hatte, die Glastür zu öffnen.

»Ist ja auch Sonntag«, sagte Sandra und trat neben ihm an die Scheibe heran, die im gleißenden Sonnenlicht die Umgebung reflektierte. Um die Spiegelungen weitgehend abzuschirmen, legte sie beide Händen an ihre Wangen und ans Glas an und erhaschte so einen Blick ins Ladeninnere.

»Ganz schön stylish, die Hütte«, hörte sie Miriam hinter ihrem Rücken sagen.

Dasselbe galt auch für drinnen. In den Regalen und auf dem Verkaufstisch reihten sich größtenteils weiß etikettierte Schraubgläser und Flaschen fein säuberlich aneinander. Die lange Kühlvitrine unterhalb des Verkaufspultes war unbeleuchtet, weshalb ihr Inhalt nicht zu erkennen war.

»Hübscher Laden. Alles sehr ansprechend und appetitlich arrangiert«, stellte Sandra fest, ehe sie sich wieder den Kollegen zuwandte.

»Versuchen wir's mal im Wohnhaus«, schlug Miriam vor.

5.

Die junge Frau, die den LKA-Ermittlern die Tür öffnete, warf auf den ersten Blick alle Klischees über den Haufen, die man landläufig mit einer Schweinebäuerin assoziierte. Ihre langen, schlanken Beine und die schmalen Hüften steckten in hautengen dunkelblauen Stretchjeans. Über dem hellgrauen T-Shirt trug Josefine Haselbacher eine grobmaschige graumelierte Strickweste, die gleichermaßen schick wie lässig an ihr wirkte. Die Naturschönheit mit den braunen Augen und den glänzenden dunkelbraunen Haaren, die am Oberkopf zu einem Pferdeschwanz zusammengebunden waren, hätte vermutlich auch in einem Jutesack eine blendende Figur abgegeben – bei dem Gardemaß, das ihr schlanker, aber athletischer Körper aufwies. Sie überragte selbst Miriam, die filigraner gebaut war als sie, um zwei bis drei Zentimeter. Sandra fühlte sich mit ihren 1,70 Metern wie ein Zwerg zwischen den beiden jungen Frauen, jenseits der 1,80 Meter.

Dass Bergmann die Landwirtin eine Spur zu lange anstarrte, fiel hoffentlich nur Sandra auf. Das Einzige, was bei näherer Betrachtung den Beruf dieser Frau verriet, waren die rauen Hände mit den kurz geschnittenen Fingernägeln, die an Arbeit sichtlich gewöhnt waren. Die lange, schmale Form der Finger hätte wiederum zu einer Künstlerin gepasst. Aber womöglich steckte eine solche auch noch in dem Mädchen, ging es Sandra durch den Kopf.

»Die Frau Krenn wartet in der Stubn auf Sie«, bat Josefine Haselbacher sie mit klarer Stimme und regional gefärbtem Dialekt herein. Im Haus war Bellen zu hören.

Und eine dunklere laute Frauenstimme, die dem Hund befahl, endlich still zu sein.

Waltraud Krenn blieb auf der Eckbank sitzen und hielt den kläffenden weiß-grauen Terrier-Mischling am Halsband zurück. »Jetzt halt's doch zamm!«, schimpfte sie. »Der Lumpi tut Ihnen nix«, wandte sie sich an die Besucher. »Er will Sie nur begrüßen. Dann gibt er eh gleich wieder Ruh.«

»Lassen Sie ihn doch einfach los«, sagte Bergmann, ehe der Rüde auf ihn zustürmte, um sich von ihm seine Streicheleinheiten zu holen. Bei Hunden kannte der Chefinspektor keine Berührungsängste, wusste Sandra. Ebenso wenig wie sie. Nur bei Deutschen Schäferhunden war sie vorsichtig, was am hohen Risiko-Index dieser Rasse lag. Kampfhunde hin oder her, keine Rasse biss so häufig zu wie der Deutsche Schäferhund, was einschlägige Statistiken immer wieder belegten. »Du hast den Toten also gefunden«, sprach sie den drolligen drahthaarigen Hund an, der ihr nicht einmal bis zu den Knien reichte, und ließ ihn an ihren Fingern schnuppern. Dann setzte sie sich wie die beiden Kollegen zu Frau Krenn an den Tisch. Das Tier entspannte sich und machte zu Füßen seines Frauchens Platz. Nur Josefine lehnte noch immer mit verschränkten Armen am Türrahmen, als überlege sie, ob sie in der Stube bleiben oder diese verlassen sollte.

»Wir waren am Feldweg spazieren, ausnahmsweise ohne Leine«, erzählte die ältere mollige Frau mit den kurz geschnittenen weißen Haaren. »Ich weiß eh, dass das eigentlich verboten ist, aber …«

»Da sehen Sie mal, wozu sowas führen kann«, unterbrach Bergmann sie. »Das erste Mordopfer, Markus Haselbacher, war ein Verwandter von Ihnen?«, sprach er Josefine

unvermittelt an. Die stutzte kurz, ehe sie seiner Aufforderung folgte und sich zu ihnen gesellte.

»Ein entfernter Verwandter«, sagte sie im Hinsetzen.
»Der Markus war mein Cousin dritten Grades. Unsere
Urgroßeltern waren Geschwister.«

»Trotzdem warts ihr doch recht eng miteinander«, sagte
Waltraud Krenn.

»Na ja, er war ja auch mein Lieferant, Traudl«, stellte
Josefine klar. »Einer von mehreren. Und ich bin nicht die
Einzige, die seinen Wein in ihrem Laden verkauft. Neben
meinen und vielen anderen Produkten aus der Region«,
sagte sie zu Bergmann gewandt. Mit gesenktem Blick fuhr
sie fort. »Sein Tod hat mich natürlich getroffen. Er war
ein lieber Kerl, der Markus. Und ein aufstrebender Jungwinzer – Silberberg-Absolvent … Für meinen Geschmack
war sein Grauburgunder der beste von allen, und in ein
paar Jahren hätt er das Weingut und den Buschenschank
von seinem Vater übernehmen sollen.«

Bergmann nickte wissend.

Sandra ging davon aus, dass der Chefinspektor die Bio-
grafie des ersten Mordopfers soweit kannte. Im Gegensatz
zu ihr. Solange sie nicht auf dem aktuellen Ermittlungsstand war, hielt sie sich lieber im Hintergrund und hörte
aufmerksam zu.

»Ja, das war er«, bestätigte Frau Krenn. »Ich hab ihn wie
die meisten Kinder hier auf die Welt g'holt. Früher war ich
nämlich Hebamme. Schrecklich, dass bei uns so was pas-
sieren muss. Und dann auch noch gleich zweimal hinter-
einander … Nie im Leben hätt ich mir das gedacht. Wer
tötet denn so junge Menschen? Und schneidet ihnen Körperteile ab?« Die bisher so resolut wirkende Frau biss sich
auf die Lippen, um gegen ihre Tränen anzukämpfen.

Demnach waren dem ersten Opfer auch die Hände abgetrennt worden, schloss Sandra aus ihren Worten. Oder hatte Waltraud Krenn andere Körperteile gemeint?

»Beruhig dich, Traudl. Wart, ich hol dir frische Taschentücher.« Josefine erhob sich. »Mag vielleicht jemand einen Kaffee? Oder was anderes?«, fragte sie in die Runde. »Allerheiligenstriezel wär noch da.«

Bergmann und Miriam nahmen das Kaffeeangebot an. Sandra begnügte sich mit einem Glas Wasser.

»Die Josefine ist mein Patenkind«, erzählte Frau Krenn, inzwischen wieder gefasst, während die junge Frau im Küchenbereich der Stube mit der Kaffeemaschine hantierte. »Sie ist so ein tüchtiges Dirndl. Hat den Hof bald nach der Landwirtschaftsschule von ihrem Onkel Josef übernommen. Nachdem er mim Traktor tödlich verunglückt ist. Der Sepp, ihr Opa, kann sich ja leider um nix mehr kümmern. So, wie der beinander ist.«

»Traudl, es geht hier nicht um mich oder um den Hof«, unterbrach Josefine die Frau aus der anderen Ecke des Raumes.

»Ja leider.« Bergmann räusperte sich. Hatte er das eben wirklich gesagt? »Also von vorn, Frau Krenn«, fuhr er fort. »Wann genau haben Sie heute Morgen die Leiche gefunden?«

»Das muss gegen halb zehn gewesen sein. Ich hab nicht auf die Uhr gschaut. Der Lumpi war auf einmal futsch. Ich hab ihn im Wald bellen gehört. Also bin ich hinterher und hab ihn dann im Graben gefunden, neben dem Mann, der dort unten auf dem Bauch gelegen ist. Mir war sofort klar, dass der keinen Arzt mehr braucht. Drum hab ich gleich 133 gewählt. Zum Glück hab ich mein Handy dabeigehabt.«

»Das solltest du immer mitnehmen, wenn du allein spazieren gehst. Für Notfälle …« Josefine stellte das Tablett mit den Getränken, einigen Scheiben des Allerheiligenstriezels und einer Butterdose auf dem massiven Holztisch ab. Dann zog sie eine Packung Taschentücher aus der Westentasche und reichte sie ihrer Taufpatin.

»Dank dir schön, mein Herzl. Ich hab ja eigentlich gehofft, dass es für mich keine Notfälle mehr gibt, nachdem ich zu keinen Geburten mehr muss.« Waltraud Krenn schnäuzte sich lautstark, während Bergmann den Zucker in seinen Kaffee rieseln ließ. Miriam goss Milch in die handbemalte Keramiktasse und nahm ebenfalls einen Schluck.

»Wenn das so weiter geht, kann man sich bei uns ja bald nimmer aus dem Haus trauen«, fuhr Frau Krenn mehr ärgerlich als ängstlich fort, während sie ihren Striezel dick mit Butter bestrich.

Falls sie es tatsächlich mit einem Serienmörder zu tun hatten, passte eine ältere Dame wie Waltraud Krenn wohl kaum in dessen Beuteschema, überlegte Sandra. In beiden Fällen waren junge Männer ermordet und verstümmelt worden. So viel hatte sie inzwischen mitbekommen. Dennoch war es zu früh, um das Gefahrenpotenzial für andere Bevölkerungsgruppen abschätzen zu können.

Bergmann stellte seine Kaffeetasse ab. »Haben Sie den Toten schon einmal gesehen, als er noch gelebt hat?«, fragte er.

»Ich weiß nicht. Von hinten hab ich ihn nicht erkennen können«, meinte Frau Krenn kauend.

»Sie haben seine Position also nicht verändert?«

»Nein.«

»Und auch nichts aus seinen Taschen entwendet?«

Waltraud Krenn schluckte den Bissen in ihrem Mund hinunter. »Wie bitte? Na hearn S', Sie ham vielleicht Nerven …«

»Reine Routinefrage«, unterbrach Sandra die aufgeregte Frau.

»Ich glaub, ich bin im falschen Film.« Waltraud Krenn lehnte sich erschöpft zurück.

Langsam drehte Bergmann sein Kaffeehäferl auf der Untertasse einmal um die Achse, als wolle er das Blumendekor auf Fehler überprüfen. »Sagt Ihnen der Name Christian Maric etwas?«, fragte er, ohne aufzublicken.

»Maric? Ich kenn einen Buchhändler in Leibnitz, der so heißt. Aber sein Vorname ist Thomas. Der versorgt mich immer mit Kriminalromanen. Die les ich am liebsten. Nur nix Skandinavisches, das ist mir zu düster …« Waltraud Krenn biss erneut von ihrem Stollen ab. Dass sie nun selbst als Zeugin in einen Kriminalfall verwickelt war, schien ihren Appetit nicht zu beeinträchtigen. »Ich bin öfter in Leibnitz. Meine Schwester lebt seit 35 Jahren dort«, erklärte sie mit vollem Mund.

»Und Sie?«, wandte sich Bergmann an Josefine.

»Ich nicht. Ich hab leider wenig Zeit zum Lesen. Wenn, dann bestell ich meine Bücher im Internet. Das ist praktischer.«

»Ich meinte eigentlich, ob Sie einen Herrn Maric kennen«, sagte Bergmann, ungewohnt geduldig.

Josefine lachte auf. »Ach so, entschuldigen Sie bitte … Nein, ich kenn keinen Maric. Weder einen Christian noch einen Thomas«, antwortete sie.

»Ist Maric der Name von dem Toten im Wald?«, erkundigte sich Waltraud Krenn, noch immer kauend.

»Das müssen wir erst überprüfen«, blieb Bergmann vage.

»Wann haben Sie Markus Haselbacher denn zum letzten Mal lebend gesehen?«

»Beim Erntedank-Brunch in Neusetz. Am 20. Oktober«, war sich Waltraud Krenn sicher. »Das hab ich aber schon letztens Ihren Kollegen gesagt.«

»Es wurden über 80 Leute befragt, an deren Aussagen ich mich beim besten Willen nicht lückenlos bis ins kleinste Detail erinnere«, meinte Bergmann. »Und wann haben Sie Ihren Cousin zuletzt gesehen, Frau Haselbacher?«

»Auch bei diesem Sonntagsbrunch«, sagte Josefine. »Zwei Tage später hätte er uns Wein liefern sollen. Da war er aber schon tot.«

»Und verraten Sie mir bitte noch einmal, wo Sie beide am Abend des 20. Oktober waren? Zwischen 19 und 22 Uhr?«

»Daheim«, meinte Waltraud Krenn.

»Kann das jemand bezeugen?«

»Nein. Ich bin Witwe und leb allein mit dem Lumpi.« Der letzte Bissen vom Germgebäck verschwand in ihrem Mund.

»Und Sie?«

»Ich war auch daheim.«

»Wann sind Sie nach Hause gekommen?«

»Zwischen 15 und 16 Uhr«, antwortete Waltraud Krenn und wischte ihre Finger mit der Serviette ab.

»Auch so um diese Zeit herum. Leider taugt mein Opa als Zeuge nix«, sagte Josefine.

»Der Sepp ist dement«, fügte die ältere Frau hinzu.

»Verstehe. Und wo waren Sie von Dienstag auf Mittwoch dieser Woche?«

»Zu Hause«, wiederholte Frau Krenn.

»Da war doch dieses Jazzkonzert …«, überlegte Josefine laut.

»Genau. Waren Sie dort?«

»Ja.«

»Allein?«

»Ich bin allein ins Kulturhaus und allein wieder nach Hause gefahren. Vor dem Konzert hab ich ein paar Leute dort getroffen und mit ihnen geplaudert.«

Sandra notierte sich die Namen. »Und nach dem Konzert?«

»Bin ich gleich gegangen, weil ich nochmal nach dem Opa schauen wollt.«

»Wer arbeitet denn sonst noch bei Ihnen auf dem Hof?«, fragte Bergmann weiter. »Sie können das alles doch unmöglich allein schaffen. Die Schweinezucht, das Obst, der Laden …«

»Nicht zu vergessen meine eigenen Produkte«, sagte Josefine nicht ohne Stolz. »Die meisten Ideen sind auf meinem Mist gewachsen. Wie das Sugo vom Wollschwein oder die Wollschweintrüffeln. Der Vater hilft mir bei den Rezepten. Er ist Fleischhauer in Straden und für die Veredelung zuständig.«

»Sie züchten Mangalitza-Schweine«, meldete sich Miriam erstmals zu Wort.

»Ja. Ich hab auf Mangalitza-Haltung umgestellt, nachdem ich den Hof vom Onkel übernommen hab. Das ist eine alte, robuste Fettschweinerasse, die wegen der früher beliebteren Fleischschweinerassen hierzulande beinahe ausgestorben wär. Mit dem dichten Haarkleid und der dicken Speckschicht können sich die Wollschweine, wie sie auch genannt werden, das ganze Jahr über im Freien aufhalten. Anders als die üblichen Schweinerassen, die im Winter draußen erfrieren und im Sommer einen Sonnenbrand nach dem andern kriegen täten. Langsam ist diese

Rasse wieder im Kommen. In der Region sind es inzwischen vier Landwirte, die Wollschweine züchten. Ab und zu werden auch Turok-Schweine mit höherem Muskelanteil eingekreuzt, um die Fleischqualität zu verbessern.«

»Deine Qualität hat aber auch ihren Preis«, warf Waltraud Krenn ein.

»Billigfleisch und artgerechte Tierhaltung sind halt schwer vereinbar. Man muss ja auch nicht jeden Tag Fleisch essen, Traudl. Bevor ich billiges Fleisch aus dem Supermarkt kauf, verzicht ich lieber ganz drauf. Aber das muss jeder für sich selbst entscheiden. Wenn ich mich an die armen Viecher vom Onkel erinner … Auf den Vollspaltenböden haben s' nicht wühlen können, sich aber umso leichter verletzt. Die Muttersäue sind wochenlang in den Kästen eingepfercht gewesen, angeblich, damit s' die Wuggerln beim Säugen nicht zerquetschen. Die haben sich nicht einmal umdrehen können.

Natürlich hat sich die Landwirtschaft stark verändert. Immer mehr Leute müssen ernährt werden, die immer weniger für Lebensmittel bezahlen wollen. Gleichzeitig werden die Bauern immer weniger, weil sie bei den niedrigen Schweinepreisen nicht überleben können. Wir sind gezwungen, uns zusätzliche Standbeine zu suchen und auf Konsumenten zu hoffen, die den Wert unserer Lebensmittel zu schätzen wissen und dafür auch angemessen bezahlen. Andernfalls geht's eben nur mit Massenproduktion. Wobei es nicht nur die schwarzen Schafe gibt, die in der Zeitung stehen, wenn zum Beispiel die Lüftung im Großstall ausfällt und 1.800 Tiere elendiglich verrecken. Aber solange die Masse der Konsumenten nicht bereit ist, mehr Geld fürs Fleisch auszugeben, wird's Missstände in der Tierhaltung geben. Wer die Bauern zwingt, möglichst günstig zu produzieren, braucht sich dann auch nicht über Tierquälerei aufregen.«

»Wie viele Schweine leben denn auf Ihrem Hof?«, fragte Miriam.

»Maximal 120. Für mehr ist nicht genug Platz. Die können sich drinnen im Stall, aber auch draußen im Freigehege aufhalten. Ganz wie sie mögen. Aber mit dem sprechenden Ferkel, das frech über die Wiese hüpft, hat das kaum was zu tun. Solche Werbungen gaukeln den Leuten ein völlig falsches idyllisches Landwirtschaftsbild vor, das mit der Realität überhaupt nix zu tun hat.«

»Wollschweine leben doch auch länger, bis sie geschlachtet werden. Nicht wahr?«, kehrte Miriam zur Mangalitza-Rasse zurück.

»Genau. Geschlachtet werden die Tiere erst im Alter von 18 Monaten bis zwei Jahre. Wir füttern nur Weizen, Gerste, angereichert mit Proteinen und Spurenelementen. Keinen Mais. Von dem her legen sie nicht so rasch zu wie die üblichen Mastschweine. Und das Fleisch ist auch gsünder, reich an Omega-3-Fettsäuren und cholesterinarm. Schmecken tut's sowieso besser.«

»Schlachten Sie auch selber?«, fragte Bergmann.

»Hausschlachtungen gibt's bei uns schon lang keine mehr. Unmöglich bei den heutigen Hygienevorschriften, außer für den Eigenbedarf am Hof. Wir haben einen Schlachter in der Nähe von Fehring. Ein kleiner Familienbetrieb. Die Schweindln werden dort zu Tode gestreichelt. Na ja, fast …« Josefine lächelte Bergmann an, was seine Wirkung nicht verfehlte. Wieder sah er sie einen Augenblick zu lange an, anstatt ihren Vortrag über Schweinehaltung zu unterbrechen, was er normalerweise längst getan hätte. Stattdessen trank er seinen Kaffee aus.

»Wenn's ans Schlachten geht, führe ich drei bis vier Tiere mit dem Anhänger zum Schlachter. Dort bleiben sie dann mindestens einen Tag lang auf der Weide«, erzählte Josefine weiter, »damit sie den Transportstress abbauen können. Obwohl der Schlachthof eh nur eine halbe Stunde von uns entfernt ist. Da hält sich die Aufregung in Grenzen. Und wenn's gar nicht damit rechnen, werden's mit der Elektrozange betäubt, bevor ihr artgerechtes Schweineleben endet.«

Warum Bergmann Josefine an dieser Stelle anlächelte, war Sandra ein Rätsel. Augenscheinlich war hingegen, dass er sich mehr für die Landwirtin als für die Zeugin, die die Leiche gefunden hatte, interessierte. Was bestimmt nicht an den Wollschweinen oder irgendwelchen Delikatessen lag. »Kümmern Sie sich auch um den Verkauf der Produkte?«, fragte er weiter.

»Ich hab den Hofladen erst im vergangenen Jahr ausgebaut, um meine Produkte noch besser direkt vermarkten zu können. Ich bau ja auch Holler und Marillen an, um mit der Landwirtschaft über die Runden zu kommen. Wir verkaufen auch andere Produkte aus der Region, sofern die Qualität passt: Wein, Kürbiskernöl, Gemüseprodukte wie Chutneys und Saucen, Obstbrände und und und. Alles, was das fruchtbare Vulkanland so hergibt und was unsere Leut daraus produzieren. Weil der neue Hofladen von Anfang an recht eingeschlagen hat, hab ich die Irmi als Verkäuferin eingestellt.«

»Irmi?«, griff Bergmann den Namen auf.

»Die Kolleritsch Irmgard. Sie ist aus Bad Gleichenberg.«

»Ach ja, Frau Kolleritsch. Wir haben sie im Zuge unserer Ermittlungen schon einvernommen. Hier schließt sich also der Kreis …«

»Welcher Kreis?«, fragte Waltraud Krenn skeptisch.

Bergmann ging auf ihre Frage nicht ein. »Ist Frau Kolleritsch hier?«, wollte er wissen.

»Nein. Am Sonntag hat die Irmi frei. Genau wie der Fipsl, der sich um die Schweindln kümmert und mir auch sonst am Hof zur Hand geht. Er wohnt in der Dachkammer.« Sie deutete zur dunklen Holzbalkendecke. »Und der Großvater nebenan.«

»Fipsl?«

»Philipp. Blasl Philipp.«

»Ihr Knecht?«

Josefine lachte hell auf.

»Knechte und Mägde gibt's schon lange nimmer«, meldete sich Waltraud Krenn zu Wort. »Landwirtschaftliche Hilfskräfte, heißen die heutzutag. Man darf ja auch nimmer Neger sagen. Aber warum löchern Sie eigentlich die Josefine? Ich hab den Toten doch gfunden.«

Das fragte sich Sandra schon die längste Zeit.

»Routinefragen«, erwiderte Bergmann. »Schließlich liegt der Hof in der Nähe beider Leichenfundorte. Ihr Helfer wohnt also in der Mansarde?«

»Ja. Ich hab den Fipsl vom Onkel übernommen. Er ist ein bissl behindert. Von dem her ist er ziemlich menschenscheu. Aber er ist am Hof gut eingearbeitet und auch ansonsten ein braver Kerl«, erklärte Josefine.

»Herr Blasl ist wie alt?«

»Der Fipsl ist jetzt 23«, antwortete Waltraud Krenn, ohne lange nachzudenken. »Bei der Geburt hat sich die Nabelschnur um seinen Hals gewickelt. Deswegen war das Gehirn eine Zeitlang nicht ausreichend mit Sauerstoff versorgt. Er hat eine Monospastik am linken Bein. So was kommt leider vor.« Waltraud Krenn seufzte. Ganz hatte sie den folgenschweren Zwischenfall von damals wohl nicht verwunden.

»Immerhin hast du ihm das Leben gerettet, Traudl«, tröstete Josefine ihre Patentante. »Und seit der letzten OP kommt er doch auch viel besser zurecht.«

Waltraud Krenn nickte.

»Der Fipsl ist glücklich hier am Hof. Die Arbeit macht ihm riesigen Spaß. Er liebt die Schweindln, und es fehlt ihm an nix«, sagte Josefine.

»Du behandelst ihn ja auch viel besser, als der Josef es seinerzeit getan hat. Gott hab ihn selig«, sagte Waltraud Krenn.

»Das ist nicht besonders schwer. Aber lassen wir das. Über Tote soll man nicht schlecht reden«, entgegnete Josefine.

»Wurde Herr Blasl nach Herrn Haselbachers Tod von der Polizei befragt?«, wollte Bergmann wissen.

»Ja«, bestätigte Josefine. »Er kann sich nicht so gut artikulieren, deshalb war ich bei der Befragung dabei. Ich bin seine langsame, schwer verständliche Sprache gewöhnt. Wir waren beide hier am Hof. Das steht bestimmt im Protokoll.«

Bergmann verzichtete auf eine weitere Befragung des Gehilfen. »Und Ihr dementer Großvater wohnt im Nebengebäude. Wurde der einvernommen?«, fragte er.

Josefine nickte. »Das hat aber nix gebracht. Die Krankheit ist zu weit fortgeschritten.«

»Der Sepp wird vom mobilen Pflegedienst betreut. Er hat's Rennerte, wie man so schön sagt. Er poscht alle Augenblick ab und wird woanders wieder aufgeklaubt. Dabei ist er eh schon ganz wacklert unterwegs. Es streut ihn auch dauernd her. Drum hab ich ihm vor ein paar

Wochen einen Rollstuhl besorgt. Die Josefine hat eh schon genug um die Ohren.« Waltraud Krenn griff nach einem weiteren Stück Stollen, um dieses wie schon zuvor mit Butter zu bestreichen. »Wolln S' nicht doch ein Stück kosten? Den hab ich gebacken, weil die Josefine ja keine Oma mehr hat. Von der Tradition her machen das bei uns die Großmütter zu Allerheiligen, wissen S'?«

Sandra hätte das Angebot gern angenommen, wären sie privat hier gewesen. So aber winkte sie erneut ab, wie Bergmann und Miriam auch.

Josefine seufzte. »Letztens wär der Opa fast vom Bus überfahren worden …«

»In einem Pflegeheim für Demenzkranke wär er auf alle Fälle besser aufgehoben. Aber das kann sich ja kein Mensch leisten. Warum wir als einziges Bundesland einen Pflegeregress haben und für pflegebedürftige Angehörige zur Kasse gebeten werden, versteht sowieso niemand. So viel zur hochgelobten Reformpartnerschaft«, mokierte sich Waltraud Krenn über die steirische Landespolitik.

Bergmann setzte an, sie zu unterbrechen, doch Josefine war schneller. »Der mobile Pflegedienst ist halt doch um einiges günstiger als ein Pflegeheim. Deshalb hab ich den Opa zu Hause behalten und hoff, dass ihm nix passiert, wenn er grad allein ist. Ich kann ihn ja schwer ans Bett anbinden.«

»Als Enkelin sind Sie doch gar nicht regresspflichtig«, warf Sandra ein.

»Ich nicht, aber mein Vater. Der schwimmt auch nicht grad im Geld, und Platz hat er sowieso keinen fürn Opa. Außerdem hat der sein Lebtag aufm Hof hier gewohnt.«

»Ja dann vielen Dank.« Bergmann beendete die Befragung, die, soweit Sandra dies beurteilen konnte, keine wesentlichen Ermittlungsfortschritte gebracht hatte.

Wenngleich der Chefinspektor einen durchaus zufriedenen Eindruck machte.

Auf dem Weg zurück zum Parkplatz sah sich Sandra noch einmal um. Der Koglerhof lag verschlafen in der Mittagssonne, idyllisch umringt von Obstgärten und Äckern, die um diese Jahreszeit bereits abgeerntet waren. Hinter dem Hof begann der Wald. Von der anderen Straßenseite leuchtete das gelbe Laub der Weinstöcke des Nachbarn herüber, dessen Weingarten direkt ans Gehege der Schweine grenzte. Sandras Blick streifte das Nebengebäude. Hinter dem gekippten Fenster glaubte sie einen Schatten wahrgenommen zu haben, der sich wegbewegt hatte. Als sie hinsah, war er fort. Nur der Vorhang bewegte sich leicht. »Ich glaube, wir wurden eben beobachtet«, sagte sie. Trotz der warmen Mittagstemperatur hatte sie plötzlich eine Gänsehaut.

»Von wem?«, fragte Bergmann und sah sich um.

Sandra deutete auf das Fenster. »Dort drüben ist gerade jemand hinter dem Vorhang verschwunden.« Oder hatte sie sich das nur eingebildet? War sie einer optischen Täuschung aufgesessen?

»Ich seh nix«, sagte Miriam.

Bergmann zuckte mit den Schultern. »Wenn du keine Halluzinationen hast, war das bestimmt nur der alte Haselbacher. Der wohnt ja im Nebengebäude«, meinte Bergmann und setzte den Weg zum Parkplatz fort.

Wahrscheinlich hatte er recht. Wenn dort überhaupt jemand gestanden war, war es wohl der Altbauer gewesen. Daran war nun wahrlich nichts ungewöhnlich, schon gar nicht unheimlich. Sandra öffnete die hintere Tür des Dienstwagens und nahm auf der Rückbank Platz. Miriam startete den Wagen und lenkte ihn auf die Straße.

»Check doch mal, ob der vermisste dritte Mann inzwischen wieder aufgetaucht ist. Oder ob sich die beiden Jazzmusiker um einen neuen Akkordeonspieler umsehen müssen«, sagte Bergmann zu Miriam gewandt.

Nach der Kurve konnten sie bereits die Einsatzfahrzeuge und den Leichenwagen am Feldweg neben dem Wald stehen sehen.

»Mach ich dann auf dem Rückweg nach Graz«, antwortete Miriam. »Soll ich gleich einen Vernehmungstermin mit ihnen ausmachen? Für den Fall, dass es noch immer kein Lebenszeichen von Maric gibt?«

Sandra sah den Chefinspektor von hinten nicken.

»Warte, bleib doch mal dort vorn bei Jutta stehen. Ich frage sie rasch wegen des Obduktionstermins.« Bergmann sprang aus dem Audi, kaum, dass dieser zum Stillstand gekommen war.

»Na der hat's aber eilig«, bemerkte Miriam grinsend.

Auch Sandra sah dem Chefinspektor hinterher und beobachtete, wie er auf der anderen Seite des Feldwegs die Gerichtsmedizinerin ansprach. Das letzte Mal, als sie die beiden miteinander erlebt hatte, hatte Gewitterstimmung geherrscht, erinnerte sie sich nur allzu gut. Was zwischen den beiden vorgefallen war, hatte sie damals wie heute nicht interessiert. Es nervte sie auch so schon gewaltig, dass Bergmann Berufliches und Privates nicht trennen konnte. Weniger wegen der Ärztin, die er ungeniert hofiert und wohl auch außerhalb des Dienstes getroffen hatte, sondern viel mehr, weil er anfangs versucht hatte, bei Sandra zu landen. Erst hatte sie es gar nicht kapiert, dann hatte sie ihn abblitzen lassen. Aber das war eine andere Geschichte, die längst verjährt war. Der Transportsarg, der eben in den Leichenwagen geschoben wurde, raubte Sandra die Sicht auf Bergmann und die Gerichtsmedizinerin.

Miriam wandte sich zu ihr um. »Ich bin echt froh, dass du wieder da bist.«

»War's denn so schlimm mit Bergmann?« Sandra rutschte auf der Rückbank nach vorn. Der Leichenwagen setzte sich langsam in Bewegung. Doktor Kehrer redete, während Bergmann ihr zuhörte. Dabei kaute er am Bügel seiner Sonnenbrille und nickte wiederholt.

»Nein. Der ist doch eh ganz handzahm. Meistens jedenfalls. Aber wir sind einfach zu wenige Ermittler. Im ersten Mordfall stecken wir ganz am Anfang. Und jetzt passiert auch noch ein zweiter …« Miriam seufzte.

Bergmann setzte die Sonnenbrille auf und strebte federnden Schrittes auf den Audi zu.

»Vielleicht hilft uns der zweite Mord ja, beide Fälle aufzuklären«, sagte Sandra. Das war aber auch schon der einzige mögliche Vorteil an einem Serienmord. Der große Nachteil war, dass der Täter jederzeit wieder zuschlagen konnte. Wenn es ihnen nicht rechtzeitig gelang, ihn auszuforschen und von einem dritten Mord abzuhalten.

6.

Miriam bremste den Dienstwagen ab und ließ die ranghöheren Kollegen aussteigen, um anschließend allein nach Graz zurückzufahren.

Bergmann schwang seine Jacke über die Schulter und

überquerte neben Sandra die Fahrbahn. Von der Funkstreife, hinter der sie vorhin den Toyota geparkt hatte, war nichts mehr zu sehen.

»Das ist jetzt aber nicht dein Ernst.« Bergmann hob seine Sonnenbrille einige Zentimeter von der Nase und betrachtete den Kleinwagen argwöhnisch.

»Was denn? Ist dir das Auto etwa nicht gut genug?«

Die Sonnenbrille landete wieder auf Bergmanns Nasenrücken. »Was heißt gut? Du weißt doch, dass mir Autos ziemlich wurscht sind. Aber das hier ist zweifellos ein bisschen zu klein geraten, findest du nicht?«, meinte er spöttisch.

Sandra drückte den Entriegelungsknopf am Autoschlüssel. Die Schlösser sprangen klackend auf. »Dann passt es ja perfekt zu mir«, murmelte sie.

»Was? Wieso?«

»Ach vergiss es.«

Bergmann grinste. »Hast du jetzt auch noch einen Minderwertigkeitskomplex wegen der beiden groß gewachsenen jungen Damen aufgerissen?«

Wie so oft hatte er zielsicher den wunden Punkt getroffen. Aber daran war Sandra selbst schuld. Hätte sie mal den Mund gehalten, wäre ihr sein sarkastischer Kommentar erspart geblieben. Rein äußerlich ließ sie die Bemerkung an sich abprallen und blieb sachlich. »Es ist nur ein Leihwagen, Sascha. Ab morgen chauffiere ich dich wieder im Dienstauto herum. Aber steig doch erst einmal ein. Da drinnen ist nämlich mehr Platz, als du glaubst.«

»Klein, aber oho«, hauchte Bergmann und packte sein anzüglichstes Grinsen aus.

»Du musst es ja wissen«, konterte Sandra und stieg in den Wagen.

Bergmann fuhr mit dem Beifahrersitz so weit wie möglich nach hinten und gurtete sich an. Während der Fahrt nach Graz beschwerte er sich kein einziges Mal mehr über mangelnden Komfort. Stattdessen weihte er Sandra endlich in den ersten Mordfall ein.

Markus Haselbachers Leiche war am 21. Oktober um 11.50 Uhr unweit des zweiten Fundortes, der sich auf der anderen Seite des Hügels, auf dem sich der Koglerhof befand, entdeckt worden. »Der ermordete Winzer lag im Laderaum seines BMW Kombi auf der umgeklappten Rückbank«, berichtete Bergmann. »Das Auto stand auf dem Parkplatz eines stillgelegten Gasthofs. Einem Bauern, der morgens und mittags mit dem Traktor vorbeifuhr, kam es seltsam vor, dass der Wagen so lange mitten in der Pampa parkt.«

»Wo liegt denn der Winzerhof der Haselbachers?«

»In Tieschen, keine zehn Kilometer vom Leichenfundort entfernt.«

»Tieschen. Kenne ich.«

»Das war ja klar.«

Es war offensichtlich, dass Bergmann nicht wegen ihrer guten Ortskenntnisse grinste, sondern über ihre Herkunft aus einem abgelegenen Dorf im steirischen Krakautal. Einen Kommentar ersparte sich Sandra. Schließlich hatte sie sich vorgenommen, nicht mehr alles persönlich zu nehmen. Selbst, wenn Bergmann es so gemeint hatte.

»Jutta konnte die Todeszeit auf den Vorabend zwischen 19 und 22 Uhr eingrenzen«, fuhr er fort. »Todesursache war ein tiefer Halsschnitt, der ihm mit einem sehr scharfen Messer oder einem Skalpell zugefügt wurde. Der Täter muss hinter seinem Opfer gestanden sein und die Tatwaffe von links nach rechts über den Hals geführt haben.«

»Demnach ein Rechtshänder.«

Bergmann nickte.

»Waren Markus Haselbachers Hände ebenfalls amputiert?«

»Nein. Die Hände waren unversehrt. Dafür haben ihm beide Unterschenkel gefehlt. Die Amputationen wurden oberhalb der Kniegelenke durchgeführt. Nicht gerade nach dem Lehrbuch, meint Jutta. Dennoch ist der Täter sehr sorgfältig und mit einigem anatomischen Knowhow vorgegangen.«

»Sorgfältig?«

»Na ja, ein Unkundiger hätte einfach eine Säge angesetzt oder mit einer Hacke zugeschlagen und die Gliedmaßen durchtrennt, fertig. In diesem Fall wurden die Haut und das subkutane Fettgewebe mit einem Skalpell oder einem sehr scharfen Ausbeinmesser bearbeitet. Beide haben eine gebogene Klinge, die spitz zuläuft. Ebenso wurde die Muskulatur durchtrennt, wobei bei Operationen ein Elektrokauter eingesetzt wird, um die Blutungen in Schach zu halten. Das war hier nicht der Fall. Die großen Gefäße wurden durchgeschnitten, allerdings ohne wie bei OPs vorher vernäht zu werden. War vermutlich eh schon egal, denn der Patient«, an dieser Stelle malte Bergmann Gänsefüßchen in die Luft, »war zu diesem Zeitpunkt schon verblutet. Die Knochen wurden dann, wie vom Chirurgen, mit einer Knochensäge durchtrennt.«

»Merkwürdig.«

»Am merkwürdigsten war die Schnittführung: Von den beiden Oberschenkeln wurden Hautlappen entnommen. Normalerweise ist das umgekehrt.«

»Was heißt umgekehrt?«

»Üblicherweise verbleibt bei einer Amputation ein ausreichend großer Hautlappen samt Gewebe, um das Knochenende damit vollständig bedecken zu können. Dieser Lappen verheilt dann zum Stumpf, der in weiterer Folge in der Prothese sitzt. Bei Haselbachers Leiche hat dieser nicht nur gefehlt, sondern es wurden oberhalb der Amputationsstellen solche Teile entfernt. Als würde man die abgetrennten Gliedmaßen damit bedecken wollen.«

Sandra runzelte die Stirn. »Das ist wirklich seltsam und legt nahe, dass wir es mit einem medizinisch geschulten Täter zu tun haben.«

»Kann gut sein.«

»Ein Arzt oder Pfleger, eine Krankenschwester ...«, überlegte Sandra laut. »Oder eine Hebamme?«

»Du traust diese Taten doch nicht etwa Waltraud Krenn zu?«

»Nicht wirklich. Einmal abgesehen vom fehlenden Mordmotiv: Warum sollte sie die zweite Leiche im Laub verscharren, um sie nach Tagen wieder aufzufinden und die Polizei zu verständigen? Vor allem aber: Wie soll sie den Transport der Leiche bewerkstelligt haben? Allem Anschein nach ist der Mann an einem anderen Platz als am Fundort verblutet. War das bei Haselbacher eigentlich auch der Fall?«

»Yep. Darüber hinaus konnte das Labor Chloroformrückstände in seiner Leiche nachweisen. Dafür hat die restliche Blutmenge noch ausgereicht. Wir müssen demnach davon ausgehen, dass das Opfer betäubt wurde, bevor es starb und ausblutete. Danach wurde amputiert.«

»Aber nicht in seinem Wagen?«, vermutete Sandra.

»Ausgeschlossen bei dieser Spurenlage«, bestätigte Bergmann. »Die Kriminaltechnik konnte ein paar Fingerabdrücke und Haare von Haselbacher und zwei seiner Bekannten, die irgendwann einmal mitgefahren sind, sicherstellen. Kaum Blut.«

»Dann sind also sowohl die beiden Morde als auch die Amputationen woanders erfolgt. Wäre noch zu klären, wie die Leichen an die Fundorte gelangt sind.«

»Im ersten Fall mit dem Auto des Opfers. Ansonsten konnten auf dem Parkplatz keine relevanten Spuren sichergestellt werden.«

»Hm … Und wie ist die Leiche in den Laderaum gekommen? Wie schwer war der Mann ohne seine Beine? Und kaum noch Blut im Körper?«, fragte Sandra.

»Restlos ausgeblutet war seine Leiche nicht. Ein wenig Blut verbleibt immer im Körper«, bestätigte Bergmann. »Ein Unterschenkel samt Fuß wiegt an die sechs bis sieben Kilogramm. Ohne diese und ohne die etwa fünf Liter Blut, die der Leiche gefehlt haben, hat er noch immer stolze 75 Kilogramm auf die Waage gebracht. Haselbacher war ursprünglich 1,90 Meter groß«, wusste er von der letzten Autopsie, der er beigewohnt hatte.

»Zu schwer für eine Frau. Es sei denn, sie hätte einen Komplizen gehabt. Oder eine Komplizin. Was ist mit Josefine Haselbacher? Sie hatte es jedenfalls nicht weit zu den beiden Fundorten.«

»Das ist doch nicht dein Ernst.«

Dass es das nicht war, behielt Sandra vorerst für sich. Erst einmal wollte sie Bergmann eine Lektion erteilen. Sein allzu offensichtliches Interesse an der jungen Landwirtin war alles andere als professionell gewesen. Das wollte sie ihn nun spüren lassen. »Ich spiele zwar kein Lotto, aber wie heißt es so schön …?«, meinte sie mit ernster Miene.

»Alles ist möglich«, vervollständigte Bergmann spontan den Werbeslogan der Österreichischen Lotterien. »Aber das? Josefine Haselbacher? Warum denn? Welches Motiv sollte sie gehabt haben? Oder meinst du etwa, sie hätte die abgetrennten Körperteile zu Sugo, Chutney und Pastete verarbeitet?« Bergmann schüttelte ungläubig den Kopf.

»Ja, genau … Das ist es! Du bist ein Genie, Sascha! Der Fall ist so gut wie gelöst«, zeigte sich Sandra begeistert.

»Du verarschst mich doch, oder?«

»Aber warum denn? Nein«, meinte sie aufgeregt. »Wir sollten die angeblichen Mangalitza-Spezialitäten ins Labor schicken und auf menschliche DNS überprüfen lassen. Mein Instinkt sagt mir, dass du recht hast, Sascha.«

»Dein Instinkt war auch schon mal besser«, murmelte Bergmann und kam aus dem Kopfschütteln nicht mehr heraus. Sandra starrte auf die Fahrbahn. Ein Blick in sein verdutztes Gesicht hätte sie bestimmt die Beherrschung verlieren lassen. Sie biss sich auf die Lippen.

»Du spinnst doch, Sandra. Was ist denn bloß los mit dir? Haben sie dir Drogen verabreicht?« Bergmann schien ernsthaft an ihrem Verstand zu zweifeln.

Bei so viel Besorgnis in seiner Stimme konnte sich Sandra nicht länger beherrschen.

»Das ist doch …« Im nächsten Moment stimmte Bergmann in ihr Gelächter ein.

»Der Punkt geht an mich«, sagte Sandra, nachdem sie sich wieder einigermaßen gefangen und die Tränen aus dem Gesicht gewischt hatte. »Was musst du auch immer so unverschämt flirten. Noch dazu mit einer Zeugin?«

»Ich hab nicht mit ihr geflirtet«, protestierte Bergmann.

»Doch, hast du … Sie ist aber auch ziemlich hübsch, diese Josefine.« Sandra kicherte noch immer.

Bergmann seufzte. »Jaaa«, hauchte er. »Das ist sie …«

»Bist du etwa verknallt in sie?« Sandra grinste in sich hinein, den Blick auf die Fahrbahn gerichtet.

»Ich befürchte es«, bestätigte Bergmann mit einem weiteren Seufzen.

Das hatte er jetzt aber nicht ernst gemeint. Oder doch? »Lass bloß die Finger von ihr, Sascha«, warnte Sandra ihn.

»Aber sie ist doch so schön …« Wieder folgte ein sehnsüchtiges Seufzen.

»Sascha, bitte! Seit wann stehst du überhaupt auf so junges Gemüse?«

»Wieso denn Gemüse? Frischfleisch …«

»Du bist unmöglich.«

»Du glaubst doch nicht wirklich, dass ich …?«

»O ja. Dir traue ich alles zu«, sagte Sandra.

Bergmann lachte auf. »Schön, dass du wieder da bist, Sandra.«

»Danke. Ich freue mich auch wahnsinnig.« Sandra zog die Mundwinkel nach oben, um sie gleich wieder fallen zu lassen. »Sind die Beine des Jungwinzers eigentlich aufgefunden worden?« Sie setzte den Blinker.

»Nein. Sie müssen aber recht muskulös gewesen sein. Haselbacher war Stürmer beim SV Karla.«

»Ein Fußballer …«

Bergmann nickte. »Unterliga Süd. Deshalb haben wir die Ermittlungen im Dunstkreis seines Vereins begonnen, für den er am Nachmittag vor seinem Tod gegen Gleisdorf II im Einsatz war.«

»Haselbacher hat nach dem Brunch in Neusetz Fußball gespielt?«

»Ja, warum denn nicht?«

»Leistungssport nach dem Essen?«

Bergmann zuckte mit den Schultern. »Er hat dort kaum etwas zu sich genommen, erst später. Jutta hat seinen Mageninhalt untersuchen lassen. Er hat wohl erst abends Schinken, Brot und ein wenig Weißwein zu sich genommen. Aber nochmal zurück zu dem Match: Seine Mannschaft hat verloren, weil Haselbacher einen Elfmeter vergeben und danach auch noch ein Eigentor geschossen hat. War wohl nicht sein Tag.«

»Das kann man so sagen«, spielte Sandra auf seine Ermordung wenige Stunden später an.

»Ursprünglich haben wir erwogen, dass ihm sein sportliches Versagen jemand übel genommen hat und er deshalb sterben musste«, spekulierte Bergmann über das Tatmotiv.

»Ziemlich drastische Maßnahme«, fand Sandra.

»Ist aber schon vorgekommen. Ein kolumbianischer Fußballer wurde in seiner Heimat auf einem Parkplatz regelrecht hingerichtet, weil er Tage zuvor mit seinem Eigentor beim WM-Spiel in den USA eine 2:1-Niederlage eingeleitet hatte. Sein Mörder soll ihn mit einem ›Gooool!‹-Ruf im typischen Stil der südamerikanischen TV-Reporter verhöhnt haben, während er sechs Kugeln abfeuerte.« Offenbar hatte Bergmann gründlich recherchiert. Dass er inzwischen Fußball-Fan geworden war, schloss Sandra aus. Soweit sie sich erinnern konnte, hatte er noch nie über diesen Sport gesprochen.

»Erschießen ist eine Sache. Aber ein so blutrünstiger Mord? Und die Amputation? Andererseits, warum eigentlich nicht?«, gab sie sich gleich selbst die Antwort. Leider hatte sie schon in zu vielen Mordfällen ermittelt, als dass sie irgendeine Tat oder ein Motiv von vornherein ausschließen wollte. Manche Menschen waren zu allem fähig. Oftmals wegen nichts und wieder nichts. »Gibt es denn einen Verdächtigen?«, fragte sie weiter.

Bergmann schüttelte den Kopf. »Nein. Und nachdem es nun ein weiteres verstümmeltes Mordopfer gibt, dem die Hände fehlen, können wir dieses Tatmotiv wohl getrost ad acta legen. Es sei denn, der Mann war Handballer und hat ebenfalls in einem Match versagt.«

Sandra warf einen kurzen Seitenblick auf den Chefinspektor. Nichts an seiner Mimik verriet ihr, ob die letzte Bemerkung Ernst oder als schlechter Scherz gemeint war. Also erzählte sie ihm, was ihr angesichts der zweiten Leiche im Wald spontan in den Sinn gekommen war.

Bergmann überlegte eine Weile, ehe er antwortete. »Dass Dieben in manchen Kulturkreisen die Hände amputiert werden, ist mir schon bekannt. Aber die Beine?«

Sandra setzte erneut den Blinker und verließ den Kreisverkehr. »Von Fußamputationen habe ich in diesem Zusammenhang schon gehört. Ich werde mich morgen mal schlaumachen. Vielleicht weiß Paul ja mehr über Amputationen in Zusammenhang mit Bestrafungsritualen.«

»Paul? Welcher Paul?« Bergmann beäugte Sandra von der Seite.

»Paul Stadler vom Raubdezernat.«

»Ach, der Stadler … Ich wusste nicht, dass ihr euch so nahe steht.«

»Tun wir ja gar nicht«, widersprach Sandra. »Ich habe lediglich ein besseres Namensgedächtnis als du.« Dass der Kollege vom Raub sie tatsächlich gern privat getroffen hätte, verschwieg sie Bergmann lieber. Schließlich hatte sie Paul Stadlers Wunsch nicht nachgegeben. Sie hatte sich bei ihm lediglich für die Blumen bedankt, die er ihr nach ihrem Zusammenbruch ins Krankenhaus geschickt hatte, ihn danach aber nie wieder angerufen. Er hatte sich seinerseits auch nicht mehr bei ihr gemeldet. »Hat Markus Haselbacher eigentlich ein Musikinstrument gespielt?«, wechselte sie das Thema, bevor Bergmann allzu neugierig wurde.

»Nicht, dass ich wüsste. Warum?«

»Vielleicht gibt es irgendeine Parallele, die uns auf eine Spur bringt. Irgendeine Gemeinsamkeit zwischen den beiden Männern, ein Hobby, eine Eigenschaft, gemeinsame Bekannte. Irgendetwas, das sie zum geeigneten Opfer gemacht hat und das uns zum Täter führen könnte.«

»Außer dem Zufall und der Tatsache, dass sich beide zur falschen Zeit am falschen Ort aufgehalten haben, meinst du? Wenn dem so ist, werden wir es früher oder später herausfinden.«

»Hoffentlich, bevor der Täter noch einmal zuschlägt. Was ist mit dieser Verkäuferin im Hofladen, Irmgard …« Sandra fiel der Nachname nicht ein.

»Kolleritsch«, sagte Bergmann. »Na? Wer hat denn nun das bessere Namensgedächtnis von uns beiden?«

»Schon gut, Sascha. Bleib doch bitte mal ernst.« Der Mann war ein solcher Kindskopf.

»Der Name Irmi taucht einige Male in Markus Haselbachers Kalender, in seinen Anruflisten und E-Mails auf. Wir wissen inzwischen, dass ihre Beziehung nicht nur geschäftlich war. So was soll ja vorkommen … Paul Stadler, ts, ts …« Bergmann wurde von den Klingeltönen seines Handys unterbrochen.

Noch ehe Sandra ihm sein Verhältnis mit der Gerichtsmedizinerin unter die Nase reiben konnte, hatte er das Gespräch angenommen. »Gut«, sagte er, nachdem er eine Weile zugehört hatte, »bis morgen.«

»Und? Was Neues?«

»Wie nicht anders erwartet, wird Christian Maric noch immer vermisst. Miriam hat die beiden Jazzmusiker für morgen um 14 Uhr zur Einvernahme ins LKA bestellt. Das sollte sich mit der Obduktion am Vormittag ausgehen.«

Sandra verkniff sich die Retourkutsche, die Bergmann und die Gerichtsmedizinerin betraf. Sie war heilfroh, dass er wie üblich der Obduktion beiwohnen würde. Auf Leichensektionen konnte sie gut und gern verzichten. Ihr reichte es vollkommen, die Obduktionsbefunde zu studieren. »Wenn wir es wirklich mit einem Serientäter, nicht mit einem Mörder und einem Nachahmungstäter, zu tun haben, finde ich noch etwas auffällig«, sagte sie stattdessen.

»Und zwar?«

»Zwischen den beiden Morden liegen keine zwei Wochen. Normalerweise warten Serientäter länger ab, ob man ihnen auf die Schliche kommt. Erst, wenn sie sich einigermaßen sicher fühlen, schlagen sie erneut zu.«

»Und mit jeder weiteren Leiche werden die Zeiträume zwischen den Morden kürzer«, ergänzte Bergmann.

»Gab es denn schon früher mal einen ähnlichen Mord? Woanders als in der Steiermark, meine ich.« Sandra war kein solcher Fall in ihrem Bundesland untergekommen, seit sie beim LKA arbeitete.

»Das haben wir noch nicht überprüft. Wir müssen ja erst seit heute Morgen davon ausgehen, dass wir es mit einem Serientäter zu tun haben. Bisher haben wir uns nur die Straftaten angesehen, die in den letzten fünf Jahren im Bezirk Südoststeiermark, beziehungsweise vor der Fusionierung in den Bezirken Feldbach und Radkersburg vorgefallen sind. Vor allem jene, bei denen Menschen verletzt oder getötet wurden. Von Kindesmisshandlungen, über

Wirtshausschlägereien bis hin zu Raub mit Körperverletzung und Vergewaltigung ist alles vertreten. Aber nur ein einziger Mord in Hatzendorf im April 2010, eine Beziehungstat. Ein Landwirt hat seiner Ehefrau den Kopf mit einer Sense beinahe abgetrennt.«

»Richtig. Damals war ich auf Schulung«, erinnerte sich Sandra vage an den Fall, der nach ihrer Rückkehr vom Kriminalpsychologie-Seminar auf der Lassnitzhöhe bereits von den Kollegen aufgeklärt worden war. »Demnach leben hier keine weiteren einschlägig Vorbestraften?«

»Nicht unter den gemeldeten Personen. Dass der Täter ein Tourist ist, halte ich für unwahrscheinlich. Er scheint sich rund um Straden sehr gut auszukennen.«

»Es könnte auch sein, dass es für das straffe Timing zwischen den Taten einen bestimmten Grund gibt. Vielleicht wählt der Täter die Zeitpunkte ganz gezielt aus. Wie Vollmond, Neumond oder so was. Sieh doch mal im Mondkalender nach«, schlug Sandra vor.

Bergmann zückte prompt sein Smartphone. »Heute ist Neumond«, meinte er nach einer Weile.

»Dann war vor 14 Tagen Vollmond …«

»Am 18. Oktober.«

»So lange ist das zweite Opfer auf keinen Fall tot. Es sei denn, die Leiche hätte einige Tage auf Eis gelegen.«

»Und Haselbachers Ermordung hat zwei Tage nach Vollmond stattgefunden. Nein, der Mondzyklus spielt wohl keine Rolle.«

»Mir kommt da gerade eine andere Idee in den Sinn …« Sandra hing ihren Gedanken nach.

»Erzählst du sie mir auch?«

»Ach so, na klar … Gehen wir mal davon aus, dass die Amputation der Hände dieselben Merkmale wie die der

Beine aufweist«, redete Sandra weiter. »Was, wenn die Gliedmaßen abgenommen wurden, um sie jemand anders zu transplantieren, der dafür viel Geld bezahlt?«

Bergmann richtete sich in seinem Sitz auf. »Illegaler Handel mit Gliedmaßen, meinst du? Ist zumindest ein neuer Ansatz …«

»Von Beintransplantationen habe ich allerdings noch nie etwas gehört. Nur von Handtransplantationen. Einem der Opfer des Bombenlegers Franz Fuchs haben sie damals doch erfolgreich die Hände eines Spenders transplantiert. Er fährt damit sogar wieder Motorrad.«

»Ich kann mir allerdings nicht vorstellen, dass transplantierte Beine zum Gehen taugen.«

Sandra zuckte mit den Schultern. »War auch nur so ein Gedanke. Andererseits schreitet die Medizin stetig voran. Wir hatten es ja auch schon mal mit einem Herztransplantierten zu tun, der kräftig genug war, um mehrere Frauen zu töten und ihre Leichen fortzuschaffen«, erinnerte sie sich an jenen Fall, den sie vor zwei Jahren in der Weststeiermark gelöst hatten.

»Ich werde Jutta morgen dazu befragen. Stell dir vor, wir haben uns…«

»Bitte nicht, Sascha«, hielt Sandra den Chefinspektor von einem privaten Geständnis ab.

Bergmann grinste breit. »Ganz meine alte Sandra.«

»Weder deine noch alt«, sagte sie und stieg aufs Gas, um den Traktor zu überholen.

KAPITEL 2

Montag, 4. November

1.

Um 8.31 Uhr hielt das Taxi vor dem Schranken an, der das Gelände der Landespolizeidirektion Steiermark in der Grazer Straßganger Straße sicherte. Sandra bezahlte den Fahrer und stieg aus dem Mercedes aus. Den Wachebeamten in der Portiersloge begrüßte sie mit einem Lächeln und winkte ihm gleichzeitig mit ihrer Zutrittskarte, die sie gleich zum Betreten des Bürogebäudes benötigen würde. Den Leihwagen hatte sie gestern noch zurückgebracht, um heute Morgen nicht noch früher aufstehen zu müssen. Bis Bergmann aus der Gerichtsmedizin eintraf, wollte sie die Akte Haselbacher studieren. Ehe sie allerdings in ihr Büro vordringen konnte, musste sie sich erst den Kollegen stellen, die sie unterwegs immer wieder ansprachen. »Ja, danke ... es geht mir gut ... eine Auszeit ... Urlaub auch, ja ... blablabla ...«, musste sie sich einige Male wiederholen, bis sie endlich hinter ihrem Schreibtisch saß und den PC hochfuhr. Außer den fehlenden beigen Kartonmappen mit den damals aktuellen Mordfällen, die auf ihrem Tisch gelegen waren, hatte hier scheinbar niemand etwas angerührt. Auch ihr altes Computer-Passwort funktionierte noch. Zu allererst deaktivierte sie die Abwesenheitsnotizfunktion in ihrem E-Mail-Account.

»Und? Wie ist es, nach so langer Zeit wieder im Büro zu sitzen?«, erkundigte sich Miriam von ihrem Arbeitsplatz aus.

»Eigentlich wie immer«, antwortete Sandra wahrheitsgemäß. Wäre da zuvor nicht die Fragerei der Kollegen über ihr Befinden gewesen, die ihr höchst unangenehm war. Zumindest in jenen Fällen, hinter denen sie eher Mitleid oder Schadenfreude vermutete als echte Freude über ihre Rückkehr ins Landeskriminalamt. In dieser Hinsicht war ihr Siebenbrunner fast noch lieber. Der heuchelte ihr wenigstens nichts vor. So gesehen hatte selbst der unsympathische Erbsenzähler eine gute Seite, stellte Sandra insgeheim fest. Einmal abgesehen von der gründlichen Arbeit, die er und seine Forensiker leisteten, ohne die ihre Ermittlungen vermutlich öfter im Sand verlaufen würden. »Hast du die Akte Haselbacher bei dir?«

»Ja. Wart, ich bring sie dir rüber. Ich will mir eh noch einen Kaffee holen. Magst auch was?« Miriam war aufgestanden und griff zur obersten Kartonmappe auf ihrem Schreibtisch.

»Bringst du mir bitte einen Grünen Tee mit?« Sandra war Miriam dankbar für ihr Angebot. Ein neuerlicher Spießrutenlauf in die Teeküche, der sie nur wieder von der Arbeit abgehalten hätte, blieb ihr somit erspart. Weiterer Small Talk mit den Kollegen ebenfalls. Vorerst wenigstens.

Aus den Vernehmungsprotokollen ging hervor, dass Markus Haselbacher nach dem verlorenen Fußballspiel um circa 17.15 Uhr in sein Auto gestiegen war. Wohin er hatte fahren wollen, wusste anscheinend niemand. Um

18.30 Uhr hatte er Irmgard Kolleritsch angerufen, die den Sonntag bei ihrer Familie in Bad Gleichenberg verbracht hatte, um das vereinbarte Abendessen mit ihr abzusagen. Er sei müde vom Match und würde sich am nächsten Tag bei ihr melden, hatte er ihr versprochen. Die Auskunft des Mobilfunkproviders bestätigte, dass dies sein letzter Anruf gewesen war. Sein Handy hatte sich zuletzt bei einem Sendemast in Hof bei Straden ins Netz eingewählt. Allerdings nicht beim Parkplatz, wo man am darauffolgenden Tag seine Leiche entdeckt hatte, sondern auf der anderen Seite des Hügels in der Nähe des zweiten Leichenfundortes.

Haselbachers Mannschaftskollegen, die ihn als Letzte lebend gesehen hatten, hatten ausgesagt, dass er sich nach dem Heimspiel in der Garderobe mit dem Tormann in die Haare gekriegt habe. Der Goalie hatte dem Stürmer seine schlechte Leistung vorgeworfen. Nur wegen ihm hätten sie das Spiel verloren. Prompt war es zu einer Rangelei zwischen den beiden gekommen, die erst der Trainer hatte beenden können. In der Folge hatte Haselbacher seinen Spind geräumt und die Garderobe wütend verlassen. Nie wieder würde er für diesen undankbaren Haufen ein Spielfeld betreten, hatte er geschrien und die Tür derart heftig zugeknallt, dass das Schloss hinterher repariert werden musste. Sowohl der Tormann als auch der Coach konnten für den Tatzeitraum Alibis vorweisen, die inzwischen überprüft worden waren. Pikanterweise hatte die halbe Mannschaft zur selben Zeit den Mädchen der Emanuela-Bar einen Besuch abgestattet, um ihren Frust über den Spielverlust im Alkohol zu ertränken beziehungsweise sich bei sexuellen Handlungen abzureagieren. Wie praktisch, dass das Bordell keinen Steinwurf vom Sportplatz entfernt war. Der Leichenfundort lag nicht viel weiter weg. Doch die Fußballer hatten allesamt Alibis und schieden als Verdächtige aus.

Sandra vertiefte sich weiter in die Akte und notierte einige Fakten und ihre Gedanken dazu. Etwa, dass bei beiden Leichen keine Papiere gefunden worden waren. Allerdings hatte der tote Jungwinzer im Unterschied zum mutmaßlichen Jazzmusiker sein Handy dabei gehabt. Sandra widmete sich schließlich den Fotos, die den Fundort und die Leiche von Markus Haselbacher zeigten. Die Nahaufnahmen der verwundeten Beinstümpfe waren wahrlich kein schöner Anblick. Dennoch betrachtete Sandra diese eingehend, um sich die Besonderheit der Amputationen, die Bergmann erwähnt hatte, vor Augen zu führen. Sie war heilfroh, dass sie an diesem Morgen noch nichts gegessen hatte.

An den Armstümpfen der zweiten Leiche hatten ebenfalls Haut und Gewebe gefehlt, wobei die Wundränder ausgefranst und nicht glatt gewesen waren wie an Haselbachers Beinstümpfen. Merkwürdig fand Sandra auch, dass die Kleidung der beiden Leichen kaum Blutflecken aufwies. Der Täter musste die Männer ausgezogen haben, um sie ausbluten zu lassen, und danach wieder angekleidet haben. Oder hatten sich die Opfer selbst entkleidet, bevor sie ermordet worden waren? Weshalb entledigte man sich seiner Kleidung? Um sie zu wechseln? Etwa nach dem Sport? Oder nach einem Konzert? Nein. Laut Zeugenaussagen hatten die Leichen dieselben Sachen angehabt, die sie zuletzt getragen hatten. Warum zog man sich freiwillig aus? Vor der Sauna, einer Massage, beim Arzt oder beim Sex? Oder hatte der Täter die Kleidung seiner Opfer nach der Tat gewaschen? Sandra blätterte sich weiter durch den

Laborbericht. Erst als Bergmann das Büro betrat, blickte sie wieder von den Unterlagen auf.

»Und? Wie läuft's?«, erkundigte sich der Chefinspektor, auffallend gut gelaunt.

Miriam legte ihre halb verspeiste Zimtschnecke auf dem Teller ab und schluckte den Bissen hinunter. »Markus Haselbacher war kein Musiker. Er hat niemals ein Instrument gelernt und auch nicht gespielt. Nicht einmal singen hat er gscheit können, meint sein Vater. Und mit Jazzmusik hat er schon gar nichts am Hut gehabt«, wusste sie von den Telefonbefragungen der vergangenen anderthalb Stunden, die ansonsten keine neuen wesentlichen Fakten zutage gefördert hatten.

Sandra war dermaßen in die Akte vertieft gewesen, dass sie von den Gesprächen der Kollegin, deren Schreibtisch am anderen Ende des Raumes stand, kaum etwas mitbekommen hatte. »Ich habe mich inzwischen mit dem Fall Haselbacher vertraut gemacht«, erklärte sie und fegte die Fotos vor sich auf einen Haufen zusammen.

»Gut.« Bergmann ließ sich auf seinen Drehstuhl fallen und aktivierte den PC. »Dann lasst uns mal mit Hochdruck weiter ermitteln. Bevor es noch mehr Leichen gibt.«

Beide Frauen sahen den Chefinspektor erwartungsvoll an. Miriam, die eben noch einmal von ihrer Zimtschnecke abgebissen hatte, hielt mit dem Kauen inne.

»Es handelt sich demnach um die Leiche von Christian Maric?«, hakte Sandra nach.

»Ach so, ja«, verkündete Bergmann, den Blick auf seinen Bildschirm gerichtet. »Mach bitte seine Angehörigen ausfindig, Miriam. Damit wir sie über den Tod des jungen Mannes informieren können. Möglichst noch, bevor seine Kumpels hier am Nachmittag auftauchen.«

Miriam nickte kauend.

»Was hat die Obduktion sonst noch ergeben?«, wollte Sandra wissen.

Bergmann sah von seinem Monitor auf, nahm einen Bleistift zur Hand und lehnte sich zurück. »Keine großen Überraschungen. Alles spricht dafür, dass wir es mit einem Serientäter zu tun haben.«

»Na Mahlzeit«, merkte Miriam an und leckte sich ihre klebrigen Finger ab.

»Beide Leichen sind verblutet, nachdem die Halsschlagadern mit einem Messer mit scharfer glatter Klinge oder mit einem Skalpell durchtrennt wurden. Keine erkennbaren Abwehrverletzungen. Die Gliedmaßen wurden mit den gleichen Werkzeugen in derselben Vorgangsweise abgetrennt. Einziger Unterschied ist die Liegezeit der Leichen. Maric wurde vor drei bis vier Tagen getötet, deshalb die ausgeprägten Tierfraßspuren an den Wunden und Ohren. Ob er zuvor ebenfalls mit Chloroform betäubt wurde, wird uns der toxikologische Laborbefund verraten.« Bergmann drehte den Bleistift zwischen seinen Fingern hin und her. »Sicher ist, dass Marics ausgeblutete, verstümmelte Leiche erst ungefähr 24 Stunden nach Eintritt des Todes im Wald abgelegt wurde. Würde mich also sehr wundern, wenn die Kriminaltechniker noch einen Tropfen Blut des Opfers am Fundort gefunden hätten.«

»Das heißt, dass die Leiche einen ganzen Tag lang woanders gelegen ist? Warum seid ihr euch da so sicher?«, fragte Miriam.

»Insekten lügen nicht. Die Schmeißfliegenmaden, die Leichen als Erste besiedeln, haben dies etwa 24 Stunden vor den Larven einer speziellen Aaskäferart getan, die ausschließlich auf Mischwaldböden vorkommt. Ihren Namen hab ich vergessen, steht dann aber eh im Forensikbericht.«

»Der Tatort ist demnach definitiv woanders als im Wald. Irgendwo, wo es diese Aaskäfer nicht gibt«, brachte Sandra die neue Erkenntnis auf den Punkt. »Das kann theoretisch überall sonst gewesen sein.«

»Die Viecher kriechen schon mal raus aus dem Wald, wenn ein totes Wirbeltier lockt. Üblicherweise sind sie jedoch nicht in geschlossenen Räumen anzutreffen. Schon gar nicht in so großer Anzahl. Was nahelegt, dass Leiche Nummer 2 zuerst in einem Raum gelegen ist, bevor sie an den Fundort verbracht wurde«, sagte Bergmann und prüfte die Spitze seines Bleistifts. Entgegen seiner früheren Angewohnheit, jede noch so spitze Mine weiter zu spitzen, anstatt sich eine Zigarette anzuzünden, steckte er den Bleistift zurück zu den anderen.

Zum Glück hatte er nicht wieder mit dem Rauchen angefangen, wie Sandra es gestern befürchtet hatte. Wenigstens in ihrer Gegenwart hatte er bisher keinerlei Anstalten gemacht, zur Zigarette zu greifen. »Hast du Frau Doktor Kehrer zu der Transplantationstheorie befragt?«, kehrte sie zur Autopsie zurück.

Bergmann erhob sich und näherte sich Sandras Schreibtisch. Dort angekommen beugte er sich über die Fotos, die sie vorhin betrachtet hatte, und wählte drei davon aus, die er an die Pinnwand hinter ihrem Schreibtisch heftete, um sie zu beäugen, während er antwortete. »Handtransplantationen zählen inzwischen fast schon zu den Routineeingriffen, obwohl die Wiederherstellung sehr aufwändig ist. Vor allem bei Retransplantationen nach Unfällen stehen die Chancen recht gut, dass die Funktion der Gliedmaßen nach einer entsprechenden Reha zumindest teilweise wiederhergestellt wird. Das funktioniert tatsächlich auch mit Beinen.« Bergmann wandte sich von der Pinnwand ab und ließ sich auf Sandras Schreibtischkante nieder. »Allerdings nur mit den eigenen. Bei Gliedmaßen von fremden Spendern wird es deutlich schwieriger. Bisher ist es nur einem spanischen Chirurgen gelungen, einem Patienten die Beine eines verstorbenen Unfallopfers erfolgreich zu transplantieren. Leider mussten ihm diese ein paar Jahre später wieder abgenommen werden. Wegen einer schweren Krankheit konnte der Mann die Immunsuppressiva nicht länger einnehmen, die bis dahin eine Abstoßung der fremden Gliedmaßen verhindert hatten. Mit den Medikamenten wäre sein Immunsystem jedoch zu schwach gewesen, um die Krankheit zu bekämpfen. Er wäre mit großer Gewissheit daran verstorben.«

»Schöner Schas«, kommentierte Miriam die Geschichte, wie ihr der Schnabel gewachsen war.

Bergmann grinste. »Du sagst es. Was die Beine und Hände unserer Opfer anbelangt, so waren sie zum Zeitpunkt der Amputation gar nicht mehr ausreichend durchblutet, wegen des starken Blutverlusts durch die Verletzung der Halsschlagader. Daher waren die Extremitäten für eine Transplantation unbrauchbar«, erklärte er weiter.

»Demnach können wir dieses Szenario getrost ausschließen«, sagte Sandra.

»Es sei denn, Doktor Frankenstein würde neuerdings im Vulkanland praktizieren.« Bergmann stand auf, um an seinen Schreibtisch zurückzukehren.

Sandras Telefon klingelte. Die Durchwahl auf dem Display kam ihr bekannt vor und erinnerte sie daran, was sie seit heute Morgen vor sich her schob. Bergmanns Blick haftete auf ihr. Sie spürte, wie ihre Wangen heiß wurden, atmete durch und nahm den Anruf entgegen.

»Ja, ich bin wieder im Einsatz. Und es geht mir gut, danke«, antwortete sie auf Paul Stadlers Nachfrage. Ehe das Gespräch vor Bergmanns Argusaugen womöglich in eine private Richtung driftete, brachte sie ihr berufliches Anliegen vor. Bergmanns Neugierde war sichtlich ungebrochen. Immerhin war ihm nun auch klar, mit wem Sandra sprach. Demonstrativ drehte sie ihm mit ihrem Stuhl den Rücken zu.

»Im islamischen Recht, der Scharia, gibt es die sogenannte Kreuzamputation, bei der Dieben die rechte Hand und der linke Fuß abgeschnitten werden«, erklärte Stadler. »Zwar ist diese Bestrafung im Koran nur in speziellen Fällen vorgesehen, aber leider wurde der ursprüngliche Straftatbestand der Scharia in einigen vor allem afrikanischen Ländern ausgeweitet, sodass es gehäuft zu Kreuzamputationen kam und vereinzelt noch immer kommt. Ich erinnere mich daran, dass zuletzt ein bewaffneter Räuber im Sudan, der ein Fahrzeug mit mehreren Insassen überfallen hat, kreuzweise amputiert wurde. Das ist in etwa zwei Jahre her. Na ja, Finger- und Handamputationen bei verurteilten Dieben sind sowieso Gang und Gäbe. Zum Beispiel im Iran und in Saudi-Arabien.«

»In unseren beiden Fällen wurde aber nicht kreuzweise amputiert, sondern einmal beide Beine oberhalb der Kniegelenke, das andere Mal beide Hände. Und die Opfer sind strafrechtlich unbescholten«, wiederholte Sandra ihre einleitenden Worte.

Paul Stadler überlegte, ehe er weitersprach. »Ich könnte dir nur noch mit Yubitsume, abgeschnittenen Fingergliedern der japanischen Yakuza-Mitglieder dienen. Oder, noch grauslicher, mit Handamputationen im früheren Kongo. Das erspare ich dir aber lieber, zumal sie dir im aktuellen Fall vermutlich auch nicht weiterhelfen werden.«

Sandra konnte sich nicht erinnern, dass je ein Kollege versucht hatte, sie mit Grausamkeiten zu verschonen, seit sie bei der Polizei arbeitete.

»Wenn du möchtest, recherchiere ich noch ein wenig und berichte dir später. Sehr gerne auch bei einem Abendessen«, fuhr Stadler wie selbstverständlich fort, ohne dabei aufdringlich zu klingen.

Sandra war sich nicht sicher, ob sie sich über sein ungebrochenes Interesse an ihrer Person freuen sollte. Andererseits gab es keinen Grund, warum sie nicht mit einem intelligenten, feinfühligen und gut aussehenden Mann, der noch dazu alleinstehend war, ausgehen sollte. Wenn man einmal davon absah, dass Paul Stadler gar nicht ihr Typ, darüber hinaus noch ein Kollege war. Und dass sie Bergmanns Blicke noch immer auf ihrem Rücken spürte.

»Ich schicke dir ein E-Mail mit den Fakten«, antwortete sie möglichst unverfänglich und verabschiedete sich. Rasch wandte sie sich auf ihrem Drehstuhl wieder um. Ihr Gefühl hatte sie nicht getäuscht. Bergmann hatte sie nicht aus den Augen gelassen.

»Na?«, fragte er erwartungsvoll.

»Bisher leider nichts Konkretes. Paul recherchiert aber weiter für uns. Auch wenn ich nicht glaube, dass dabei etwas herauskommt, das uns weiterbringt.«

»Warum hast du ihn dann überhaupt gefragt?«, stänkerte Bergmann.

Miriam blickte von ihrem Monitor hoch.

Was sollte das jetzt wieder? Sandra bemühte sich, ihn vor der jungen Kollegin nicht anzufahren, sondern sachlich zu bleiben. »Weil sich Paul Stadler mit Ritualstrafen auskennt. Immerhin konnte er uns im Mürzer Oberland-Fall auch einen entscheidenden Hinweis geben.«

»Na ja ... Den Fall hätten wir ohne ihn doch genauso schnell gelöst.«

»Es hätte aber gut sein können, dass ... wie auch immer. Ich setze mich mal mit Christiane in Verbindung wegen der Erstellung des Täterprofils und möglichen weiteren Taten mit ähnlichem Modus Operandi, wenn es dir recht ist.« Sandras Tonfall verbarg nicht, dass ihr Bergmanns Verhalten missfiel. Schließlich hatte er gestern der Einbindung Pauls in den Fall zugestimmt. Ärgerlich öffnete sie ein neues E-Mail und hämmerte auf die Tasten ein.

»Mach das«, sagte Bergmann, ehe er sich an Miriam wandte. »Und du trommelst mir die gesamte Mannschaft für morgen, neun Uhr zusammen.« Bergmann erhob sich und streckte sein Kreuz durch. »Ich bin dann mal beim Chef, um ihm zu berichten und den Pressedienst zu briefen.«

Sandra würdigte ihn keines Blickes. Stattdessen gab sie Paul Stadlers E-Mail-Adresse ein und drückte auf Senden.

2.

Die beiden Männer wirkten nervös, als die Ermittler sie in den Verhörraum im Grazer LKA führten. Neben dem Mikrofon, das der Tonaufzeichnung diente, stand bereits ein Krug mit frischem Leitungswasser auf dem Tisch, flankiert von Gläsern. »Ich nehme an, dass das Rauchen hier verboten ist«, sagte der größere Mann mit dem Vollbart, der sich ihnen als Georg Schmoranzer vorgestellt hatte. Seine Hand wanderte in die Jackentasche, in der sich vermutlich die Zigaretten befanden.

Sandra deutete kommentarlos auf das Rauchverbotsschild hinter seinem Rücken.

Schmoranzer, der bei Trio fatal die Bassgeige spielte, wandte sich kurz um, seufzte und zog die leere Hand aus der Jackentasche.

»Setzen Sie sich doch bitte«, forderte Sandra die beiden Männer auf. Dann nahm sie ihnen gegenüber neben Bergmann Platz und legte die Aktenmappe vor sich auf den Tisch. »Wir wissen inzwischen, dass es sich bei dem Opfer wie befürchtet um Christian Maric handelt. Es tut mir sehr leid.«

Die Männer wirkten alles andere als überrascht. »Wir haben es schon von seinem Vater gehört. Er hat uns vorhin angerufen«, sagte der kleinere, zierlichere der beiden, der Patrick Zötsch hieß und Schlagzeuger war.

Miriam hatte den Eltern des Opfers, die in Mureck wohnten, zwei Polizeibeamte vorbeigeschickt, um sie vom Tod ihres Sohnes zu informieren. Sandra war heilfroh, dass dieser Kelch an ihr vorübergegangen war. Kein Kollege riss sich um die Aufgabe, Angehörigen Todesnachrichten zu überbringen. Aber jemand musste es schließlich tun. »Können Sie uns bitte schildern, wie der fragliche Dienstag und die Nacht auf Mittwoch in Straden genau abgelaufen sind? Wann und wie sind Sie angereist? Miteinander oder getrennt?«, wandte sie sich an die Zeugen.

Zötsch räusperte sich, während Schmoranzer das Antworten übernahm. »Wir sind gemeinsam mit meinem

Kleinbus aus Graz angereist, am nächsten Tag war ja ein weiteres Konzert in Leibnitz angesetzt, das wir schließlich absagen mussten, weil Chrissie wie vom Erdboden verschluckt war. Darf ich?« Schmoranzer deutete auf den Wasserkrug.

»Natürlich. Bedienen Sie sich«, erwiderte Sandra. »Nochmal von vorn: Um welche Uhrzeit sind Sie in Straden angekommen?«

Schmoranzer unterbrach das Einschenken und sah Zötsch an. »Das muss gegen halb drei gewesen sein?«

»Ja, so in etwa«, bestätigte der Schlagzeuger und schob seinem Kumpel ein leeres Glas zu. »Mir auch, bitte«, sagte er.

Wie muskulös die Arme des ansonsten eher zierlichen Mannes waren, fiel Sandra erst jetzt auf, als dieser die Ärmel seines Sweaters bis zu den Ellenbogen hochstreifte.

»Wir sind direkt zum Kulturhaus gefahren, um die Instrumente abzuladen und schon mal einen Soundcheck vor Ort zu machen. Anschließend haben wir unsere Zimmer beim Stradnerwirt bezogen und noch was gejausnet.«

»Ich bin dann als Erster um viertel sechs in mein Zimmer gegangen, weil ich noch an einer neuen Nummer feilen wollte«, sagte Zötsch.

»Und Sie und Herr Maric?«

Schmoranzer überlegte kurz. »Höchstens eine halbe, dreiviertel Stunde später. Um 19.15 Uhr haben wir uns unten wieder getroffen und sind zu Fuß zum Kulturhaus hinübergegangen. Wenige Minuten nach 20 Uhr hat unser Gig begonnen.«

»Bis wann haben Sie gespielt?«

»Bis halb elf, schätze ich. Vielleicht ein paar Minuten länger.«

Zötsch nickte zustimmend.

»War irgendetwas ungewöhnlich? War jemand auffällig? Oder irgendetwas anderes?«

Beide Männer schüttelten die Köpfe. »Der Keller war rappelvoll. Es hat ganz gute Stimmung im Publikum geherrscht. Nicht euphorisch, aber die Leute sind mitgegangen. Nach dem Gig haben wir oben an der Bar jeder noch ein Bier getrunken, CDs signiert und ein paar Worte mit den Fans gewechselt. Ach ja, da fällt mir ein: Ein alter Freund von Chrissie war auch dort. Mit dem hat er sich für den nächsten Tag zum Mittagessen verabredet. Aber dazu ist es ja nicht mehr gekommen«, erzählte Schmoranzer.

Weder dieser Freund noch das geplante Mittagessen waren im Protokoll zur Vermisstenanzeige, das die Kollegen in Leibnitz aufgenommen hatte, festgehalten, war sich Sandra sicher. »Wie heißt dieser Freund?«, hakte sie nach.

»Michael. Den Nachnamen weiß ich nicht. Du, Patrick?«

»Nein. Aber er ist Praktischer Arzt und hat eine Ordination in Straden oder ganz in der Nähe.«

Ein Arzt, dachte Sandra und warf Bergmann einen Blick zu. Das leichte Zucken seiner Augenbrauen verriet ihr, dass ihm derselbe Gedanke durch den Kopf ging wie ihr. Immerhin hielt es die Gerichtsmedizinerin für sehr wahrscheinlich, dass derjenige, der die Amputationen durchgeführt hatte, über anatomische Kenntnisse verfügte.

»Woher kannte Christian Maric diesen Freund?«

»Aus dem Gymnasium in Bad Radkersburg. Er muss einige Klassen über dem Chrissie gewesen sein und hat ihm Nachhilfestunden in Mathe gegeben«, wusste Zötsch. Einen Arzt namens Michael in dieser ländlichen Region zu finden, würde nicht allzu schwierig werden, war sich

Sandra sicher. Falls es zwei niedergelassene Allgemeinmediziner mit demselben, doch recht geläufigen Vornamen gab, würden diese kaum beide zur selben Zeit das Gymnasium in Bad Radkersburg besucht haben. Ob der gesuchte Mann auch als Täter infrage kam, würde sich zeigen. Immerhin war es ein neuer Hinweis, den die Ermittler verfolgen konnten. »Herr Maric hat die Bar dann allein verlassen, um die Toilette aufzusuchen«, kehrte sie zum Protokoll zurück.

»Ja. Und danach haben wir ihn nimmer gesehen.« Schmoranzer schluckte.

»Als wir gegen viertel zwölf aufbrechen wollten, war er noch immer nicht aufgetaucht. Sein Handy war ausgeschaltet. Im Kulturhaus haben wir ihn nicht mehr gefunden und daher angenommen, dass er schon mal in den Gasthof vorausgegangen ist, weil wir dort noch etwas essen wollten. Der Koch ist an diesem Abend extra für uns länger dageblieben. Wir haben ihm versprochen, spätestens um halb zwölf Uhr zu bestellen«, berichtete Zötsch weiter.

»Aber Herr Maric war nicht im Gasthof.« Auch diese Information hatte Sandra ihren Unterlagen entnommen.

Zötsch hob die Schultern, um sie gleich wieder fallen zu lassen. »Zumindest hat ihn niemand kommen sehen. Was aber nichts zu bedeuten hat. Für die Hausgäste gibt's einen eigenen Eingang, für den alle einen Schlüssel haben. Also bin ich hinauf und hab an Chrissies Zimmertür geklopft. Weil er sich nicht gemeldet hat, hab ich mir gedacht, er schläft vielleicht schon. Umso mehr hab ich mich über sein Verhalten gewundert. Ich meine, weil er kein Sterbenswörtchen zu uns gesagt hat.«

»Kann es sein, dass er mit seinem Freund noch woanders hingegangen ist, ohne Ihnen Bescheid zu geben?«

»Ausschließen kann ich es nicht. Ich hab ihn nicht mehr gesehen, nachdem der Chrissie weg war.«

»Ich auch nicht.«

»Wie lange kannten Sie sich eigentlich schon? Christian Maric und Sie beide. Und seit wann musizieren Sie zusammen?«

»Ich war mit Chrissie im Konservatorium, kenne … kannte ihn also schon seit acht Jahren«, sagte Zötsch. »Der Georg ist vor fünf Jahren zu uns gestoßen. Wir haben ihn beim Jazzfestival in Fehring kennengelernt und gemeinsam das Trio fatal gegründet.«

»Ist es denn so ungewöhnlich, dass einer von Ihnen unmittelbar nach dem Konzert schlafen geht?«, kehrte Sandra zur Mordnacht zurück.

»Ja schon. Nach einem Gig kommt man nicht so schnell wieder runter. Es dauert immer eine Weile, bis der Adrenalinspiegel auf einen normalen Level sinkt und man einschlafen kann. Das war auch bei Chrissie nicht anders.«

»Vielleicht hat er ein Schlafpulver oder etwas anderes genommen, um runterzukommen«, warf Sandra ein. Erst in einigen Tagen würden sie wissen, ob Maric Drogen, Medikamente oder Substanzen wie Chloroform zu sich genommen hatte – freiwillig oder unfreiwillig.

»Chrissie hatte einen gesegneten Schlaf. Er hat ziemlich gesund gelebt. Neuerdings hat er sogar regelmäßig Yoga gemacht. Zigaretten und Alkohol waren seither so gut wie gestrichen. Bis auf ein Bier oder ein, zwei Gläser Wein am Abend trinken wir alle nichts. Das Touren ist ja ziemlich anstrengend, müssen Sie wissen. Und wir sind nicht mehr die Jüngsten. Ich bin der Einzige von uns, der noch Zigaretten raucht«, sagte Schmoranzer, der mit

31 der Älteste des Trios war. »Aber auch nicht mehr so viele wie früher.«

»Sie haben in dieser Nacht also angenommen, dass Herr Maric bereits schläft. Auch wenn es Ihnen merkwürdig vorgekommen ist. Und weiter?«, fragte Sandra.

»Patrick und ich haben mit dem Veranstalter zu Abend gegessen und sind dann kurz vor zwei liegen gegangen. Wir wollten es nicht übertreiben, wegen dem Gig in Leibnitz am nächsten Tag.«

»Könnte er mit einem Fan mitgegangen sein?«

Beiden Männern war niemand aufgefallen, der sich an diesem Abend länger in Marics Nähe aufgehalten hatte.

Dass Sex and Drugs bei Trio fatal überhaupt keine Rolle spielten, auch wenn sie keine Rock'n'Roll-Band waren, kaufte Sandra den beiden nicht so ohne Weiteres ab. Selbst wenn sie damit Gefahr lief, einem Klischee aufzusitzen. Diese kamen schließlich nicht von ungefähr.

»Zu dem Zeitpunkt haben wir noch geglaubt, dass Chrissie am nächsten Morgen wieder an unserem Frühstückstisch sitzen wird. Mal ehrlich, wer kommt denn schon auf den Gedanken, dass …« Schmoranzer brach ab, um nach einer kurzen Pause fortzufahren. »Nachdem Chrissie am Vormittag nicht erschienen ist und sein Handy noch immer abgeschaltet war, haben wir den Wirt gebeten, uns sein Zimmer aufzusperren. Seine Sachen waren alle noch da. Jedenfalls soweit wir das beurteilen konnten. Außer der Kleidung, die er am Abend zuvor getragen beziehungsweise den Sachen, die er bei sich gehabt hat wie sein Handy und die Brieftasche.«

»Haben Sie danach gesucht?«

»Ja schon.«

»Warum?«

»Wenn die Sachen dagewesen wären, hätten wir wenigstens gewusst, dass er nach dem Konzert oben gewesen ist«, sagte Zötsch.

»Haben Sie irgendetwas aus seinem Zimmer entfernt?«

»Nein«, antwortete Schmoranzer wie aus der Pistole geschossen. Sandra rechnete ohnehin nicht damit, dass die Tatortgruppe relevante Spuren oder Hinweise in diesem Zimmer finden würde.

»Sein Bett war unbenützt. An dieser Stelle haben wir zum ersten Mal erwogen, dass ihm was passiert sein könnte.«

»Hätte er nicht auch woanders übernachten können? Bei einem Groupie vielleicht?«, fragte Sandra.

»Es ist uns keine Frau aufgefallen, mit der er vor oder nach dem Konzert geflirtet hätte.«

»Wir sind dann wie geplant nach Leibnitz gefahren und haben gehofft, dass sich der Chrissie unterwegs doch noch bei uns meldet und rechtzeitig zum Konzert nachkommt. Na ja, die Hoffnung stirbt zuletzt …« Zötsch seufzte. Wie zynisch sein letzter Kommentar klang, hatte er anscheinend nicht bemerkt.

»Haben Sie denn gar nicht versucht, diesen Arzt ausfindig zu machen, um ihn zu fragen, ob Herr Maric vielleicht doch wie vereinbart zum Mittagessen erschienen ist?«

»Nein. Aber wir haben am Nachmittag Chrissies Eltern angerufen. Auf dem Weg zum Marenzihaus, wo wir am Abend hätten spielen sollen. Bei ihnen hat sich der Chrissie auch nicht gemeldet, und wir wollten sie nicht unnötig beunruhigen. Also haben wir ihnen gesagt, dass er schon wieder auftauchen wird«, sagte Zötsch.

Schmoranzer übernahm wieder das Wort. »Wir haben aber nicht gespielt. Der Veranstalter war stinksauer, weil wir ohne Chrissie nicht auftreten wollten. Auf die Schnelle konnten wir keinen Ersatz für ihn auftreiben. Wir haben noch bis 20 Uhr im Jazzkeller auf ihn gewartet. Dann bei der Polizei in Leibnitz eine Vermisstenanzeige gemacht. Die haben sie aufgenommen, obwohl der Chrissie etwas weniger als 24 Stunden verschwunden war, und haben versprochen, nach abgelaufener Frist mit der Fahndung zu beginnen. Eigentlich hätten wir weitere zwei, drei Stunden damit zuwarten müssen. So aber konnten wir direkt nach Hause fahren. Wir haben den Beamten versprochen, dass wir sofort Bescheid geben, falls Chrissie sich doch noch meldet.«

»Sie wohnen beide in Graz wie Herr Maric?«, vergewisserte sich Sandra, ob die Meldeadressen der beiden Männer noch aktuell waren.

»Ja, ich bin gebürtiger Grazer«, sagte Zötsch.

»Ich stamme ursprünglich aus Feldbach, wohne aber seit meinem Studium an der Musikuni in Graz«, sagte Schmoranzer.

»Hat Herr Maric außer diesem Arzt noch andere Bekannte in Straden oder in der näheren Umgebung erwähnt?«, wollte Sandra wissen.

»Mir gegenüber nicht.«

»Nein.«

»Und Ihnen ist nichts Ungewöhnliches aufgefallen?«, wiederholte Sandra. »Es gab auch keinen Ärger oder Streit? Vielleicht einen außergewöhnlichen Anruf?«

Wieder folgte Kopfschütteln.

»Herr Maric hat sich also verhalten wie immer.«

»Ja«, waren sich beide Musiker scheinbar einig. Der Seitenblick, den der Schlagzeuger dem Bassisten zuwarf, sprach jedoch eine andere Sprache.

Bergmann hatte die kurze Unsicherheit ebenfalls bemerkt. »Wir können Sie auch einzeln einvernehmen. Dann werden wir ja sehen …«, meldete er sich erstmals mit einer Drohung zu Wort.

Zötsch blickte Schmoranzer länger an. Als erwarte er von ihm, dass er endlich redete.

Der Bassgeiger seufzte genervt. »Na schön. Von mir aus können Sie ruhig wissen, dass es zwischen mir und Chrissie in den Wochen vor seinem Verschwinden Spannungen gegeben hat.«

Zötsch hob ungläubig seine Augenbrauen. »Spannungen? Trio fatal hätte sich beinahe aufgelöst wegen dir«, stellte er klar.

»Aber geh … Wir haben uns doch eh wieder zusammengerauft«, wiegelte Schmoranzer ab.

»Weshalb gab es denn diese Spannungen zwischen Ihnen beiden?«, fragte Sandra nach.

Schmoranzer leerte sein Wasserglas in einem Zug. Bevor er antwortete, wischte er sich über den Oberlippenbart.

»Meine Freundin hat ihm vor drei Wochen gestanden, dass sie sich in mich verliebt hat. Bis dahin ist die Angelika offiziell seine Freundin gewesen.«

»Du und die Angelika habt den Chrissie fast ein ganzes Jahr lang beschissen. Ich hätte dich an seiner Stelle umgebracht.« Zötsch erschrak über die eigene Aussage. »So wörtlich hab ich das nicht gemeint«, fügte er an.

»Herzlichen Dank. Du bist ein wahrer Freund.«

»Also Klartext jetzt, meine Herren.« Bergmann lehnte sich nach vorn, stützte die Ellenbogen auf der Tischplatte ab und verschränkte die Finger. Dabei fixierte er Schmoranzer mit seinem strengsten Blick. »Was genau ist in Straden geschehen? Hatten Sie Streit mit Herrn Maric? Haben

Sie etwas mit seinem Verschwinden zu tun? Oder mit seiner Ermordung?«, wurde er deutlich.

»Was? Nein … natürlich nicht!«

»Was war dann los?«

»Wir haben uns am späten Nachmittag wieder mal in die Haare gekriegt«, gestand Schmoranzer kleinlaut.

»Was? Davon hab ich aber nichts mitbekommen«, warf Zötsch ein.

»Der Patrick war schon in seinem Zimmer«, bestätigte Schmoranzer. »Der Chrissie wollte das Konzert einfach platzen lassen und auf Nimmerwiedersehen abhauen. Ich konnte ihn gerade noch davon überzeugen, die Tournee mit uns fertigzuspielen und danach zu entscheiden, ob wir gemeinsam weitermachen.«

»Ach! Und wann wolltest du mir das mitteilen? Mir reicht's, Georg. Du hast alles kaputtgemacht, was wir uns mühsam aufgebaut haben, weil du deinen Schwanz … Ach, was soll's. Kann ich jetzt gehen? Ich habe Ihnen nichts weiter zu sagen … Ich weiß nämlich nicht mehr.« Zötsch sprang von seinem Stuhl auf, sodass dieser ins Wanken geriet und beinahe nach hinten kippte.

»Sie können gerne draußen warten, bis wir hier fertig sind, Herr Zötsch. Oder morgen wieder vorbeikommen, um Ihre Aussage zu unterschreiben. Wie Sie möchten«, sagte Sandra.

»Dann komm ich morgen wieder. Wir zwei sprechen uns noch. Wegen meinen Instrumenten in deinem Bus. Ansonsten hab ich dir nichts mehr zu sagen. Außer, dass du dir einen neuen Drummer suchen kannst.« Patrick Zötsch wandte sich ab und stürmte auf die Tür zu.

»Eine Frage habe ich noch an Sie«, hielt Sandra ihn auf.

Zötsch ließ die Türklinke los und drehte sich auf dem Absatz um. »Was denn noch?«

»Hat Christian Maric Fußball gespielt?«

»Zumindest nicht, seitdem ich ihn kenne. Aber er hat sich für Fußball interessiert. Mehr noch fürs Wetten.«

»Fußballwetten?«

»Ja. Er hat sogar einiges damit nebenher verdient.«

Sandra witterte eine neue Spur. »Hat er auch auf Unterliga-Spiele gesetzt?«

»Keine Ahnung. Ich kenn mich damit überhaupt nicht aus. Ich war noch nicht einmal in einem dieser Wettcafés, die in den letzten Jahren überall wie Schwammerl aus dem Boden schießen.«

»Hat Herr Maric denn solche Wettcafés öfter besucht?«

»Nein. Soweit ich weiß, hat er seine Wetten im Internet platziert.«

»Auf welcher Plattform?«

Zötsch zuckte mit den Schultern.

»Und Sie, Herr Schmoranzer? Wissen Sie mehr darüber?«

»Keine Ahnung. Ich spiele ja noch nicht mal Lotto.«

Waren Fußballwetten die Gemeinsamkeit zwischen Markus Haselbacher und Christian Maric, die beide die Gliedmaßen und das Leben gekostet hatte, fragte sich Sandra. Hatten die Morde mit Sportwettenbetrug zu tun? Steckte gar die Wettmafia dahinter?

»War's das?«, zerriss Zötsch ihre Gedankenkette.

»Ja danke. Sie können gehen.«

Patrick Zötsch verließ den Verhörraum, während Georg Schmoranzer ihm wie ein geprügelter Hund hinterher sah.

»Noch einmal zu dem Streit, den Sie mit Herrn Maric vor Ihrem letzten Konzert hatten«, wandte Sandra ihm wieder ihre Aufmerksamkeit zu.

Schmoranzer wiederholte seine Aussagen. Er blieb dabei, dass er mit dem Verschwinden und dem Mord an Christian Maric nichts zu tun hatte.

»Wo waren Sie am Sonntag, den 20. Oktober zwischen 19 und 22 Uhr?«

»Sonntag vor zwei Wochen … Da müsste ich in meinem Kalender nachsehen.«

»Und? Wer hindert Sie daran?«, fragte Bergmann.

Schmoranzer nahm sein Smartphone zur Hand, tippte und wischte einige Male übers Display, bis er in seinem Kalender das gesuchte Datum fand. »Sonntagabend vor zwei Wochen war ich zu Hause. Sie können gerne meine Freundin fragen.«

»Werden wir tun.« Möglichst, bevor er sich mit ihr absprechen konnte, dachte Sandra und notierte sich die Daten von Angelika Kerschbaumer, um sie unmittelbar nach der Einvernahme anzurufen. »Kennen Sie einen Markus Haselbacher?«, fragte sie weiter.

»Spontan würde ich Nein sagen.«

»Dann denken Sie halt ein bisschen nach«, schnauzte Bergmann den Musiker erneut an.

»Tut mir leid. Ich kenne einige Markusse, aber soweit ich weiß, keinen, der Haselbacher heißt.«

»Nicht einmal einen Winzer mit diesem Nachnamen? Oder wenigstens seine Weine?«, versuchte Sandra ihm auf die Sprünge zu helfen. Immerhin stammte Schmoranzer aus Feldbach. Eine Kleinstadt, die lediglich eine gute halbe Stunde vom Winzerhof der Haselbachers entfernt lag. Leider wieder Fehlanzeige. Bis auf einen Erste-Hilfe-Kurs, den er im Rahmen des Führerscheines absolviert hatte, mangelte es ihm zudem an medizinischen Kenntnissen. Auch sonst konnte er keine weiteren Angaben machen, die ihren Ermittlungen weiterhalfen. Oder er wollte es nicht. Aber immerhin waren da die beiden neuen Hinweise auf den Arzt namens Michael und die Fußballwetten, die zu verfolgen sich vielleicht lohnte.

3.

Sandra saß seit geraumer Zeit wieder an ihrem Schreibtisch, als sie endlich Angelika Kerschbaumer erreichte. Die bestätigte das Alibi ihres Freundes für den fraglichen Abend. Wobei nicht auszuschließen war, dass sie und Georg Schmoranzer sich längst abgesprochen hatten. Ohne den beiden nachweisen zu können, dass sie logen, musste sie deren Aussagen wohl oder übel als Fakten hinnehmen. Ihr Bauch sprach ohnehin dagegen, dass der Bassgeiger beide Männer auf dem Gewissen hatte. Seinen Bandkollegen hätte er vielleicht noch im Affekt töten können. Vorsätzlich hätte aber eher Maric einen Grund gehabt, Schmoranzer umzubringen, nachdem dieser ihm die Frau ausgespannt hatte. Und warum sollte er Markus Haselbacher ermordet haben? Was die Amputationen anbelangte, gab es erst recht kein Motiv. Es sei denn, Schmoranzer litt an einer psychischen Störung, die er gekonnt kaschierte. Den befreundeten Arzt des Opfers hatte Sandra inzwischen ausfindig gemacht. Doktor Michael Kropf war nicht nur Allgemein-, sondern auch Sportmediziner, der unter anderem die Spieler des SV Karla betreute und behandelte, auch Markus Haselbacher. Diesen Arzt würden sie morgen Nachmittag in seiner Ordination in Straden befragen.

Während der Drucker das Vernehmungsprotokoll auswarf, meldete sich Miriam zu Wort. »Ich hab da was«, verkündete sie und strahlte übers ganze Gesicht.

»Was denn?«

»Die Auskunft der Kreditkartenfirma. Christian Maric hat auf bestwins.com regelmäßig Fußballwetten platziert. Und jetzt haltets euch fest«, fuhr sie fort.

Bergmann sah von seinem Bildschirm hoch.

»Markus Haselbachers Kontoauszüge belegen, dass Geld von demselben Online-Buchmacher auf sein Konto geflossen ist.«

»Na bitte«, sagte Sandra, »Treffer.« Die Frage, warum den Kollegen nicht schon längst aufgefallen war, dass der ermordete Fußballer Stammkunde auf einer Wettplattform gewesen war und einen Sportwettenbetrug zumindest in Betracht gezogen hatten, behielt sie für sich. Manchmal sah man eben den Wald vor lauter Bäumen nicht. »Wie hoch waren die Gewinne?«, fragte sie.

Miriam blätterte durch die Kontoauszüge und leckte dabei einige Male ihren Zeigefinger ab. »Mal an die 1.100 Euro, ... hier fast 2.000, dann wieder 650. Und so weiter. Keine größeren Summen. Aber doch ein ganz nettes Zubrot.«

»Wäre interessant, zu erfahren, ob beide Opfer dieselben Wetten platziert haben. Und wenn ja, wer außer ihnen es noch getan hat«, sagte Bergmann. »Aber da kommt uns wieder mal der verdammte Datenschutz in die Quere.«

»Ohne richterlichen Beschluss werden die uns überhaupt keine Auskunft erteilen«, gab Sandra ihm recht.

»Und den werden wir auf einen vagen Verdacht hin nicht so ohne Weiteres bekommen.«

»Setz dich doch nochmal mit einem unserer IT-Experten zusammen, Miriam«, sagte Bergmann. »Vielleicht findet sich irgendein Hinweis auf Haselbachers Rechner, der uns bisher nicht relevant erschienen ist. Auch in Hinblick auf diesen Doktor Kropf. Außerdem sollten wir noch einmal seine Kontakte überprüfen. Ich will wissen, ob die beiden Opfer Facebook-Freunde waren und über Skype oder sonst wie kommuniziert haben«, sagte Bergmann. »Und frag doch mal nach, wo die Anrufprotokolle von Marics verschwundenem Handy und von seinem Festnetzanschluss bleiben.«

Miriam nickte. »Ich klemm mich dahinter. Die Bankauskunft fehlt mir auch noch. Ach ja, und Stefan ist dran, eine möglichst vollständige Gästeliste des Jazzkonzerts zusammenzustellen. Das dauert aber bestimmt noch eine Weile.«

»Wie sieht es eigentlich mit Marics Computer aus? Wann bekommen wir den?«, fragte Bergmann.

Sandra übernahm das Antworten. »Den hole ich dann auf dem Heimweg ab. Sein Vater lässt mich in die Wohnung. Bei dieser Gelegenheit kann ich mich dort gleich ein wenig umsehen.«

»Willst du jemanden von der Tatortgruppe dabei haben?«

»Nicht nötig. Ich weiß, wie ein Rechner aussieht.«

Bergmann grinste säuerlich.

»Jetzt mal im Ernst«, sagte Sandra. »Was Fußballwetten anbelangt, war Markus Haselbacher doch ein Insider. Er könnte auf die Siege der gegnerischen Mannschaften gesetzt haben. Dann, wie in seinem letzten Match, absichtlich den Elfer vergeben und das Eigentor geschossen haben, um anschließend abzukassieren. Möglicherweise waren andere Spieler auch involviert. Und vielleicht steckt sogar die Wettmafia dahinter. Denen würde ich diese Amputationen als Abschreckungsmaßnahme durchaus zutrauen.«

»Daran glaube ich am allerwenigsten.« Bergmann schüttelte den Kopf.

»Wieso nicht?«

»Es gab doch erst vor wenigen Monaten einen Riesenwettskandal, bei dem etliche Spieler der Spielmanipulation und des Wettbetrugs verdächtigt, einige verhaftet und angeklagt wurden. Auch die Hintermänner wurden belangt. Eine sogenannte Wettmafia würde sich nach so kurzer Zeit nicht gleich wieder die Finger verbrennen, sondern sich erst einmal aus Österreich zurückziehen und frühestens dann wiederkehren, wenn Gras über die Sache gewachsen ist. Die agieren international und weichen auf andere lukrative Märkte im Ausland aus. Zweitens hätte Haselbacher in einem solchen Fall Schmiergeld für seine Manipulationsdienste kassiert. Und das bestimmt schwarz auf die Hand und nicht per offizieller Überweisung, die sich jederzeit nachvollziehen lässt. Genauso wie seine Internetwetten. Das ist doch viel zu durchsichtig für eine große Geschichte, bei der die Wettmafia ihre Hände im Spiel hat.«

Bergmanns Argumente klangen plausibel, musste sich Sandra eingestehen. Zudem beantworteten sie ihre unausgesprochene Frage nach einem vermeintlichen Ermittlungsversäumnis während ihrer Abwesenheit.

»Außerdem«, fuhr Bergmann fort, »was sollte ein Jazzmusiker mit der Wettmafia am Hut haben?«

»Er könnte mit einem Insider befreundet gewesen sein«, sagte Sandra.

»Vielleicht war er das. Es sei denn, Maric und Haselbacher hätten ihr eigenes Ding durchgezogen, um abzucashen, was ich aber auch nicht glaube. Haselbacher hat für seine Mannschaft nämlich die meisten Tore erzielt, außer eben im letzten Match. Das sieht für mich nicht gerade nach Manipulation aus, eher nach einem schlechten Tag.«

»Deshalb ist er vermutlich so ausgezuckt, als ihm der Tormann sein Versagen im Match vorgeworfen hat«, überlegte Sandra laut. »Er hätte wohl auch nicht so mir nichts dir nichts seinen Spind geräumt und das Weite gesucht, wenn seine Wetteinkünfte aus Spielmanipulationen stammten. Die hätte er sich danach nämlich abschminken können. Außer, es wären mehrere Spieler daran beteiligt gewesen, auf die sich Haselbacher weiterhin hätte verlassen können. Oder aber jemand, der mit ihm unter einer Decke steckte, hatte Angst, dass er nach seinem Abgang plaudert, und wollte mit seinen Taten ein ziemlich drastisches Exempel statuieren. Um zu verhindern, dass noch jemand aussteigen möchte.«

»Und welche Rolle spielt Maric in diesem Szenario?«, fragte Bergmann. »Falls sich die beiden überhaupt gekannt haben.«

Sandra wandte sich auf ihrem Drehstuhl um und betrachtete zum wiederholten Mal die Fotos der beiden Leichen auf der Pinnwand, die ihr nicht mehr verrieten, als sie bereits wusste. Und das war viel zu wenig. »Keine Ahnung«, gab sie zu. »Dennoch sollten wir zumindest mal nachfragen, ob andere Spieler des SV Karla ebenfalls auf dieser Plattform gewettet haben. Miriam könnte doch die Fußballer übernehmen.« Die junge Kollegin hatte sich in Sandras Abwesenheit bewährt und sollte nun nicht wieder ausschließlich die ungeliebten Büroarbeiten leisten müssen, nur weil Sandra an ihren Arbeitsplatz zurückgekehrt war. Dafür gab es andere weniger qualifizierte Kollegen.

Miriam freute sich sichtlich über ihren Vorschlag.

»Von mir aus«, sagte Bergmann und sah von Sandra zu Miriam. »Die Burschen werden sich bestimmt freuen, dich wiederzusehen.« Der Chefinspektor wandte sich seinem Computer zu.

Sandra sah Miriam an und fasste sich an die Stirn. Bergmann war und blieb ein elender Macho.

4.

Sandra kondolierte dem Vater von Christian Maric, der sie im Vorzimmer der Wohnung empfing. Sein Angebot, ihr den Mantel abzunehmen, lehnte sie dankend ab. Stattdessen knöpfte sie ihren Trenchcoat auf, während sie den Blick über die glasgerahmten Poster schweifen ließ, die für verschiedene Jazzfestivals warben. Alle waren längst Geschichte, wobei das jüngste Plakat vom letzten Oktober stammte.

Robert Maric bat die LKA-Ermittlerin, ins Wohnzimmer weiter zu kommen. Seine Frau habe es sich nicht nehmen lassen, ihn nach Graz zu begleiten, um die Kleidung auszuwählen, in der ihr Sohn demnächst bestattet werden sollte, erklärte er Sandra. Die merkte der Mutter an, dass sie unter dem Einfluss von Medikamenten stand. Wie ferngesteuert wankte ihr die etwas über 50-Jährige entgegen, um sie zu begrüßen. Tränen liefen über ihre blassen Wangen.

Der Vater führte Sandra weiter in die Küche, zum Esstisch, der seinem Sohn auch als Arbeitsplatz gedient hatte. »Sie können seinen Laptop ruhig mitnehmen. Wir fangen eh nix damit an.« Der Mittfünfziger wirkte erschöpft, aber erstaunlich gefasst.

»Danke, Herr Maric.« Sandra schob einen der vier Küchenstühle beiseite und ging in die Knie, um den Stecker aus der Dose unter dem Tisch zu ziehen.

»Haben Sie schon was herausgefunden?«, hörte sie Robert Maric hinter ihrem Rücken fragen.

Mit dem Stromkabel in der Hand erhob sie sich, während sie noch überlegte, was und wie viel von der Wahrheit sie dem Mann zumuten durfte.

»Hat mein Bub lang leiden müssen?«, kam Maric ihrer Antwort zuvor und brach von einer Sekunde auf die andere in Tränen aus.

»Nein, das hat er nicht, Herr Maric«, versuchte Sandra den heftig schluchzenden Mann zu beruhigen und schlug ihm vor, sich hinzusetzen. »Alles deutet darauf hin, dass Ihr Sohn betäubt wurde, bevor man ihn getötet hat«, fuhr sie fort, während Robert Maric Platz nahm. Sandra schob den Laptop beiseite und setzte sich zu ihm an den Tisch, um abzuwarten, bis er sich wieder gefasst hatte. »Es muss sehr schnell gegangen sein. Bestimmt hat er nichts gespürt«, versicherte sie dem trauernden Vater noch einmal.

»Er ist vorher eingeschlafen …« Maric wischte sich mit dem Ärmel über die tränennassen Augen.

»Er war bewusstlos«, bestätigte Sandra, wenngleich noch gar nicht bewiesen war, dass ihre Behauptung zutraf. Bisher durfte sie lediglich annehmen, dass der mutmaßliche Serientäter in beiden Fällen Chloroform benutzt hatte, um seine Opfer zu betäuben, bevor er sie tötete. Der toxikologische Befund der Leiche von Christian Maric war noch ausständig. Dennoch brachte sie es nicht übers Herz, den Vater im Ungewissen zu lassen. Den einzigen Sohn durch eine solche Gewalttat zu verlieren, war schon hart genug.

»Stimmt es, was in der Zeitung steht?«

»Was meinen Sie?«

»Dass derselbe Mörder ihn umgebracht und verstümmelt hat wie vor zwei Wochen diesen Winzer in Straden?«

»Das kann ich leider noch nicht bestätigen.« Sandra ärgerte sich einmal mehr über die voreiligen Journalisten, die selber ihre Schlüsse zogen, anstatt sich an die Presseinformationen der Polizei zu halten. »Bitte glauben Sie nicht alles, was die Medien berichten. Am besten schauen Sie und Ihre Frau sich das gar nicht an, solange unsere Ermittlungen noch laufen. Ich verspreche Ihnen, Sie auf dem Laufenden zu halten.«

»Ja. Bitte tun Sie das.«

Erst jetzt entdeckte Sandra die Kleenex-Box auf dem Fensterbrett neben sich und reichte sie Maric. Der zog zwei Tücher heraus, um seine Tränen zu trocknen und sich zu schnäuzen. »Wann werden wir unseren Sohn beerdigen können?«, fragte er dann.

»Ich nehme an, dass seine Leiche spätestens am Freitag von der Staatsanwaltschaft freigegeben wird. Danach können Sie alles Nötige veranlassen.«

Der Mann biss sich auf die Lippen, schloss die Augen und nickte.

»Kennen Sie den Jugendfreund Ihres Sohnes, Michael Kropf?«

Robert Maric öffnete die Augen wieder. »Den Michi …
ja sicher. Wie kommen Sie jetzt auf den?«

»Er war beim letzten Konzert Ihres Sohnes in Straden.«

»Ach so? Ich hab geglaubt, dass diese Freundschaft ein
für alle Mal Geschichte ist.«

»Warum das?«

»Der Michi war ein seltsamer Kerl, sechs oder sieben
Jahre älter als mein Sohn. Der Christian war von Anfang
an schlecht in Mathematik, der Michi hingegen ein Vor-
zugsschüler. Deshalb hat er ihm Nachhilfestunden gegeben. Ich war nie begeistert, dass die beiden Freunde wurden. Aber ich hab natürlich nichts gesagt.«

»Aus welchem Grund waren Sie nicht begeistert über
diese Freundschaft?«

»Der Christian hat sich immer mehr von uns zurückge-
zogen, war nur noch mit dem Michi unterwegs. Er hat Tiere
getötet und zerlegt. Einmal sogar eine Katze. Der Christian
musste ihm dabei zuschauen, obwohl ihm davor gegraust
hat. Daraufhin ist unser Sohn zum Vegetarier geworden.«

Dass der angehende Mediziner anatomisches Interesse
gezeigt hatte, verwunderte Sandra nicht besonders. Doch
nicht jeder, der in der Jugend Tiere sezierte, wurde später
zwangsläufig zum Verbrecher.

»Außerdem war der Michi schwul. Da bin ich mir ziemlich sicher. Verstehen Sie mich nicht falsch, ich hab wirklich nichts gegen Homosexuelle. Aber mein Christian
war nicht so orientiert. So was merkt man als Vater doch.
Manchmal hab ich das Gefühl gehabt, dass der Michi den
Christian in diese Richtung drängen wollte. Dabei war
mein Sohn noch ein Kind.«

»Wenn der Freund Ihres Sohnes pädophil war, hätten
Sie doch einschreiten müssen«, sagte Sandra.

»Ich weiß ja bis heute nicht, ob er sich an ihm vergriffen hat. Ich hab meinen Sohn darauf angesprochen, was mir bestimmt nicht leicht gefallen ist. Er war richtig wütend auf mich und hat mich pervers genannt, weil ich so was glaube. Kurz danach wollte er von einem Tag auf den andern vom Michi nichts mehr wissen. Warum, hat er uns nie erzählt. Aber ich war richtiggehend erleichtert darüber. Auch, als sich mein Sohn dann dem anderen Geschlecht zugewandt hat ...« Robert Maric seufzte schwer.

»Darf ich mich noch ein bisschen in der Wohnung umschauen?«, fragte Sandra.

»Wenn Ihnen das weiterhilft. Suchen Sie was Bestimmtes?«

»Kontoauszüge.«

»Besonders viel wird nicht auf seinem Konto sein. Er war Künstler und hat mal mehr, mal weniger verdient. Unterm Strich ist er gerade mal so über die Runden gekommen.« Robert Maric seufzte schwer, ehe er weitersprach. »Mein Sohn war glücklich mit seiner Musik. Und mit der Angelika, seiner Freundin. Das ist es doch, worauf es im Leben ankommt, nicht wahr? Das arme Dirndl ... Weiß sie es schon?«

Sandra antwortete dem Mann mit einem Nicken, das dieser längst nicht mehr wahrnahm. Seine Gedanken waren ganz bei seinem Sohn. Er starrte ins Leere. »Christian war von klein auf besessen von seiner Quetschn. Wir haben gehofft, dass er nach dem Gymnasium was Solides studiert. Etwas, auf das er zurückgreifen kann, wenn's mit der Musik nicht so klappen sollte. Aber das hat er partout nicht wollen. Und er hat seinen Kopf durchgesetzt. Er war stur wie ... na ja, wie ich halt, sagt meine Frau immer.« Wieder folgte ein Seufzen, dem man den Schmerz deutlich anhören konnte. »Bei aller Zielstrebigkeit war der Bub so sensibel …«

»Hatte er viele Freunde?«

»Er war sehr beliebt. Schon in der Schule. Die Madln war'n hinter ihm her. Und das hat er dann auch weidlich ausgekostet. Er war eine Zeit lang ein ganz schöner Hallodri.« Ein verklärtes Lächeln huschte über das Gesicht des Mannes. »Er wollt sich nicht so früh festlegen. Recht hat er g'habt … Erst mit der Angelika ist er dann ruhiger geworden. Aber heiraten wollte er sie trotzdem nicht. So sind die jungen Leute heutzutag halt …«

Wie oft hatte Sandra diesen letzten Satz schon gehört? Vermutlich existierte er seit Menschengedenken und würde bis ans Ende aller Tage den Blick der älteren auf die jüngeren Generationen beschreiben. Vom Ende der Liebesbeziehung seines Sohnes wusste Robert Maric offensichtlich noch nichts. Aber was spielte das jetzt noch für eine Rolle? Es sei denn, die Trennung von Angelika Kerschbaumer hatte doch etwas mit dem Mord zu tun, wofür es momentan aber kein Indiz gab. »Gibt es auch jemanden, der Ihren Sohn nicht gemocht hat?«, fragte sie. »Hatte er Schwierigkeiten? Vielleicht finanzielle? Hat ihm jemand gedroht? Jemand, dem Sie diese Tat zutrauen würden?«

»Bestimmt nicht. Wenn der Christian mal knapp bei Kasse war, hat er sich von mir Geld ausgeborgt. Er hat seine Schulden aber immer zurückgezahlt, so bald, wie er nur können hat.«

»Hat er um Geld gespielt oder gewettet?«

»Aber wo … Früher hat er gern beim Preisschnapsen mitgemacht. Da geht's aber nicht um Geld, sondern um Preise, Geschenkkörbe und sowas. Einmal hat er ein ganzes Ferkel heimgebracht.« Wieder zauberte die Erinnerung den Anflug eines Lächelns ins Gesicht des Mannes.

»Und bedroht wurde Ihr Sohn auch nicht.«

»Nein. Warum denn? Er hat ja niemandem was getan. Er war ein herzensguter Mensch, der Christian.« Längst hatten sich die Augen des Vaters wieder mit Tränen gefüllt, seine Stimme zitterte.

Sandra verabschiedete sich endgültig von dem Gedanken, von Robert Maric etwas zu erfahren, das der Aufklärung des Falles diente. Entweder der Tod trübte den Blick des Vaters auf den Sohn oder er wollte nicht schlecht über diesen reden. Dass zwischen beiden stets eitel Wonne geherrscht hatte, konnte sie sich kaum vorstellen. Genau so wenig, dass Christian Maric ein Heiliger gewesen war. »Wissen Sie zufällig, wo Ihr Sohn seine Kontoauszüge aufbewahrt?«

»Schauen Sie mal dort in der zweiten Lade von oben nach. Direkt hinter Ihnen.«

Sandra stand auf und öffnete die Schublade, in der sie ein ziemliches Chaos vorfand. Zwischen Rechnungen und Kassabons wühlte sie sich durch zahlreiche Stifte, Gummiringerl, Büroklammern und Kuverts, bis sie einen Kontoauszug vom Oktober in den Händen hielt. Weiter unten fanden sich noch weitere ältere Bankbelege, die sie zu den anderen legte.

»Er war ein bissl schlampert, der Christian. Das hat er aber nicht von mir … Ich schau jetzt mal nach, wie's der Elfi geht. Wenn sie sich bloß nichts antut …«

»Haben Ihnen die Kollegen denn keine psychologische Hilfe angeboten? Wir können Ihnen jemanden vom Kriseninterventionsteam schicken, der sich um Sie kümmert.«

»Es war eh schon einer von denen bei uns, bevor wir nach Graz aufgebrochen sind. Falls Sie noch was brauchen, ich bin dann im Wohnzimmer. Ja, Frau Inspektor?«

»Ja, vielen Dank, Herr Maric.« Sandra zog nun doch ihren Mantel aus und warf ihn über die Sessellehne, ehe sie sich wieder der Schublade zuwandte. Es dauerte eine Weile, bis sie alle Kontoauszüge der letzten zwei Jahre und drei Monate zusammengesucht hatte. Genauso lange hatte Christian Maric in dieser Wohnung gewohnt. Dann sah sie sich noch in den anderen Schubladen und Küchenkästen um, fand dort aber nur Besteck, Geschirr, Gläser, Lebensmittel und die üblichen Küchenutensilien.

Nach Rückfrage bei den Eltern durchforstete sie noch die Schlafzimmerkästen und die Kommode im Wohnzimmer, die allesamt kreatives Chaos verströmten. Erst, als sie den Deckel der silbernen Schatulle im Bücherregal anhob, wurde sie fündig. Dass das Kraut in dem kleinen wiederverschließbaren Plastiksackerl Cannabis war, bestätigte ihr der Geruch. Sie steckte es ein, um es sicherzustellen. Ansonsten fiel ihr in der Wohnung nichts auf, was sie weitergebracht hätte. Dennoch sollte die Tatortgruppe die Wohnung noch einmal genauer unter die Lupe nehmen. Gut anderthalb Stunden, nachdem sie an der Tür geläutet hatte, verabschiedete sich Sandra von Elfriede und Robert Maric, nicht ohne ihnen vorher zu versichern, dass die Medien nichts von dem Rauschgift erfahren würden. Ihr Sohn solle nicht als Drogensüchtiger dargestellt werden, nur weil er ab und zu Gras geraucht hatte, meinte der Vater, der in den 1970er Jahren selbst den einen oder anderen Joint konsumiert hatte und bei Gott nichts Böses daran fand. Auch wenn es illegal war.

Im Stiegenhaus warf Sandra einen Blick auf ihre Armbanduhr. »Verdammt«, murmelte sie und legte einen Zahn zu. Zu ihrem ersten privaten Treffen mit Paul Stadler würde sie gleich einmal zu spät kommen. Was soll's, dachte sie. Wenn Paul wirklich an ihr interessiert war, gewöhnte er sich besser an derlei Verspätungen. Von einem LKA-Ermittler beim Raubdezernat durfte man doch erwarten, dass er dafür Verständnis aufbrachte. Räuber und Diebe hielten sich schließlich genauso wenig an offizielle Bürozeiten wie Sandras Kundschaft. Sie griff zu ihrem Handy und wählte Pauls Nummer.

5.

Paul Stadlers Haare kamen Sandra ein wenig grauer vor, als sie diese in Erinnerung hatte. Dafür waren sie einige Zentimeter gewachsen, was ihm besser zu Gesicht stand als die raspelkurze Frisur, die er vor drei Monaten getragen hatte. Er hatte Sandra wohl zuerst entdeckt, denn er lächelte sie bereits an und winkte ihr zu, als ihr suchender Blick ihn an einem der hinteren Restauranttische fand.

Paul stand auf, um sie zu begrüßen und ihr aus dem Trenchcoat zu helfen. »Die Auszeit hat dir gutgetan. Du siehst großartig aus«, sagte er im Hinsetzen. »Und die Frisur steht dir ganz hervorragend«, lobte er Sandras Bob, der bis knapp unters Kinn reichte. Andrea und der Friseur hatten mit ihrer einhelligen Empfehlung recht gehabt: Die goldblonden Strähnen in den hellbraunen Haaren ließen ihren Teint um einiges frischer wirken. Ebenso wie die vielen Stunden, die Sandra an der frischen Luft verbracht hatte.

»Danke.« Gleichfalls, fügte Sandra gedanklich hinzu. Pauls dunkelgrauer Anzug mit dem schmalen Revers und das weiße Hemd, dessen oberster Knopf geöffnet war, trafen genau ihren Geschmack. Die edle Vintage IWC mit dem anthrazitfarbenen Lederband war der Uhrenliebhaberin schon bei der ersten Begegnung im LKA positiv aufgefallen. Sein Stil war kein Vergleich zu Bergmanns legerem Schmuddellook, der bei Polizeieinsätzen zwar praktisch, für einen leitenden Beamten aber keinesfalls immer passend war. Paul Stadler mochte vielleicht zwei, drei Jahre älter als Bergmann sein, schätzte Sandra. Er wirkte jedoch um einiges distinguierter, gelassener und reifer.

In ihren Jeans und der weißen Bluse fühlte sie sich Paul gegenüber fast ein wenig underdressed. Wenigstens hatte sie den dunkelblauen taillierten Blazer angezogen. Damit ging ihr Outfit zumindest als klassisch-sportlich durch.

»Wie wär's mit einem Aperitif?«, fragte Paul. »Ein Glas Schilchersekt vielleicht?«

»Gerne«, erwiderte Sandra. Der Dienstwagen parkte in der Tiefgarage ihres Wohnhauses, das nur zwei Häuserblocks vom Lokal ihrer Wahl entfernt lag. Also konnte sie sich ruhig etwas Alkohol zum Abendessen gönnen.

Paul bestellte zwei Gläser Schilchersekt und reichte ihr eine der beiden Speisekarten. »Bist du öfter hier?«, fragte er und sah sie über den schwarzen Rand seiner Lesebrille hinweg an.

»Ab und zu. Ich wohne ganz in der Nähe. Die Gerichte vom Almochsen kann ich dir wärmstens empfehlen. Auch das Backhendl oder das Martinigansl. Ich glaube, für die Gans werde ich mich heute entscheiden.«

»Kannst du denn schlafen, wenn du so schwer zu Abend isst?«

»Aber ja. Wie ein Baby.« Das Einzige, was Sandra schlaflose Nächte bereitete, waren ungelöste private Probleme, die zurzeit glücklicherweise nicht anstanden. Mit Julius hatte sie endgültig abgeschlossen. Ebenso mit ihrer lieblosen Mutter und ihrem kriminellen Halbbruder Mike. Von beiden hatte sie seit über drei Jahren nichts mehr gehört, geschweige denn sie gesehen. Und das war auch besser so. Die letzte Information, die ihr aus der Heimat zugetragen worden war, hatte ihr schon gereicht. Während eines längeren Aufenthalts der Mutter in der Nervenklinik hatte Mike ihr Haus verkauft, das sie ihm zuvor offenbar überschrieben hatte, und sich mit dem Erlös nach Thailand abgesetzt. Wenn es nach Sandra ging, konnte er für immer bleiben, wo der Pfeffer wächst. Mit der Mutter, die die Tochter stets abgelehnt und runtergemacht hatte, wollte Sandra ebenfalls nichts mehr zu tun haben. Ansonsten konnte sie selbst der verzwickteste Mordfall nur selten daran hindern ein- beziehungsweise durchzuschlafen. Erst recht kein knuspriges Martinigansl mit Rotkraut, glasierten Maroni und flaumigen Serviettenknödeln. Auf eine Vorspeise verzichtete sie und wollte zur Hauptspeise ein Glas Zweigelt bestellen.

»Nehmen wir doch lieber gleich eine Flasche«, schlug Paul vor, der sich seinerseits für das Almochsensteak entschied.

»Gerne.« Sandra hob ihr Sektglas. »Wolltest du mir nicht noch diese Geschichte vom Kongo erzählen?«, fragte sie und prostete ihm zu.

»Ich möchte dir nicht den Appetit verderben.«

»Das halte ich schon aus. Und noch viel mehr. Muss ich ja wohl, bei der Mordgruppe.«

»Na dann. Wird halt nur mir schlecht von dieser Geschichte.«

»Im Ernst? Dann lass es lieber.« Sandra grinste Paul an. Dass er wirklich so zart besaitet war, nahm sie ihm nicht ab.

»Aber nein. So schlimm ist es auch wieder nicht.« Er lächelte und nippte noch einmal am Schilchersekt. »Also, während der Kongogräuel im späten 19. und frühen 20. Jahrhundert mussten die schwarzen Soldaten der Force Publique jede abgeschossene Kugel vor den weißen Offizieren rechtfertigen. Um ausschließen zu können, dass sie diese für einen Aufstand aufbewahrten oder für die Jagd verwendeten, mussten die Soldaten für jede fehlende Kugel die rechte Hand des Erschossenen abliefern. Um die Hände haltbar zu machen, wurden sie geräuchert. Denn es dauerte oft eine ganze Weile, bis die weißen Vorgesetzten die Anzahl der Hände kontrollieren konnten.«

»Ich kann mir ungefähr vorstellen, was jetzt kommt«, warf Sandra ein.

Paul nickte. »Ich fürchte jedoch, es wird dir in deinen Mordfällen nicht weiterhelfen.«

»Erzähl die Geschichte trotzdem fertig.«

»Irgendwie mussten die Soldaten auch jene Kugeln rechtfertigen, die sie verschossen hatten. Also haben sie Lebenden die vermeintlichen Beweisstücke kurzerhand abgehackt.«

»Und damit sind sie durchgekommen?«

»Anscheinend. Jedenfalls solange, bis dem belgischen König, der von alledem keine Ahnung hatte, eine Karikatur vor Augen kam, die seine Majestät höchstpersönlich darstellte, wie er einem Schwarzafrikaner mit dem Schwert die Hand abschlug. Er soll es völlig idiotisch gefunden haben, den Leuten ausgerechnet die Hände abzunehmen, wo er doch gerade diese am allerdringendsten im Kongo benötigte. Viel eher hätte er ihnen alles andere abgehackt, soll er die Vorfälle lapidar kommentiert haben und zur Tagesordnung übergegangen sein.«

»Was für ein Herzerl. Falls die Geschichte überhaupt stimmt … Prost, Paul.« Sandra trank einen Schluck Sekt.

»Ich erzähle dir doch keine Märchen. Diese Geschichte stammt angeblich von einem seiner engsten Militärberater.«

»Du kommst mir allmählich wie ein wandelndes Lexikon vor.«

»Man nennt mich auch Doktor Google.« Paul grinste sie an und hob erneut sein Sektglas an.

Sandra lachte. »Das passt.«

»Ich merke mir leider alles, was ich höre oder sehe.«

»Wieso denn leider? Ich wünschte, ich könnte das auch.«

»Wünsch dir das lieber nicht. Es gibt Dinge, die vergisst man am besten gleich wieder.«

Einen Augenblick lang glaubte Sandra einen bitteren Zug um seinen Mund wahrzunehmen. »Das stimmt allerdings auch wieder.«

Der Kellner brachte die bestellte Zweigelt-Flasche an den Tisch und zog den Silikonkorken heraus.

»Ausgezeichnet«, kommentierte Paul den Probeschluck und ließ ihre Weingläser füllen. Noch einmal prosteten sie sich zu.

»Bist du sonst auf irgendwelche Rituale oder etwas anderes gestoßen, das diese seltsamen Morde und die Amputationen erklären könnte?«, erkundigte sich Sandra.

»Leider nein. Nichts, was ich dir nicht schon gesagt hätte. Vor allem keine Beinamputation …«

»Die Brieftaschen der Opfer sind übrigens verschwunden. Außerdem ein Handy.«

»Du denkst an einen Raubmord?«

Sandra schüttelte den Kopf. »Halte ich für unwahrscheinlich. Die beiden hatten bestimmt kein Vermögen bei sich. Und die Verstümmelung passt auch nicht ins Bild. Was meinst du?«

»Ich gebe dir recht und tippe noch immer auf Ritualmorde. Auch wenn mir kein solches Ritual bekannt ist.«

»Serientäter haben meist ihre eigenen Rituale, denen sie zwanghaft folgen.« Nur allzu gut erinnerte sich Sandra an die letzte Mordserie im Schilcherland, bei der junge Mädchen getötet und deren Leichen aufwändig inszeniert worden waren. Dass Männer einem Serientäter zum Opfer fielen, war eher ungewöhnlich, wenn sie nicht gerade in die Fänge einer Schwarzen Witwe gerieten.

»Spontan ist mir ein Trophäenjäger in den Sinn gekommen. Jemand, der Gliedmaßen sammelt«, meinte Paul.

»Ein Trophäensammler, meinst du … Aber was macht er mit den abgetrennten Gliedern?«, überlegte Sandra laut.

»Er könnte sie irgendwo aufbewahren und sich an ihrem Anblick ergötzen. Wie an gestohlenen Kunstwerken, die man niemandem zeigen kann.«

»Dann müsste er die Gliedmaßen aber konservieren. Indem er sie räuchert wie in deiner Kongo-Geschichte?«

»Inzwischen gibt es doch weitaus modernere chemische Konservierungsmethoden. Etwa die Zellflüssigkeit durch Formalin oder Kunststoff zu ersetzen.«

Sandra sah den Kellner mit den bestellten Speisen auf sie zukommen. »Unser Essen ist im Anmarsch«, unterbrach sie Pauls Ausführungen und griff zu ihrer Stoffserviette. »Ich glaube, wir lassen dieses Thema für heute lieber.«

»Das wäre mir sehr recht.« Paul entfaltete seine Serviette ebenfalls und platzierte sie auf seinem Schoß.

Die Köche hatten wie erwartet herzhafte Gerichte aus heimischen Produkten auf die Teller gezaubert, stellte Sandra zufrieden fest. Auch Paul, dessen Gaumen bestimmt verwöhnter als der ihre war, war angetan und wollte unbedingt wiederkommen. Zum Abschluss überredete er sie noch zu einer Hirschbirne und bestand darauf, die Rechnung zu übernehmen.

Draußen hatte es inzwischen zu nieseln begonnen. Die Temperatur lag nur mehr wenige Grade über dem Gefrierpunkt, schätzte Sandra und knöpfte ihren dünnen Mantel zu.

»Und? In welcher Richtung wohnst du?«, fragte Paul.

Sandra sah ihn an. Schon bei ihrer ersten Begegnung hatten sie seine braunen Augen an die eines treuherzigen Hundes erinnert. Aber wer konnte schon dahinterblicken? Hatte Paul vor, sie bis zu ihrem Haus zu begleiten? Oder wollte er noch mit in ihre Wohnung kommen? »Es war ein schöner Abend, Paul. Vielen Dank dafür. Aber ich muss morgen schon ziemlich früh raus«, verabschiedete sie sich.

»Glaubst du, ich lasse dich um diese Uhrzeit mutterseelenallein nach Hause gehen? Wenn ich dich bis zu deiner Haustür begleite, kommst du keine Sekunde später ins Bett. Es gehört sich einfach nicht, eine Lady mitten in der Nacht auf der Straße stehen zu lassen. Schon gar nicht bei den einschlägigen Nachtlokalen und zwielichtigen Gestalten in diesem Bezirk.« Paul blickte in den Nachthimmel. »Schlimm genug, dass ich keinen Schirm dabei habe«, fügte er an und hielt ihr den Arm hin.

Eine Lady? Sandra musste schmunzeln. Wie hatte sie nur annehmen können, dass ein vollendeter Gentleman wie Paul Stadler sie am ersten Abend ins Bett zerren wollte? Nicht einmal, wenn sie es darauf angelegt hätte, wäre er vermutlich so weit gegangen. »Ich hab zwar eine Nahkampfausbildung, aber wenn du darauf bestehst, kannst du mich gern bis zu meiner Haustür begleiten.« Sandra stellte den Kragen ihres Mantels auf und hakte sich bei Paul unter. »Komm«, sagte sie und marschierte los.

Bei der Haustür angelangt, hielt er sie an der Hand fest und blickte ihr in die Augen. »Es war elysisch mit dir, Sandra. Ich würde das sehr gerne wiederholen.«

Elysisch? Manches aus seinem Mund klang doch ein wenig abgehoben. Aber durchaus nett. Sandra küsste Paul auf beide Wangen. »Na ja … dann bis bald«, sagte sie und wandte sich ab, um das Haustor aufzusperren.

»Gute Nacht«, hörte sie Paul hinter ihrem Rücken sagen.

Noch einmal drehte sie sich um und drückte die Tür mit ihrer Kehrseite auf. »Schlaf gut, Paul«, sagte sie lächelnd und verschwand im Haus. Als Erstes wollte sie die genaue Bedeutung von ›elysisch‹ googeln.

KAPITEL 3

Dienstag, 5. November

1.

Dass es regnete, fiel Sandra erst auf, als sie die Jalousie in der Küche hochzog. Draußen war es stockfinster. Die Lichter der Straßenlaternen und des Leuchtschildes an der Fassade gegenüber ließen die Wassertropfen an ihrer Fensterscheibe silbergrün glitzern. Die Vorhänge im Schlafzimmer hatte sie vorhin gar nicht erst aufgezogen. Der neue Nachbar von vis-à-vis rauchte zu jeder Tages- und Nachtzeit am offenen Fenster und blickte dabei zwangsläufig in ihre Wohnung. Gerade eben frönte er schon wieder seinem Laster, das er vermutlich auch im Winter nicht aufgab. Weder bei eisiger Polarluft noch Schneegestöber, war Sandra überzeugt. Sie fröstelte beim Anblick des untersetzten Mannes im vergilbten Bademantel, der weitaus mehr von sich präsentierte, als ihr lieb war. Zum Glück konnte sie nur jene Körperzonen sehen, die sich oberhalb seines Fensterbrettes befanden. Sie selbst war bereits geduscht und angekleidet. Auf alle Fälle würde sie heute ihre Regenjacke anziehen, die ihr auf der Pilgerreise gute Dienste geleistet hatte, entschied Sandra, während sie das tropfnasse Teeei vom Häferl in die Spüle balancierte. Die Gummistiefel würde sie mitnehmen und im Auto lassen, für den Fall, dass der Regen stärker wurde, wenn sie später im Vulkanland ermittelten. Obwohl nur ein Termin in der Arztpraxis in Straden anstand. Aber man wusste ja nie, was der Tag so alles bringen würde. Sie drückte einen Spritzer Honig in ihren Tee und rührte um. Ein Müsliriegel würde als Frühstück herhalten müssen. Mehr war nicht mehr drin, wenn sie nicht zu spät zum Team-Meeting erscheinen wollte. Aber hatte sie überhaupt noch einen vorrätig?

Dass sich morgens immer alles auf den letzten Drücker ausging, würde sich wohl niemals ändern. Trotz ihrer guten Vorsätze, am nächsten Tag früher aufzustehen, kostete sie dann doch wieder jede Minute länger im Bett aus und geriet schließlich unter den gewohnten morgendlichen Zeitdruck. Da Sandra berufsbedingt meist unter Schlafmangel litt, gab es kaum etwas Schöneres für sie, als sich auszuschlafen. Auch in dieser Hinsicht hatte sie ihre Auszeit genossen.

Nun aber galt es schleunigst den ›Schlächter‹ zweier Männer zu finden, wie die Boulevardpresse den Täter so plakativ betitelte. Ein Wunder, dass Bergmann diese Bezeichnung nicht übernommen, sondern sein Ermittlungsteam schlicht Soko Vulkanland genannt hatte.

Ein weiterer Blick auf die Küchenuhr offenbarte Sandra, dass es höchste Zeit war, aufzubrechen. Sie schaffte es gerade noch, ihren Tee hinunterzukippen. Den Müsliriegel steckte sie in die Jackentasche. Ihn würde sie unterwegs, auf der Fahrt ins LKA, verzehren.

2.

Bergmann verzichtete darauf, die Mannschaft der Soko Vulkanland zu begrüßen, die sich im Besprechungsraum im zweiten Stock der Landespolizeidirektion eingefunden hatte. Stattdessen unterbrach er das Gemurmel der Kollegen durch lautes Räuspern. »Geht's dann, meine Herrschaften?«, fragte er in die plötzliche Stille.

Einige richteten sich auf ihren Stühlen auf, andere nickten.

»Gut. Wir müssen leider davon ausgehen, dass wir es im Vulkanland mit einem Serientäter zu tun haben«, informierte er nun auch jene Kollegen, die im zweiten Mordfall bisher nicht involviert gewesen waren, und wies auf die Parallelen in den Obduktionsbefunden hin, die diesen Schluss nahelegten. Ebenso berichtete er, dass Christian Marics Leiche ungefähr 24 Stunden lang vermutlich im Inneren eines Gebäudes gelagert worden war, ehe sie an den Leichenfundort gebracht wurde. »Das ist aber bisher der einzige wesentliche Unterschied im Nachtatverhalten. Darüber hinaus sind wir auf weitere Gemeinsamkeiten zwischen den Opfern zu deren Lebzeiten gestoßen, die wir weiterverfolgen werden.« Als Leiter der Soko erteilte er Miriam das Wort, um von der Wettplattform zu berichten, die beide Männer frequentiert hatten.

Sandra übergab dem leitenden Kriminaltechniker den Laptop von Christian Maric, der diesen auf weitere Hinweise und gemeinsame Kontakte der beiden Opfer überprüfen lassen sollte. Sein merkwürdiges Grinsen irritierte sie zwar, sie hinterfragte es aber nicht weiter. Vielleicht war Siebenbrunner ja ausnahmsweise einmal gut gelaunt.

»Miriam und Stefan werden sich um die neuerliche Befragung der Fußballer des SV Karla kümmern«, fuhr Bergmann fort. »Sandra und ich vernehmen den Mannschaftsarzt in Straden.«

Für Sandra war das das Stichwort, den Anwesenden in aller Kürze zu erklären, was es mit Doktor Michael Kropf auf sich hatte. Siebenbrunner schien seine vermeintlich gute Laune bei ihren Worten abhandenzukommen. Keine Ahnung, was dem Mann jetzt schon wieder über die Leber gelaufen war, dachte Sandra, beließ es aber dabei.

»Wie sieht denn nun die Spurenlage am zweiten Leichenfundort aus?«, wandte sich Bergmann an ihn.

Siebenbrunner konnte mangels Blutspuren im Graben und im gesamten Waldstück ebenfalls zweifelsfrei bestätigen, dass der Fundort auch im zweiten Mordfall nicht der Tatort war. »Wir haben dieses Handy sichergestellt. Es hat Christian Maric gehört. Das haben wir bereits überprüft. Die Kontakte haben wir abgeglichen. Es wird Sie nicht weiter überraschen, dass Doktor Michael Kropf in den Telefonspeichern beider Opfer auftaucht. Ansonsten kein Treffer.«

Daher wehte also der Wind. Siebenbrunner war sauer, dass Sandra ihm seine Erfolgsmeldung vermasselt hatte. Wie kindisch war das denn?

Der Forensiker versetzte dem Plastikbeutel einen Schubs, sodass er quer über die Tischplatte zu Bergmann hinüberrutschte.

Der Chefinspektor hob ihn hoch, um das Mobiltelefon genauer zu betrachten. »Wo habt ihr das denn gefunden?«

Siebenbrunner stand auf, um den Fundort des Handys in der Umgebungsskizze der Leichenfundstelle an der Pinnwand einzuzeichnen. »Im Wald unterm Laub, keine

30 Meter von der Leiche entfernt, in einem 65-Grad-Winkel zum Feldweg.« Er zog eine rote Linie, die vom eben gemalten Kreuz zum Weg führte. »Es muss dem Opfer aus der Tasche gefallen sein, was bedeutet, dass die Leiche von dieser Stelle ins Waldstück geschafft worden ist.« Wieder zeichnete er ein Kreuz am Ende der Linie, direkt am Feldweg ein.

»Was heißt geschafft? Getragen? Geschliffen? Mit einer Schubkarre transportiert? Oder wie darf ich mir das vorstellen?«

Dass Bergmann den Kriminaltechniker stets mit einer gewissen Kaltschnäuzigkeit behandelte, hatte dieser sich selbst und der eigenen Arroganz zuzuschreiben. Er weigerte sich sogar, das übliche Du-Wort unter Polizisten, gleich welchen Ranges, anzunehmen. »Das lässt sich anhand der Spurenlage leider nicht feststellen. Der Boden war im Zeitraum zwischen Leichenablage und Spurensicherung staubtrocken und dementsprechend hart. Bis auf einen Reifenabdruck in einem Kothaufen konnten wir nichts finden, was auf einen Leichentransport hinweisen könnte. Wenn er nicht von sonst wem stammt.«

»Der Kot oder der Reifenabdruck?«, fragte Bergmann und provozierte damit einige Lacher.

»Der Kot stammt vermutlich von einem Hund. Das wird noch im Labor überprüft, der Priorität entsprechend nach hinten gereiht. Auch den Reifenabdruck konnten wir bisher keiner Marke zuordnen. Wir bleiben aber dran. Fürs Erste tippe ich auf einen 1 1/2 Zoll breiten Schlauchreifen, vermutlich mit Tour-Profil, falls es ein Fahrradreifen war. Er kann aber auch auf einem Kinderwagen montiert gewesen sein. Leider ist der Abdruck nicht besonders gut. Und er muss, wie bereits erwähnt, auch gar nicht vom Täter verursacht worden sein. Jeder kann durch diesen Haufen gefahren sein. Genauso gut könnte die Leiche zu Fuß an den Fundort transportiert worden sein. An der Kleidung gibt es rundherum einige Anhaftungen, die vom Waldboden stammen. Aber nichts, was auf die Art des Transportes schließen lässt.«

»Sonst irgendwelche Spuren?«

»Die üblichen Haut- und Haaranhaftungen, Schweißflecken und Blut.«

»Blut?«, fragte Sandra nach, der auf dem schwarzen Stoff kein Blutfleck aufgefallen war.

»Ja, aber die Menge ist kaum der Rede wert. Ob es sich dabei um das Blut des Opfers handelt, werden die Laborergebnisse zeigen. Sie sollten uns morgen vorliegen.«

»Ob das bisschen Blut nun von ihm oder wem anderen stammte: Er kann die Kleidung während der Tat unmöglich getragen haben. Der Täter muss sie ihm danach wieder angezogen haben«, sprach Sandra aus, was sie längst vermutet hatte.

Siebenbrunner nickte widerwillig.

»Was ist mit Sperma?«, fragte Doktor Christiane Reichelt.

»Fehlanzeige.«

»Dann dürfen wir also davon ausgehen, dass die Leiche wie auch immer vom Feldweg in den Wald gebracht, dort in den Graben gestoßen und anschließend im Laub vergraben wurde«, ergriff Sandra wieder das Wort, während Siebenbrunner an den Tisch zurückkehrte.

»Nein«, unterbrach er sie, kaum dass er Platz genommen hatte. »Die Herbstblätter sind in den Stunden nach der Leichenablage von den Bäumen gefallen. Das lässt der Grad ihrer Verfärbung und der Restfeuchte erkennen. Das Handy war ebenfalls laubbedeckt und somit gut versteckt. Einschalten hat es sich nicht mehr lassen, der Akku war leer.«

Bergmann schubste den Plastikbeutel mit dem Handy, das er zuvor von allen Seiten inspiziert hatte, zum Kriminaltechniker zurück. »Sonst noch was?«

»Im größeren Umkreis konnten wir noch einige Gegenstände sicherstellen, die aber vermutlich nicht tatrelevant sind«, fuhr Siebenbrunner fort. »Vom leeren Einwegfeuerzeug bis zur Plastikflasche. Einzig dieser Haargummi und eine leere Bierdose lagen, wie der Kothaufen, auf der kurzen Strecke, die ich auf der Skizze eingezeichnet habe. Die Auswertung möglicher DNA-Spuren dauert aber noch eine Weile. Und ehrlich gesagt verspreche ich mir nicht allzu viel davon«, meinte er abschließend.

»Was ist mit dem Hotelzimmer, in dem Maric zuletzt gewohnt hat? Habt ihr dort etwas gefunden?«

»Nichts, was auf ein Verbrechen hinweisen würde.«

»Auch kein Cannabis?«

Siebenbrunner schüttelte den Kopf.

»Ich habe in seiner Grazer Wohnung eine geringe Menge sichergestellt. Fünf Gramm, wohl nur für den Eigenbedarf«, erläuterte Sandra. Falls Maric auch im Hotelzimmer Drogen aufbewahrt hatte, konnten diese ebenso gut von Schmoranzer und Zötsch entfernt worden sein, um nur ja keinen Schatten des Verdachts auf sie zu werfen, ebenfalls Cannabis geraucht zu haben, meinte sie. Immerhin hatten die beiden angegeben, am Morgen nach dem Verschwinden ihres Kumpels in dessen Zimmer gewesen zu sein. Was ihren mutmaßlichen Rauschgift-Konsum anbelangte, wollte sie sich die Herren noch einmal vorknöpfen. Doch bevor sie dies tat, würde sie den Laborbericht abwarten, der den eindeutigen Drogennachweis zumindest im Körper des Toten liefern würde.

»Und? Was sagt unsere Profilerin?«, wandte sich Bergmann an Doktor Christiane Reichelt, die es hasste, so angesprochen zu werden. Von der realitätsfernen Darstellung ihres Berufs in den einschlägigen, vorwiegend US-amerikanischen Krimiserien wollte sich die Fallanalytikerin bewusst distanzieren. Das wusste jeder, der mit ihr zu tun hatte. Auch Bergmann. Aber dem war das schlichtweg egal. Oder er wollte sie absichtlich provozieren. Warum auch immer.

Christiane Reichelt blieb beherrscht und rückte ihre Brille zurecht. »Ich stimme dir zu, Sascha. Schon jetzt spricht die Faktenlage ganz klar dafür, dass wir es in beiden Mordfällen mit ein und demselben Täter zu tun haben. Ich denke, er ist männlich, zwischen 20 und 50 Jahren, intelligent, wahrscheinlich gebildet, gleichgeschlechtlich orientiert. Er verfügt über gute anatomische Kenntnisse und ist geografisch auf die Region der Leichenfunde fixiert. Das lässt darauf schließen, dass er in einem Radius von weniger als 30 Kilometer rund um Straden wohnt.«

»Dann könnte er auch in Slowenien leben. Und vielleicht zur Arbeit nach Österreich pendeln«, sagte Sandra.

»Ich habe Slowenien in den Tatabgleich mit einbezogen. Leider ohne Ergebnis. Ich habe keinen Fall mit ähnlichem Modus Operandi gefunden.«

»Hat er deiner Einschätzung nach einen medizinischen Beruf? Doktor Kropf passt perfekt ins Täterprofil. Angeblich ist er homosexuell«, meinte Sandra.

»Da möchte ich mich nicht allzu weit aus dem Fenster lehnen. Weder kann ich bejahen, dass der Täter Arzt ist, noch kann ich es ausschließen. Seht euch diesen Doktor in

Straden ruhig genauer an. Aber die Art und Weise, wie die Amputationen durchgeführt wurden, spricht nicht unbedingt für einen Mediziner. Die spezifische Signatur könnte genauso gut von einem Jäger, Fleischer oder Koch stammen«, erinnerte Christiane an die Expertise der Gerichtsmedizinerin und an die logischen Schlüsse.

»Es sei denn, ein Arzt hätte die Lehrbuch-Methode aus guten Gründen verändert«, erwiderte Sandra. »Vielleicht braucht er diese Glieder für einen bestimmten Zweck, für den er sie genau so und nicht anders abtrennen muss.«

»Möglich.«

»Die Tatwerkzeuge lassen sich ohne Weiteres von jedermann besorgen. Sowohl chirurgisches Besteck als auch Schlacht-, Jagd- und Fleischerzubehör können Sie im Internet bestellen«, merkte Siebenbrunner an. »Einen Schluss auf den Beruf des Täters halte ich zum gegenwärtigen Zeitpunkt für reichlich verfrüht. Reine Spekulation ...«

Der leitende Kriminaltechniker ließ wahrlich keine Gelegenheit aus, um Sandra möglichst vor versammelter Mannschaft zu widersprechen oder, besser noch, bloßzustellen. Warum das so war, hatte sie bisher nicht ergründen können und auch jetzt nicht vor, nachzufragen. »Und wie kommt jemand ohne Giftbezugsberechtigung an Chloroform?«, wollte sie stattdessen von ihm wissen.

Siebenbrunner grinste spöttisch. »Chloroform wurde bis vor wenigen Jahrzehnten in Kanistern an jedermann verkauft. Es diente nicht nur als praktisches Betäubungsmittel für überzählige Katzen vor dem Ersäufen, es wurde unter anderem auch als Lösungsmittel für Modellrennautos eingesetzt. Was glauben Sie, wie viel von dieser Chemikalie heute noch in Schuppen, Kellern und Werkstätten lagert, Frau ... Abteilungsinspektorin.« Die Pause in der Anrede ließ seine Worte noch überheblicher klingen.

»Vielen Dank für die Information«, antwortete Sandra mit ruhiger Stimme, wenngleich es in ihr brodelte. »Eine Frage hätte ich noch ...«

»Nur eine?«, meinte Siebenbrunner herablassend.

Sandra verbarg ihre Hände, die nun vor Wut zitterten, unter der Tischplatte. »Könnten Sie bitte Ihre Umgangsformen überdenken, Herr Siebenbrunner? Mag sein, dass Sie mit Ihren schlechten Manieren woanders durchkommen. Ich lasse sie mir jedenfalls nicht länger gefallen.« Es fiel ihr nicht schwer, ihn anzulächeln. Im Gegenteil: Es fühlte sich verdammt gut an, den unhöflichen Kriminaltechniker endlich einmal in die Schranken zu weisen. Zwar hätte sie dies besser unter vier Augen getan, aber im konkreten Fall war die öffentliche Konfrontation womöglich sogar wirkungsvoller. Wenigstens hoffte Sandra es.

Im Raum war es mucksmäuschenstill geworden. Alles schien gespannt darauf zu warten, wie Siebenbrunner auf die unerwartete Gegenwehr reagieren würde.

Es geschah rein gar nichts. Außer, dass der Forensiker den Blick senkte und betreten schwieg. Wie ein ertappter Bub, den die Mutter gescholten hatte.

Miriam schickte Sandra ein verschmitztes Grinsen über den Tisch. Fehlte nur noch, dass sie den Daumen emporstreckte, um ihre Zustimmung zu signalisieren.

»Gut. Dann hätten wir das also auch geklärt, Herr Siebenbrunner«, sagte Bergmann süffisant. »Können wir jetzt zum Täter zurückkehren?«

Der junge Stefan Baumgartner, der neben Miriam saß, kam der Antwort der Fallanalytikerin zuvor. »Vielleicht ist er scharf auf Gliedmaßen oder er bestraft seine Opfer, indem er sie verstümmelt«, preschte er voran.

»Eine sexuelle Motivation halte ich für wahrscheinlich«, bestätigte Christiane Reichelt. »Es gibt jedoch keinen Hinweis darauf, dass wir es mit einem missionarischen Verbrecher-Typus zu tun haben.«

»Aber es wurde kein Sperma an den Leichen sichergestellt«, warf Miriam ein.

»Das hat nicht unbedingt etwas zu bedeuten. Auch Triebtäter haben inzwischen begriffen, dass sie mit Sperma ihre DNA hinterlassen, und verwenden Kondome«, erklärte die Fallanalytikerin. »Eine missionarische Komponente kann ich hingegen nicht erkennen. Wenn unser Täter seine Opfer bestrafen wollte, würde er sie höchstwahrscheinlich vor ihrem Tod verstümmeln, also foltern, damit sie Qual und Schmerz noch realisieren und dementsprechend Angst zeigen. Daraus scheint unserem Täter kein Lustgewinn zu erwachsen. Im Gegenteil, er betäubt seine Opfer vorher, sodass sie nichts von ihrem Tod und den Verstümmelungen mitbekommen. Er stellt ihre Leichen auch nach der Tat nicht öffentlich aus, um für andere ein Exempel zu statuieren. Oder hinterlässt Botschaften, die auf seine Motivation hinweisen beziehungsweise diese verdeutlichen. Er schafft die Leichen vom Tatort weg, inszeniert sie aber nicht. Weder legt er es darauf an, dass sie gefunden werden, noch bemüht er sich besonders, sie zu verstecken. Das spricht dafür, dass es ihm neben dem Gefühl der Macht und Kontrolle während seiner Taten vor allem um die Gliedmaßen geht.«

»Dann nimmt er sie als Trophäen mit?«, hinterfragte Sandra, was sie bereits mit Paul Stadler besprochen hatte.

Christiane Reichelt nickte. »Sehr wahrscheinlich. Ich behaupte sogar, dass das Töten nicht sein eigentlicher Beweggrund ist, sondern das Amputieren und Sammeln von Gliedmaßen. Was noch auffällt: Er nimmt sie seinen Opfern immer paarweise ab. Ein einzelnes Bein oder eine Hand genügen ihm offenbar nicht. Es scheint ihm auch um die Symmetrie zu gehen.«

»Ein Schöngeist«, merkte Stefan an, was da und dort für Lacher sorgte. Schwarzer Humor half vielen Kollegen, mit den schrecklichen Seiten der Polizeiarbeit besser umzugehen, wusste Sandra. Sie selbst konnte mit derlei Witzen nicht besonders viel anfangen. Erst recht nicht, wenn sie auf Kosten der Opfer gingen.

»Und du bist nirgends auf ein ähnliches Tatmuster gestoßen?«, griff Bergmann die frühere Aussage der Fallanalytikerin auf.

»Nein, wie ich schon sagte, kein Treffer«, antwortete sie und kam noch einmal auf die eigentümliche Schnittführung der Amputationen zu sprechen. »Er nimmt sich Zeit mit der Ausführung, überlässt nichts dem Zufall. Er weiß genau, was er tut und er tut dies sorgfältig.«

»Demnach können wir einen Nachahmungstäter ausschließen?«, vergewisserte sich der Chefinspektor.

Christiane Reichelt stimmte ihm einmal mehr zu.

»Was ist mit Kannibalismus? Er könnte die Gliedmaßen doch auch essen.« Wieder hatte Stefan Baumgartner das Wort ergriffen.

»Mir sind einige Selbst- und Fremdverstümmelungen, auch im Zusammenhang mit Kannibalismus untergekommen. Aber keine paarweisen Amputationen. Die letzten Fälle haben in Deutschland unter österreichischer Beteiligung stattgefunden. Das deutsche Bundeskriminalamt hat vor zwei Jahren erst wieder eine einschlägige Internetplattform ausgeforscht, die freiwillige Opfer und Täter zusammenführte. Viele Tötungen und Verstümmelungen, alle offenkundig einvernehmlich durchgeführt, wurden mitgefilmt, und die Snuff Videos an Interessenten verkauft.«

Sandra erinnerte sich nun wieder daran, dass sich damals auch ein Obersteirer in Deutschland hatte töten lassen, um dem Täter als besondere Delikatesse zu dienen.

»Bevorzugen Kannibalen nicht Organe wie das Herz oder das Gehirn ihres Opfers?«, fragte Stefan.

Wieder versuchten einige Kollegen, Ekel und Abscheu wegzulachen.

»Das lässt sich nicht verallgemeinern«, meinte Christiane Reichelt. »Betrachten wir die psychologischen Hintergründe des rituellen, religiös motivierten Kannibalismus, so verleiben sich Kannibalen die Kräfte ihrer Menschenopfer hauptsächlich durch den Verzehr von deren Gehirnen, Herzen und Geschlechtsorganen ein. In manchen Kulturen galt es als Herabwürdigung der getöteten Feinde, deren Fleisch wie tierisches zuzubereiten und zu verzehren. Gleichzeitig geht es um den Machtgewinn. In Verbindung mit Sexualität motiviert auch die Lustbefriedigung zur Tat. Was keineswegs ausschließt, dass andere Körperteile als Organe verzehrt werden. Ich erinnere nur an den spektakulären Kriminalfall aus den 1960er-Jahren, als die deutschen Kollegen den Täter auf frischer Tat ertappten, während er die Hand seines letzten Opfers zubereitete.«

»Hannibal Lector lässt grüßen«, merkte Stefan an.

Wieder folgten einige Lacher.

»Mit dem Psychopathen, der den Mädchen in ›Schweigen der Lämmer‹ die Haut abzieht, um sich damit ein Kostüm zu nähen, liegst du vermutlich eher richtig«, sagte Christiane mit ernster Miene.

Eine Entführung, bei der schon mal ein Finger oder ein Ohr abgetrennt wurde, um den Angehörigen drastisch vor Augen zu führen, dass die Erpresser es ernst meinten, schlossen die Ermittler aus.

»Wenn wir wüssten, warum der Täter diese Trophäen sammelt, wären wir ihm einen entscheidenden Schritt näher«, kehrte Christiane Reichelt zu ihrem Ansatz zurück.

»Vielleicht haben seine Taten etwas mit Redewendungen zu tun«, sprach Sandra eine neue Theorie an, die ihr auf der Fahrt ins LKA in den Sinn gekommen war. »Hand und Fuß haben, zum Beispiel. Oder Hand in Hand gehen...«

»Lügen haben kurze Beine«, sprach Miriam ihre spontane Assoziation aus.

»Dann sagst du wohl immer die Wahrheit«, meinte Stefan und kassierte wieder einige Lacher aus den Reihen der Kollegen.

Miriam rammte ihm den Ellenbogen in die Rippen. »Sei stad«, zischte sie ihm zu.

Auch Sandra schickte Stefan einen strengen Blick über den Tisch, der seine Wirkung nicht verfehlte. »'tschuldigung«, murmelte er verlegen.

»Christiane? Was meinst du zu Sandras Ansatz?«, überging Bergmann Stefans Meldung.

Die Kriminalpsychologin zuckte mit den Schultern. »Klingt ziemlich abgehoben. Aber warum nicht? Es kann gut sein, dass ein psychopathischer oder soziopathischer Täter ein ausgeklügeltes Spiel treibt, dessen Regeln wir noch nicht kennen.«

»Aber warum hat er ausgerechnet Markus Haselbacher und Christian Maric als Opfer ausgewählt?«, fragte Sandra.

»Weil sie seinem Opfertypus entsprechen. Beide Männer waren in ihren Zwanzigern und sehr attraktiv. Bei der Opferwahl ist der Täter demnach gezielt vorgegangen. Die Umstände unmittelbar vor den Taten sprechen hingegen dafür, dass er die Gelegenheit spontan genutzt hat«, meinte die Fallanalytikerin.

»Beide Männer hatten Streit, bevor sie spurlos verschwunden und als Leichen wieder aufgetaucht sind«, überlegte Sandra laut.

»Nicht mit ein und derselben Person. Und aus unterschiedlichen Gründen«, sagte Bergmann. »Außerdem sind die wenigsten Serienmorde Beziehungstaten.«

Christiane Reichelt nickte zustimmend. »In acht von zehn Fällen gibt es keine vordeliktische Beziehung zwischen dem Täter und seinen Opfern.« Blieben immerhin noch zwei Fälle, in denen sie sich doch gekannt hatten, dachte Sandra.

»Es bleibt uns momentan nichts anderes übrig, als möglichst viele potenzielle Zeugen zu befragen und nach Gemeinsamkeiten zwischen den Opfern zu suchen, um vielleicht einen entscheidenden Hinweis auf die Motivation des Täters zu entdecken. Und ihn so aufzuspüren«, sagte Bergmann. »Möchte irgendwer noch etwas loswerden?«

Allgemeines Kopfschütteln folgte.

»Gut. Ihr wisst ja alle, was ihr zu tun habt. An die Arbeit. Morgen sehen wir uns wieder. Selbe Zeit, selber Ort.«

3.

»Können wir unterwegs was essen?«, fragte Sandra, als sie kurz vor Mittag auf dem Parkplatz der Landespolizeidirektion in den Audi einstiegen. Ihr Magen knurrte. »Ich hatte keine Zeit zum Frühstücken.« Noch immer nieselte es vom grau verhangenen Himmel über der Landeshauptstadt herab. Sandra startete den Wagen und schaltete den Scheibenwischer auf Intervall.

»Bevor du mir wieder vom Fleisch fällst, gerne. Mit ein paar Kilos mehr auf den Rippen gefällst du mir nämlich viel besser.« Bergmann legte den Gurt an.

»Das nehme ich einfach mal als Kompliment hin. Und du erzählst mir jetzt bitte nichts vom Auge, das mit ermittelt und sonstigem sexistischen Schwachsinn, okay?«, warnte Sandra ihn.

Bergmann gab vor, überrascht zu sein. »Soll ich das etwa gesagt haben?«

»Hast du, jawohl. Themenwechsel …« Sandra setzte zurück, um den Dienstwagen aus der Parklücke zu manövrieren.

»Soll ich die Adresse der Praxis ins Navi eingeben?«, zeigte sich Bergmann ungewohnt kooperativ.

»Nicht nötig, ich finde den Weg nach Straden auch so. Und dort wird es bestimmt ein Schild geben, das zur Praxis weist.«

»Na klar. War eine blöde Frage von mir.«

»Aber nein. Du hast schon weitaus blödere Fragen gestellt. Ich werde über Ilz und die B66 fahren, um die Baustellen auf der A9 und der B68 zu umgehen. Geht wahrscheinlich schneller«, meinte sie.

Bergmann war das egal. Er sprach Sandra erst auf der Autobahn wieder an. »Wie war's denn gestern mit den Eltern von Maric?«

Sandra berichtete ihm vom Wohnungsbesuch und bat ihn, die Drogengeschichte beim nächsten Pressetermin nicht an die große Glocke zu hängen. Die sichergestellte Cannabis-Menge reichte höchstens für den Eigenbedarf aus. Schmoranzer und Zötsch wollte sie beizeiten dennoch zu den Drogen befragen. Noch einmal gingen sie die bisherigen Ergebnisse durch und besprachen die nächsten Schritte.

Sandra hatte bisher weder den Verkehr noch die Landschaft bewusst wahrgenommen. Als jedoch die Riegersburg in ihrem Blickfeld auftauchte, konnte sie sich dem imposanten Anblick des Wahrzeichens der Südoststeiermark nicht entziehen. Die weithin sichtbare Festungsanlage, die auf dem 200 Meter hohen Basaltfelsen in den wolkenverhangenen Himmel ragte, war schier überwältigend. Egal, aus welcher Richtung man sich ihr näherte. Wie hatten es die Erbauer mit den damaligen Mitteln bloß geschafft, ein derart monumentales Bauwerk auf dem erloschenen Vulkan zu errichten?, fragte sie sich zum x-ten Mal.

»Was ist?«, kommentierte Bergmann das reduzierte Fahrtempo.

»Die Riegersburg ...«

»Ist nicht zu übersehen. Und?«

»Warst du schon mal oben? Das wäre doch ein Ausflugsziel für deine Tochter.«

Bergmann lächelte kurz und nickte. »Mal sehen ...« Dann hing er wieder seinen Gedanken nach, bis Sandra den Wagen vor einem Gasthaus in Bad Gleichenberg abbremste, um eine Mittagspause einzulegen.

4.

»Der Herr Doktor lässt bitten«, raunzte die reichlich arrogante Sprechstundenhilfe, nachdem sie die LKA-Ermittler über eine Viertelstunde in dem hellen kaum möblierten Wartezimmer hatte schmoren lassen. Die abstrakten Bilder an den weißen Wänden konnten die sterile Anmutung des Raumes ebenso wenig mindern wie die neun schlichten weißen Sessel auf Chrombeinen, von denen, außer ihren, derzeit nur zwei weitere besetzt waren.

Bergmann, der die ganze Zeit nervös auf dem stapelbaren Designklassiker hin und her gerutscht war, sprang mit einem Satz auf und stürmte wortlos an der Vorzimmerdame vorbei.

Die ältere Patientin, deren Rollator neben ihrem Sessel an der Fensterfront parkte, sah ihm erschrocken hinterher. Im Gegensatz zum jungen Mann schräg vis à vis, der ununterbrochen mit seinem Smartphone beschäftigt war, und keinerlei Notiz von seiner Umgebung zu nehmen schien.

Sandra folgte dem sichtlich gereizten Chefinspektor in den Behandlungsraum. Der Arzt im obligaten weißen Kittel war hinter seinem Schreibtisch aufgestanden. Mit einer schwarzen Lederablage, einer Schreibtischunterlage, einem Rezeptblock und einem hochglänzenden PC-Flachbildschirm wirkte der Tisch ebenso aufgeräumt wie die restliche Praxis. Bergmann überließ es Sandra, sie vorzustellen, und nahm ungebeten auf einem der beiden schwarzen Stahlrohr-Freischwinger vor dem Schreibtisch Platz.

Doktor Michael Kropf war kaum größer als Sandra und wirkte durchtrainiert, wie man es von einem Sportmediziner erwarten durfte. Als Zahnarzt wäre er ebenso gut durchgegangen, glänzte er doch mit zwei perfekt angeordneten, auffallend weißen Zahnreihen. Sandra hätte schwören können, dass der dunkelhaarige Mann einige Zähne mehr als normale Menschen im Mund hatte, sah man einmal von Stefan Raab ab, den sie nur aus dem Fernsehen kannte. Aber wahrscheinlich täuschte dieser Eindruck, da das Lächeln des Arztes, ebenso wie jenes des Moderators, besonders breit ausfiel. Auf den ersten Blick wirkte der Mann sympathisch und vertrauenserweckend. Auch wenn er mit seinen 34 Jahren für einen niedergelassenen Allgemeinmediziner mit Fachdiplom noch relativ jung wirkte.

»Wir haben ein paar Fragen an Sie, die Herrn Maric betreffen«, sagte Sandra.

Kropfs Lächeln verschwand dem Anlass entsprechend. »Bitte setzen Sie sich doch.« Er lächelte Sandra an.

An seinem linken Handgelenk fiel der Uhrenliebhaberin seine Rolex Submariner mit grünem Ziffernblatt und ebenso farbiger Lünette auf.

»Sie waren einer der Letzten, die Herrn Maric nach seinem Konzert in Straden gesehen und mit ihm gesprochen haben, Herr Doktor. Vielleicht ist Ihnen ja etwas Ungewöhnliches an Ihrem Jugendfreund aufgefallen.«

»Nein. Aber so gut kannte ich ihn gar nicht. Nicht mehr ... Wir waren nur kurz im Gymnasium eng miteinander befreundet, obwohl der Christian um einiges jünger war als ich. Ich habe ihm Mathematik-Nachhilfestunden gegeben, das war absolut nicht sein Fach. Sein großes Talent war damals schon die Musik. Darum hab ich ihn beneidet. Nachdem ich dann nach Graz gezogen bin, um dort meinen Zivildienst abzuleisten und anschließend Medizin zu studieren, haben wir uns leider aus den

Augen verloren. Bis vor Kurzem.« Doktor Kropf hatte sich auf seinem Stuhl zurückgelehnt und fuhr sich einige Male über das glatt rasierte Kinn. Er war ein fescher Kerl, registrierte Sandra, aber nicht nur im wohlproportionierten Gesicht aalglatt. Hohe Wangenknochen und ein breites Kinn verliehen ihm männlich markante, dennoch nicht allzu harte Züge. Die türkisblauen Augen strahlten um die Wette mit den gebleichten Zähnen. Sofern sich Letztere nicht hinter den prägnant konturierten Lippen verbargen wie gerade eben.

Sandra konnte nicht einschätzen, wie Kropf auf ihre nächste Frage reagieren würde, die ihn aus der Reserve locken sollte. »Ist es nicht vielmehr so, dass Ihre Freundschaft schon während der Schulzeit in die Brüche gegangen ist, weil Sie sich eine intime Beziehung mit Christian Maric gewünscht haben?« Hätte Sandra ihr Gegenüber nicht mit Blicken fixiert, wäre ihr das kurze Überraschungsmoment in seiner Mimik bestimmt entgangen. So aber durfte sie davon ausgehen, dass an der Geschichte etwas Wahres war.

Doktor Kropf verschränkte die Arme vor der Brust. »Sie sind ausgesprochen gut informiert«, gab er zu, ohne dabei peinlich berührt zu wirken. Jedoch drosselte er seine Lautstärke. »Ich bin nicht pädophil, falls Sie das glauben. Der Christian war sehr frühreif, und ich war erst 17. Ich bin schwul, ja. Das muss hier im Ort aber keiner wissen.«

»Sie haben sich noch nicht geoutet?« Auch Sandra sprach nun leiser als sonst.

»Sollte ich das Bedürfnis verspüren, dies zu tun, werde ich bestimmt nicht zögern. So aber bitte ich Sie, sich diskret zu verhalten. Die meisten Leute hier sind sehr konservativ und tratschen gern … Außerdem betreue ich eine Fußballmannschaft als Sportmediziner. Wenn meine sexuelle

Orientierung bekannt würde, müsste ich wohl mit Ressentiments rechnen. Homosexualität ist im Fußballermilieu noch immer ein Tabuthema, auch wenn sich allmählich ein paar Mutige trauen, zu ihrer gleichgeschlechtlichen Gesinnung zu stehen. Mir fehlt allerdings der Pioniergeist in dieser Hinsicht. Auch einige Patienten würden sich vermutlich nie wieder bei mir blicken lassen, wenn sie wüssten, dass ich schwul bin. Das kann ich mir leider nicht leisten. Noch nicht.«

»Selbstverständlich verhalten wir uns diskret«, versprach Sandra. »Sie waren am Tag nach dem Konzert mit Herrn Maric zum Mittagessen verabredet«, rollte sie die Geschehnisse weiter auf.

»Ich habe mich gefreut, dass er mir meinen missglückten Annäherungsversuch von damals nicht länger nachgetragen hat, und hab ihn zum Mittagessen in die Maziani Stub'n eingeladen. Dort isst man ganz hervorragend. Ich wollte mich mit Christian aussprechen. Nach dem Konzert konnten wir ja nur ein paar mehr oder weniger belanglose Worte miteinander wechseln. Die Musiker wurden von ihren Fans in Beschlag genommen. Ich war hundemüde und wollte nach Hause.«

»Ist Ihnen irgendjemand von den Fans ins Auge gestochen? Hat sich wer besonders um Herrn Maric bemüht?«

»Nein. Ich habe aber auch nicht darauf geachtet. Während Christian und seine Kollegen beschäftigt waren, habe ich mich mit zwei Spielern des SV Karla, meiner Fußballmannschaft, unterhalten«, sagte er und drehte den PC-Monitor auf seinem Schreibtisch um.

Sandra rückte näher, um das Desktop-Foto des Fußballteams in den rot-schwarzen Dressen zu betrachten, das sich für die Aufnahme auf dem Fußballplatz in zwei

Reihen aufgestellt hatte. Doktor Kropf stand links außen, direkt daneben vermutete sie Markus Haselbacher, den sie nur als Leiche von den Polizeifotos kannte. »Sie haben also auch das erste Opfer gut gekannt. Ist das hier Markus Haselbacher?« Sie zeigte auf den Mann neben ihm.

Doktor Kropf schluckte. »Ja, das war Markus.«

Irgendetwas in seinem Tonfall ließ Sandra aufhorchen. Sie blickte kurz vom Bildschirm auf, um den Befragten anzusehen, was dieser nicht wahrnahm. Er schaute gedankenverloren zur schwarzen Lederablage am Schreibtisch, in der sich neben einem Autoschlüssel ein Mont Blanc-Füller und ein Kugelschreiber befanden, während sein Zeigefinger mit dem silbernen Fußball spielte, der am Autoschlüssel hing. Sandra erkannte, dass dieser zu einem Landrover gehörte. »Waren Sie näher mit ihm befreundet?«, fragte sie weiter.

»Markus war einer der besten Spieler des Vereins. Sehr diszipliniert und fit wie ein Turnschuh. Wir haben uns ganz gut verstanden, waren einige Male miteinander Tennis spielen. Mehr nicht«, versicherte der Doktor. »Die beiden hier waren beim Konzert in Straden dabei: Sebastian Steiner und Florian Url.« Er deutete erst auf einen, dann auf den anderen jungen Mann am Desktop-Foto. »Sie waren mit ihren Freundinnen beim Konzert und sind wie ich gegen 23 Uhr gegangen. Bestimmt können sie bestätigen, dass wir gemeinsam aufgebrochen sind.«

»Aber Sie selbst waren ohne Begleitung dort?«

»Ja. Ursprünglich wollte ich eine Bekannte mitnehmen, damit sie auf andere Gedanken kommt. Sie war die Freundin von Markus Haselbacher und trauert dementsprechend um ihn.«

»Irmgard Kolleritsch?«, fragte Sandra nach.

»Genau.«

»Haben Sie sich von Herrn Maric noch verabschiedet, bevor Sie das Kulturhaus verlassen haben?«

»Nein, er war auf einmal weg. Wir hätten uns am nächsten Tag ja ohnehin wiedersehen sollen …«

»Haben Sie sich denn gar nicht gewundert, dass er dann nicht wie vereinbart zum Mittagessen erschienen ist?«

»Ja sicher. Ich hab ihn auch ein paar Mal angerufen, aber sein Handy war ausgeschaltet. Irgendwann hab ich es aufgegeben, hab mir gedacht, er ist halt ein Künstler. Wird wohl verschlafen haben. Oder er hat es sich doch wieder anders überlegt. Wegen der Geschichte damals …«

»Ein zweiter Mord ist Ihnen nicht in den Sinn gekommen?«

»Daran hab ich nun wirklich nicht gedacht. Wer rechnet denn schon mit so etwas? Ausgerechnet hier, in dieser verschlafenen Gegend.«

»Wie hat es Sie eigentlich hierher verschlagen? Sie stammen doch nicht aus der Umgebung, oder?«

»Ich komme aus Bad Radkersburg, wo ich auch jetzt wieder wohne. Nur während meiner Zivildienst- und Studienzeit habe ich in Graz gelebt. Für mein Sportmedizin-Diplom musste ich die sportärztliche Betreuung eines Sportvereins übernehmen. Ein Studienkollege hat mich auf den SV Karla aufmerksam gemacht. Zudem konnte ich die Praxis des hiesigen Allgemeinmediziners übernehmen, nachdem er in Pension gegangen war. Es reißt sich ja heutzutage keiner mehr drum, Landarzt zu sein.«

»Sie schon?«

»Sagen wir so: Es hat sich für mich ganz gut ergeben. Aber ewig möchte ich auch nicht hierbleiben.«

»Führen Sie eigentlich Operationen durch?«, meldete sich Bergmann erstmals zu Wort.

»Kleinere Eingriffe, ja. Aber ich bin kein Chirurg. Wieso?«

»Also haben Sie noch nie eine Amputation durchgeführt?«

»Was? Nein. Glauben Sie etwa, dass ich mit diesen Morden etwas zu tun habe? Halten Sie mich für den Mörder?«

»Hat das irgendjemand behauptet?« Bergmanns Blick klebte auf den Augen des Arztes. Der hielt diesem stand.

»Sollte ich mir einen Anwalt nehmen?«

»Kommt ganz darauf an … Sollten Sie?«

Kropf blickte von Bergmann zu Sandra und wieder zurück. Dafür, dass er annahm, eben zweier Morde beschuldigt worden zu sein, wirkte er erstaunlich gelassen. Er rang sich sogar ein Lächeln ab. »Besser wär's wohl«, bezog er sich auf den Rechtsbeistand. »Ich habe nämlich kein Alibi für die Stunden nach dem Konzert. Ich wohne allein.« Er sah zum Monitor, der eben vom Desktop-Foto in den Bildschirmschonermodus gewechselt hatte.

»Und wie sieht es mit dem 20. Oktober aus? Was haben Sie an diesem Abend gemacht?«, fragte Bergmann.

»Das ist der Abend, an dem Markus ermordet wurde?«

Bergmann nickte, ohne den Arzt aus den Augen zu lassen.

Der drehte den Bildschirm wieder zu sich. »Auch an diesem Abend kann ich Ihnen mit keinem Alibi dienen. Ich bin nach dem Match nach Hause gefahren. Dort war ich den ganzen Abend und bin gegen halb zwölf schlafen gegangen. Das habe ich aber schon ausgesagt, als ich letztens von Ihren Kollegen befragt worden bin.«

»Was haben Sie an jenem Abend zu Hause gemacht?«

»Sie werden es nicht glauben: Ich habe Jazzmusik gehört, auch eine CD von Trio fatal, während ich im Internet gesurft bin. Ich hab die Zeit übersehen, wie meistens, wenn ich mich erst einmal an den Computer setze.«

»Wetten Sie auch im Internet?«, fragte Sandra.

»Wetten?«

»Fußballwetten zum Beispiel.«

»Nein. Mich interessieren nur der Sport und die Physis der Männer.« Doktor Kropf hielt nun auch Sandras Blick stand, ohne mit der Wimper zu zucken. »Rein beruflich, in diesem Fall. Mir geht es vor allem um die Leistungsfähigkeit der Sportler. Ich versuche, sie in Abstimmung mit dem Coach fit zu halten. Mit den entsprechenden Trainings- und Ernährungsplänen, an die sich leider nicht immer alle halten, wie die Fitnesstests zeigen. Natürlich behandle ich auch die typischen Fußballer-Verletzungen. Alles, was der Mannschaftsmasseur nicht allein in den Griff bekommt wie Bänderverletzungen, Prellungen, größere Cuts und so weiter, beziehungsweise überweise ich verletzte Spieler an spezialisierte Kollegen.«

»Hatten Sie zu irgendeinem Zeitpunkt das Gefühl, dass Markus Haselbacher den Spielverlauf manipuliert haben könnte?«, fragte Sandra weiter.

»Warum sollte er das tun? Nein, natürlich nicht.«

»Auch nicht bei seinem letzten Match, in dem er keine so gute Figur gemacht hat?«

»Jeder kann doch mal einen schlechten Tag haben.«

»Fußballwetten sind in der Mannschaft also kein Thema?«

»Davon ist mir noch nie etwas zu Ohren gekommen.«

»Haben Sie den Streit zwischen dem Tormann und Markus Haselbacher mitbekommen?«

»Man hat mir ein, zwei Tage später davon berichtet.«

»Wer ist *man*?«

»Einer der Spieler, glaube ich. Oder nein, warten Sie, es war der Masseur.«

»Trauen Sie einem aus der Mannschaft diese Taten zu? Oder jemand anderem, den Sie kennen?«

»Ich würde so etwas niemandem zutrauen, den ich persönlich kenne. Aber wer kann schon in die Köpfe der Menschen hineinschauen? Und wer weiß, welche Dramen sich hinter verschlossenen Türen abspielen? Leider hab ich mich in dieser Hinsicht schon das eine oder andere Mal getäuscht. Erst im vergangenen Monat musste ich ein verletztes Kleinkind auf einem Hof behandeln, das angeblich vom Traktor gefallen ist. Dabei war es augenscheinlich, dass der Bub seit Längerem misshandelt worden war. Ich habe den Fall angezeigt, er ist aktenkundig und gerichtsanhängig. Näher möchte ich darauf nicht eingehen«, berief sich Kropf auf die ärztliche Schweigepflicht.

»Apropos«, übernahm Bergmann wieder das Wort. »Stimmt es, dass Sie als Bub Tiere misshandelt, getötet und seziert haben? Unter anderem Katzen?« Dass Bergmann, der Katzen nicht ausstehen konnte, ausgerechnet diese Tierart hervorhob, verwunderte Sandra.

Kropf hob erstaunt die Augenbrauen und schüttelte den Kopf. »Hören Sie: Ich habe das eine oder andere Insekt getötet, um es zu sezieren. Mich hat Anatomie schon immer fasziniert. Misshandelt oder gequält habe ich die Tiere aber nie. Schon gar keine Säugetiere. Einmal habe ich den Kadaver einer Katze im Straßengraben gefunden und mit nach Hause genommen, um ihn zu obduzieren. Das war alles.«

»Das war *nicht* alles. Ihr kleiner Freund Christian musste dabei zusehen«, ließ Bergmann nicht locker.

»Musste er nicht. Er wollte unbedingt dabei sein. Allerdings nicht lange. Ihm ist schlecht geworden und er ist nach Hause gelaufen. Sein Vater hat sich danach bei meinem beschwert. Aber der ist selber Arzt und hat sich über mein Interesse für seinen Beruf stets gefreut.«

»Besitzen Sie Chloroform?«

»Nein. Wozu denn?«

»Halten Sie sich bitte zu unserer Verfügung.« Bergmann erhob sich.

»Danke, Herr Doktor Kropf. Auf Wiedersehen.« Sandra stand ebenfalls auf, während der Arzt sitzen blieb.

Im Wartezimmer hatte sich inzwischen eine alte Bekannte eingefunden, die die beiden LKA-Ermittler begrüßte.

»Alles okay mit Ihnen?«, erkundigte sich Sandra.

Waltraud Krenn hatte tiefe Ringe unter den Augen. »Ja, danke der Nachfrage, Frau Inspektor. Ich brauch nur ein paar Schlafpulver. Ich hab seit Sonntag nimmer viel geschlafen. Diese Morde gehn mir nimmer ausm Kopf.«

»Sie wissen doch, dass Sie einen Psychologen konsultieren können, wenn Sie möchten«, sagte Sandra. Immerhin hatte die Frau ein verstümmeltes Mordopfer gefunden, was offensichtlich auch für eine gestandene Hebamme nicht so leicht zu verdauen war.

»Aber gehn S'. Ich bin doch nicht deppert. Außerdem vertrau ich unserm Herrn Doktor.«

Wenn Sie da nur mal nicht auf den Falschen setzte, dachte Sandra und steckte Waltraud Krenn eine Visitenkarte des Psychosozialen Dienstes zu. »Sie müssen nicht deppert sein, um dort anzurufen. Das sind Spezialisten, die Ihnen helfen, Ihr Trauma besser zu verarbeiten. Überlegen Sie es sich. Auf Wiederschaun, Frau Krenn«, grüßte Sandra die Patientin im Wartezimmer, das Bergmann soeben verlassen hatte.

»Was denn für ein Trauma?«, hörte sie Frau Krenn noch murmeln.

»Was sagst du zu Doktor Frankenstein?«, fragte Bergmann draußen. Der Regen war wieder stärker geworden.

Sandra setzte ihre Kapuze auf. »Passt perfekt ins Täterprofil. Für meinen Geschmack schon fast zu perfekt. Auf alle Fälle sollten wir an ihm dran bleiben.«

»Wer weiß schon, was hinter verschlossenen Türen geschieht, hat er gesagt. War das nur eine Floskel, oder weiß er, dass die Opfer in geschlossenen Räumen ermordet wurden?«, fragte Bergmann.

»Für mich hat er das nur so dahingesagt … Außerdem wissen wir im ersten Mordfall doch gar nicht, ob das zutrifft. Willst du ihn observieren lassen?«

»Willst du nicht die Autotüren aufsperren? Es regnet …«

Sandra zückte die Fernbedienung, die die Schlösser freigab. »Dafür gibt es Regenjacken.« Sie zupfte demonstrativ an ihrer Jacke.

Mit seinem Leinensakko über dem Hemd war Bergmann definitiv zu leicht bekleidet. »Ich möchte noch ein paar Leute zu diesem Doktor Kropf befragen, allen voran Irmgard Kolleritsch«, sagte er im Auto. »Dann sehen wir weiter.«

»Ihr Name taucht immer wieder auf.«

»Eben deswegen.«

Sandra sah auf die Uhr. »Eigentlich müsste sie um diese Zeit im Hofladen arbeiten.«

»Worauf wartest du noch? Mein Kernöl ist ohnehin bald zu Ende.«

Wenigstens kulinarisch war der Chefinspektor in der Steiermark angekommen. Aber das war ja nun nicht besonders schwierig.

5.

Irmgard Kolleritsch trug ihr blondes welliges Haar kurz. Die schwarze Hose und das langärmelige hellblaue Polohemd unterstrichen ihren burschikosen Typ. Die bedächtigen Bewegungen ließen die 25-Jährige kraftlos wirken. Der Frau fehlte es sichtlich an Energie und Körperspannung. Möglicherweise lag das daran, dass sie erst vor Kurzem ihren Freund durch einen Mord verloren hatte, überlegte Sandra und beobachtete, wie Irmgard Kolleritsch kassierte und den Einkauf des Kundenpaares am Verkaufspult in einen weißen Papiersack packte. Bergmann hatte sich dem Regal mit Kürbiskernöl zugewandt und studierte die Flaschenetiketten. Sandra sah den Kunden nach, die nun plaudernd den Laden verließen. Dem Akzent nach handelte es sich um Touristen aus dem Westerwald, deren deutsches KFZ-Kennzeichen ihr schon auf dem Parkplatz aufgefallen war.

Auf einem Ständer hingen einige handbemalte Hampelmänner und -frauen in Tracht, wie sie vielerorts in der Steiermark als Souvenir verkauft wurden. Ansonsten war hier vom üblichen Touristenkitsch nichts zu entdecken.

»Kommen Sie zurecht?«, sprach die Verkäuferin an der nahen Kassa sie an.

Bergmann wandte sich um. »Ist das Kernöl hier zu empfehlen?«, fragte er und hielt eine dunkelgrüne 1-Liter-Flasche hoch.

»Freilich. Das ist vom Kürbishof in Weinberg an der Raab. Aber … sind Sie nicht von der Polizei?« Jetzt erst erkannte die junge Frau den Mann, der mit der Flasche auf sie zukam.

»Sind wir. Chefinspektor Bergmann, LKA Steiermark«, half er ihrem Gedächtnis nach, während er die Kernölflasche auf dem Pult abstellte.

Sandra näherte sich ebenfalls der Kassa und nickte Irmgard Kolleritsch zu. »Abteilungsinspektorin Sandra Mohr«, stellte sie sich vor. Wahrscheinlich war der Händedruck der Frau ebenso lasch wie ihre Bewegungen, überlegte sie, machte jedoch keinerlei Anstalten, es herauszufinden. Erst jetzt, aus der Nähe betrachtet, fielen ihr die vielen Sommersprossen im Gesicht ihres Gegenübers auf. »Wir möchten Ihnen noch ein paar Fragen stellen, Frau Kolleritsch«, ergriff sie das Wort, während Bergmann mit seiner Bankomatkarte hantierte.

»Macht 18 Euro.« Die Verkäuferin startete den Zahlungsvorgang und wickelte die Flasche in weißes Seidenpapier.

»Kennen Sie einen Christian Maric?«, fragte Sandra.

Irmgard Kolleritsch überlegte kurz, während sie das Kernöl vorsichtig in einem Papiersackerl verstaute. Bergmann steckte seine Bankomatkarte in die Brieftasche zurück und nahm den Einkauf an sich.

»Nein, tut mir leid«, antwortete Irmgard Kolleritsch.

»Er war Akkordeonspieler bei Trio fatal. Das ist die Jazzband, die vor einer Woche im Kulturhaus in Straden ein Konzert gegeben hat«, half Sandra ihr auf die Sprünge.

»Ach so, Sie meinen das zweite Opfer des Schlächters …« Irmgard Kolleritsch schwankte leicht und stützte sich mit beiden Händen auf dem Pult ab.

»Wollen Sie sich nicht hinsetzen?«, fragte Sandra.

»Es geht schon wieder, danke. Ist nur mein niedriger Blutdruck … Ich bin zu diesem Konzert eingeladen worden, aber nicht hingegangen. Mir ist echt nicht nach Ausgehen zumute, nach allem, was passiert ist.«

»Doktor Kropf hat Sie eingeladen, richtig?«

Irmgard Kolleritsch stutzte und nickte dann.

»Sind Sie mit ihm befreundet?«

»Wir kennen uns vom Sehen, haben ab und zu ein paar Worte miteinander gewechselt.«

»Er ist demnach nicht Ihr Hausarzt?«

»Nein, mein Hausarzt ist in Bad Gleichenberg.«

Der Frau musste man offenbar alles aus der Nase ziehen. »War Markus Haselbacher mit Doktor Kropf befreundet?«, fragte sie weiter.

Irmgard Kolleritsch schwieg.

»Frau Kolleritsch, wenn Sie irgendetwas wissen, was der Aufklärung der beiden Mordfälle dienlich ist, dann sagen Sie uns das bitte jetzt. Andernfalls könnten wir Sie wegen Behinderung der polizeilichen Ermittlungen belangen«, fuhr Bergmann unerwartet schwere Geschütze auf.

Die Zeugin sah ihn erschrocken an.

Sandra hoffte, dass der Chefinspektor wusste, was er tat. Nicht, dass ihnen die Frau noch während der Befragung zusammenklappte. Ihre Hände zitterten, als sie das Stockerl unter dem Verkaufspult hervorzog, um sich hinzusetzen. »Entschuldigen Sie, ich muss mich nur kurz …«

»Möchten Sie ein Glas Wasser?«, fragte Sandra.

»Nein danke. Ich hab hier eh eine Flasche stehen.« Irmgard Kolleritsch streckte sich nach vorn und kehrte mit einer PET-Flasche in der Hand wieder in ihre Position zurück. Während sie Wasser trank, bedachte Sandra den Chefinspektor mit einem vorwurfsvollen Blick, den dieser gekonnt an sich abprallen ließ. Offenbar wusste er, was er tat.

»Möchten Sie lieber morgen nach Graz ins LKA zur Einvernahme kommen?«, blieb er seinem forschen Tonfall treu.

Irmgard Kolleritsch schüttelte den Kopf. »Nein, nein, es geht schon wieder.«

»Dann reden Sie jetzt endlich«, forderte Bergmann sie erneut auf. »Sie haben die Frage meiner Kollegin noch nicht beantwortet.«

»Welche Frage?«

Allmählich verstand Sandra, warum Bergmann der Geduldsfaden gerissen war. Er beugte sich hinunter, stützte die Ellenbogen auf dem Verkaufspult ab, legte den Kopf in seine Hände und blickte Irmgard Kolleritsch direkt in die Augen. »Waren Doktor Kropf und Herr Haselbacher miteinander befreundet? Ja oder nein? Oder waren sie vielleicht sogar mehr als das?«

Bergmann kassierte einen weiteren vorwurfsvollen Blick von Sandra, den er hinter seinem Rücken aber nicht sehen konnte. Für ihren Geschmack war er nun wirklich zu weit gegangen. Wenn er so weitermachte, wusste morgen die ganze Gemeinde, dass der Herr Doktor homosexuell war. Die Fußballmannschaft sowieso. Und spätestens übermorgen würde das halbe Vulkanland darüber reden.

»Er hat es Ihnen also erzählt ...«, blieb Irmgard Kolleritsch vage.

»Wir kommen gerade von Doktor Kropf«, kam Sandra Bergmanns nächstem Ausbruch zuvor.

Der Chefinspektor richtete sich wieder auf und wandte sich ab, um die Augen hinter seiner Hand zu verbergen und hörbar durchzuschnaufen.

»Doktor Kropf ist vom anderen Ufer ...« Das war eindeutig keine Frage, sondern eine Feststellung. Irmgard Kolleritsch sah Sandra an, als wolle sie sich vergewissern, ob die Ermittlerin ihre Aussage auch verstanden hatte.

Bergmann drehte sich abrupt um. »Ja und? Woher wissen Sie das?«

»Ich weiß es halt.«

»Woher? Raus damit«, blaffte Bergmann die Frau an, die auf dem Stockerl immer mehr in sich zusammensank und nun mit den Tränen kämpfte.

»Vom Markus«, wimmerte sie.

Sandra bedachte Bergmann mit einem weiteren mahnenden Blick. »Wann und warum hat er Ihnen das erzählt?«, bemühte sie sich um Geduld.

»Zwei Tage, bevor er ermordet wurde. Er hat mich spätabends angerufen, weil er noch zu mir kommen wollte, um mit mir zu reden. Dann hat er mir erzählt, dass der Michael ihn verführen wollte. Er ist nach dem Tennis nichtsahnend mit zu ihm nach Hause gefahren ... Der Markus war voll geschockt und total durcheinander. Obwohl angeblich eh nix passiert ist.«

»Weiß sonst noch jemand darüber Bescheid?«

»Nein. Ich hab dem Markus hoch und heilig versprechen müssen, dass ich niemandem was erzähl. Er wollte drüber schlafen und dann entscheiden, was er weiter macht. Daran hab ich mich selbstverständlich gehalten.« Irmgard Kolleritsch blickte sie von unten an. Ihre Tränen waren wieder versiegt, dennoch zog sie ein Taschentuch hervor, um sich zu schnäuzen.

Sandra hätte schwören können, dass die junge Frau noch längst nicht alles preisgegeben hatte, was sie wusste.

»Mir hätten Sie es aber erzählen müssen, als ich Sie neulich befragt habe«, sagte Bergmann. »Möglicherweise haben Sie damit einen entscheidenden Hinweis unterschlagen.«

»Aber wieso denn? Sie glauben doch nicht, dass der Doktor etwas mit den Morden zu tun hat?«

Sandra hatte schon geahnt, dass sich die Frau bisher dümmer gestellt hatte, als sie war. Beide Ermittler hüllten sich in Schweigen.

»Doktor Kropf hat den Markus bestimmt nicht umgebracht«, gab sich Irmgard Kolleritsch selbst eine Antwort. »Er hat ihn doch geliebt.« Ihr letzter Satz klang abfällig.

»Als ob das ein Hindernis wäre«, sagte Bergmann.

Unter ihren Sommersprossen wich jegliche Farbe aus dem Gesicht der jungen Frau. Wieder standen Tränen in ihren Augen. Als würde sie jetzt erst begreifen, dass sie womöglich den Mörder ihres Freundes gedeckt hatte – einen mutmaßlichen Serientäter.

»Doktor Kropf hat Herrn Haselbacher geliebt?«, hakte Sandra nach. »Hat er das gesagt?«

Irmgard Kolleritsch nickte, sodass die Tränen nun endgültig über ihre Sommersprossen kullerten. »Ja. Als wir uns nach dem Begräbnis unterhalten haben und …«

»Und was?«, fragte Bergmann.

»Na, ich hab ihm gesagt, dass ich Bescheid weiß, und dass es für mich keinen Grund mehr gibt, länger zu schweigen. Ich finde nämlich, dass es eine Sünde ist, wenn zwei Männer miteinander … Sie wissen schon, Sex haben … grauslich.«

Sandra sah Bergmann an, dass er über die Aussage der jungen Frau ebenso erstaunt war wie sie. Immerhin gehörte Irmgard Kolleritsch einer Generation an, der man in Sachen gleichgeschlechtlicher Liebe mehr Toleranz zutraute. »Sie haben aber weiterhin geschwiegen?«, hakte sie nach.

»Doktor Kropf hat mir Geld gegeben, damit ich nichts erzähle.«

»Sie haben Doktor Kropf also erpresst«, sagte Bergmann etwas leiser, was die Frau auch nicht beruhigte. Sie schluchzte, während er weitersprach. »Das mag in Ihren Augen vielleicht keine Sünde sein, aber es ist ein Gesetzesbruch, der strafrechtlich verfolgt wird. Halten Sie sich zu unserer Verfügung, Frau Kolleritsch ... Komm, Sandra, lass uns gehen.«

»Einen Moment noch ... Wissen Sie, dass Markus Haselbacher Fußballwetten im Internet platziert hat?«

»Ja, ab und zu. Er hat sich mit Fußball gut ausgekannt und häufig gewonnen. Warum?«

»Hat er das allein getan oder mit anderen?«

»Er hat sich mit dem Florian ausgetauscht. Der hat auch gern gewettet.«

»Florian?«

»Url Florian.« Einer der Fußballer, die mit Kropf beim Konzert gewesen waren, erinnerte sich Sandra an den Namen.

»Haben die beiden je erwogen, ein Spiel zu manipulieren, um eine Wette zu gewinnen?«

»Was? Nein. So was hätte der Markus nie getan. Er hat ja nur auf höhere Ligen und internationale Spiele gewettet, damit er keine Probleme mit dem Verein bekommt.«

»War sonst noch jemand dabei? Vielleicht ein Fremder?«

»Nein. Jedenfalls nicht, dass ich wüsste.«

»Und Sie hatten auch nicht das Gefühl, dass Herr Haselbacher in Schwierigkeiten steckte?«

»Nein. Erst nach dem Vorfall mit Doktor Kropf war er komisch.«

»Danke, Frau Kolleritsch«, sagte Sandra.

Bergmann drängte sie aus dem Hofladen.

»Musstest du die Frau so hart anpacken?«, fragte sie draußen.

»Wieso nicht? Hat doch funktioniert. Außerdem hat sie mich das letzte Mal ganz schön für dumm verkauft.«

Dagegen konnte Sandra nichts einwenden. Irmgard Kolleritsch hatte Bergmann bei der ersten Befragung eine wesentliche Information vorenthalten, zudem mit ihrer Erpressung eine Rechtswidrigkeit begangen, sofern man ihr einen Verstoß gegen die guten Sitten nachweisen konnte.

»Und jetzt kaufen wir uns diesen Doktor Frankenstein«, verkündete Bergmann und stieg in den Wagen ein. Wenn Kropf tatsächlich der gesuchte Serientäter war, hatten sie keine Zeit zu verlieren.

»Freu dich nicht zu früh«, murmelte Sandra. Noch war der Mediziner längst nicht überführt und in Polizeigewahrsam. Beim Einsteigen fiel ihr Blick auf die Männer, die im hinteren Bereich des Parkplatzes einen weißen Lieferwagen entluden. Der mit der blauen Baseballkappe hinkte. Dass der Transporter Johann Haselbacher, dem Fleischhauer aus Straden gehörte, verrieten ihr der Schriftzug und der Schweinekopf auf der Seitenwand.

Bergmann hatte bereits das Blaulicht von der Rückbank gefischt und fasste durchs geöffnete Fenster, um es auf dem Autodach zu befestigen. Über Funk forderte er Verstär-

kung an, während Sandra losfuhr. An der Parkplatz-Aus-
fahrt hielt sie wieder an, um abzuwarten, bis ein silberner
Opel auf der Landstraße vorbeigefahren war. »Jetzt mach
schon endlich«, raunte sie dem Fahrer zu, als hätte dieser
sie hören können. Im Rückspiegel sah sie, dass der Mann
mit der Kappe, der die Kartons auf der Transportrodel
gestapelt hatte, noch immer beim Lieferwagen stand und
ihnen nachschaute. Sandra gab Gas. »Glaubst du wirklich,
dass Doktor Kropf unser Mann ist?«

»Fix ist nix«, erwiderte Bergmann. »Aber es spricht
doch einiges dafür. Er ist von beiden Opfern verschmäht
worden. Wenn das kein Mordmotiv ist, weiß ich auch
nicht.«

Sandra nickte. »Und er hat kein Alibi für die Tatzeiten.
Er könnte Christian Maric auf die Toilette gefolgt sein, ihn
woanders hingelockt haben und dann neuerlich bei ihm
abgeblitzt sein«, überlegte Sandra laut. »Vielleicht war das
ja der Auslöser für seine Tat.«

»Möglich. Maric nach all den Jahren wiederzusehen,
kann aber auch schon ausgereicht haben, um den Frust
über die frühere Ablehnung wieder aufleben zu lassen.«

»So oder so hätten wir es mit Beziehungstaten zu tun.
Ungewöhnlich für einen Serientäter …«

»Aber eben nicht ausgeschlossen. Zweifelst du daran,
dass Kropf unser Mann ist?«

Sandra zuckte mit den Schultern. »Bisher haben wir
nur Indizien.«

»Als ob ich das nicht wüsste«, erwiderte Bergmann.
»Das wird sich aber hoffentlich bald ändern.«

»Schauen wir mal … Sag, ist der Opa da vorne blind?«
Sandra schaltete das Martinshorn an, um den Fahrer vor
sich zu warnen. Das Blaulicht schien er bislang nicht wahr-

genommen zu haben. Dass er einen Hut aufhatte, erfüllte wie so oft ein Klischee.

»Du warst doch diejenige, die von Anfang an einen Mediziner als Täter geglaubt hat.«

Sandra stieg aufs Gas. »Ja, eh …«

»Eigentlich habe ich erwartet, du würdest mir um die Ohren reiben, dass du es ja gleich gewusst hast.« Bergmann musterte sie von der Seite. »Irgendwie hast du dich verändert, Sandra. Und ich meine damit ausnahmsweise nicht die bescheidenen Kurven, die du dir an den richtigen Stellen angefuttert hast.«

»Diese Stellen gehen dich nach wie vor überhaupt nichts an. Und daran wird sich auch niemals etwas ändern«, wies Sandra den Chefinspektor in die Schranken.

»Sag niemals nie …«

»Kümmer dich lieber um die Formalitäten, James«, spielte sie auf den gleichnamigen Bond-Film an, ohne den Blick von der Straße abzuwenden.

Bergmann schmunzelte.

»James Bond für Arme«, fügte Sandra an, was Bergmanns Mundwinkel wieder in die Ausgangsposition sinken ließ. Er griff zu seinem Handy, um den Staatsanwalt anzurufen.

6.

»Der Herr Doktor hat die Ordination vor fast einer Stunde verlassen. Nur wenige Minuten nach Ihnen«, stammelte die Sprechstundenhilfe. Zwei LKA-Ermittler und vier uniformierte Polizisten in ihrem Hoheitsgebiet machten sie sichtlich nervös. Zwei weitere Beamte, von denen sie nichts wusste, standen vor dem modernen Mehrparteienhaus, in dem sich die Praxis befand. »Es ist ihm doch nichts passiert, oder? Hatte er einen Unfall?« Auf ihrem Gesicht zeichneten sich auf einmal hektische rote Flecken ab.

»Von einem Unfall ist uns nichts bekannt«, sagte Sandra. »Wissen Sie, wohin Herr Doktor Kropf wollte?«

»Er hatte noch zwei Hausbesuche auf seinem Terminplan stehen: den Haselbacher Sepp und Frau Cordt. Bei der ist er aber noch nicht eingetroffen. Sie hat mich vorhin angerufen und gefragt, wo der Herr Doktor bleibt. Ich hab natürlich versucht, ihn zu erreichen, aber er geht nicht an sein Handy.«

»Und zuvor war er bei Sepp Haselbacher, dem Altbauern vom Koglerhof?«, fragte Sandra.

»Ja, genau.«

Außer dem Auto des deutschen Touristenpaares und dem Lieferwagen des Fleischhauers war kein Fahrzeug auf dem Parkplatz vor dem Koglerschen Hofladen gestanden, überlegte Sandra. Der Arzt musste wohl hinter dem Laden, direkt am Hof geparkt haben. Und sie hatten ihn verpasst. So ein Mist!

»Der Herr Doktor hat den Koglerhof nach einer Viertelstunde wieder verlassen«, fuhr die Sprechstundenhilfe fort. »Das hat mir vorhin seine Enkelin am Telefon bestätigt. Er müsste also längst bei Frau Cordt gewesen sein. Jetzt mach ich mir langsam wirklich Sorgen um ihn. Was, wenn er diesem Schlächter in die Hände gefallen ist?« Die Sprechstundenhilfe fasste sich an den Mund und starrte Sandra an.

Dass der hoch verehrte Herr Doktor selbst unter dringendem Tatverdacht stand und nach seiner Einvernahme möglicherweise beschlossen hatte, sich aus dem Staub zu machen, behielt Sandra für sich. Merkwürdig fand sie nur, dass er den ersten Hausbesuch überhaupt noch absolviert hatte, anstatt gleich zu flüchten. »Vielleicht ist er ja schon zu Hause. Haben Sie es dort probiert?«, fragte sie.

»Ja freilich. Er hebt auch zu Hause nicht ab.«

»Könnten Sie die zweite Patientin bitte noch einmal anrufen? Möglicherweise hat es unterwegs eine Verzögerung gegeben, und er ist inzwischen bei ihr eingetroffen«, sagte Sandra.

Die Sprechstundenhilfe griff zum Telefon.

»Griaß di, Marianne. Ist der Herr Doktor schon bei dir? ... Noch immer nicht. Das tut mir leid ... Mal den Teufel nicht an die Wand. Kommst mit deinen Medikamenten heute noch aus? ... Gut. Du, ich muss jetzt Schluss machen, gell? Ich melde mich wieder bei dir, sobald ich was vom Herrn Doktor höre. Pfiat di, Marianne.« Sie legte auf und zuckte mit den Schultern.

»Wir finden ihn schon«, versprach Sandra und bat um die Adresse und die Telefonnummern des Arztes. »Welchen Wagen fährt Ihr Chef denn?«

»Einen weißen Landrover. Warten S'. Ich hab hier eine Kopie der Zulassung. Die können Sie haben.«

»Danke. Fällt Ihnen sonst noch wer ein, bei dem sich Ihr Chef aufhalten könnte?«

»Der Herr Doktor ist alleinstehend.«

»Bei seinen Eltern vielleicht?«

»Die sind vor zwei Jahren nach Andalusien gezogen, um dort ihren Lebensabend zu verbringen. Wobei seine Mutter ja noch keine 60 ist. Aber sein Vater, der alte Herr Doktor, ist schon in Pension«, erklärte die Frau. Wo genau die beiden jetzt lebten, hatte sie sich nicht gemerkt. Aber das spielte momentan auch keine Rolle. »Der junge Herr Doktor wohnt jetzt in seinem Elternhaus im Zentrum von Bad Radkersburg.«

Auf dem Weg dorthin versuchte Bergmann vergeblich, Doktor Michael Kropf telefonisch zu erreichen. Auch beim Fußballverein fragte er nach. Erst zum Match gegen Deutsch Goritz am kommenden Sonntag wurde der Mannschaftsarzt wieder erwartet, erfuhr er vom Trainer des Vereins. Auch diesem war niemand bekannt, bei dem sie sich nach Kropf hätten erkundigen können. Allem Anschein nach beschränkten sich die Kontakte des Doktors auf berufliche. Zumindest in der Umgebung, in der er arbeitete. Ob er Freunde in Bad Radkersburg, Graz oder woanders hatte, wusste der Coach nicht. Offenbar hatte sich Kropf sehr unauffällig verhalten. Möglicherweise, um seine Homosexualität zu verbergen. Oder aber, weil er ein gefährlicher Psychopath war, der Männer ermordete und deren Gliedmaßen raubte.

Sandra drückte auf die Messing-Klingel neben der Eingangstür des historischen Bürgerhauses, das mit weißen Stuckverzierungen auf der lindgrünen Fassade, weißen Fenstern und Fensterläden aufwartete. Wie die meisten denkmalgeschützten Häuser in der Altstadt war auch dieses schmucke zweistöckige Gebäude vorbildlich erhalten.

Im Gegensatz zu den meisten anderen, die über ein einziges zweiflügeliges Tor verfügten, hatte dieses zusätzlich eine Tür. Vermutlich hatte sie früher als Praxiseingang gedient. Sandras neuerliches, längeres Läuten blieb ebenfalls unbeantwortet. Anscheinend hatte Doktor Kropf nach seiner Befragung durch die LKA-Ermittler keine Zeit verloren und sich abgesetzt.

Ein weißer Landrover parkte jedenfalls nicht in der ruhigen Gasse, die auf den ersten Metern mit Murnockerln – runden Steinen aus dem Murfluss – gepflastert war, während die restliche Straße asphaltiert war. Ob der Wagen des Hausbewohners hinter dem verschlossenen Einfahrtstor im Innenhof parkte, ließ sich von draußen nicht feststellen. Mit der Fahndung wollte der Chefinspektor noch zuwarten, bis sie sich drinnen umgesehen hatten. Nur weil Kropf sich nicht meldete, hieß das noch lange nicht, dass er nicht zu Hause war. Auf den Durchsuchungsbefehl konnten sie vorerst getrost verzichten. »Gefahr im Verzug. Wir gehen rein«, ordnete Bergmann die Öffnung der Eingangstür an.

Das Schloss stellte für einen der sechs Beamten, die sie in drei Funkstreifen nach Bad Radkersburg begleitet hatten, kein Hindernis dar. In weniger als 60 Sekunden standen vier Polizisten und zwei LKA-Ermittler im Flur des altehrwürdigen Bürgerhauses. Die zwei anderen sicherten Tür und Tor vom Gehsteig aus.

Bergmann zückte seine Dienstwaffe. »Doktor Kropf? Sind Sie zu Hause? Hier ist die Polizei!«, rief er in den Flur.

Noch immer regte sich nichts. Nur der alte Parkettboden knarrte unter seinen Füßen.

»Ihr beiden seht oben nach«, wandte er sich an zwei der Männer, die wie die anderen nun ebenfalls ihre Pistolen zogen. »Wenn er sich nicht irgendwo versteckt, überprüft, ob etwas fehlt, das auf seine Flucht hindeutet. Oder auf ein Verbrechen. Ihr zwei übernehmt den Keller. Komm, Sandra. Du gibst mir Deckung.« Bergmann strebte auf die Doppeltür zu, die ins Wohnzimmer oder vielmehr in den Salon führte. Der mit hellem Marmor eingefasste offene Kamin reichte beinahe bis unter die Stuckdecke. Ein glänzend-schwarzer Bösendorfer Konzertflügel stand an der Fensterfront gegenüber, die zur Straße zeigte. Die wenigen modernen Möbelstücke in Weiß und Grau bildeten einen stilsicheren Kontrast zum historischen Ambiente des großen, hellen Raumes, in dem jedoch keine so rechte Behaglichkeit aufkommen wollte. Das mochte höchstens abends der Fall sein, wenn das Feuer im Kamin prasselte, überlegte Sandra, der etwas Farbe im Raum fehlte. Ebenso vermisste sie persönliche Gegenstände des Hausbewohners. Alles war aufgeräumt und viel zu ordentlich für ihren Geschmack, wie in dessen Ordination.

Auch das Esszimmer auf der anderen Seite des Flurs, das direkt an die Küche angrenzte, war edel möbliert und ausgestattet, wirkte jedoch ebenso steril, als würde niemand hier wohnen. Sandra näherte sich der teilverglasten Tür, die in den Innenhof führte. Anstatt des erwarteten Parkplatzes und eines Landrovers blickte sie in eine herbstlich verfärbte Grünoase. Im Gegensatz zu den Räumen war der Garten ein wenig verwahrlost und wirkte mit seinen rosen- und weinumrankten Flächen romantisch, ja beinahe verwunschen. »Auto ist hier keines im Hof«, rief sie Bergmann nach, der bereits auf dem Sprung zurück in den Flur war, um sich ein weiteres Zimmer im Erdgeschoß vorzunehmen. Sie selbst sah sich in der Küche um, ehe sie in den Innenhof trat. Im kleinen Holzschuppen in der hintersten Ecke waren Gartenwerkzeuge verstaut. Keines davon schien ihr für Amputationen geeignet zu sein oder wies sichtbare Blutspuren auf. Auch im Garten war mit freiem Auge nichts zu entdecken, was auf ein Gewaltverbrechen hinwies, bei dem viel Blut geflossen war.

Den anderen Einsatzkräften, die das Haus durchkämmt hatten, war der gesuchte Arzt auch nicht begegnet. Weder im Keller noch im Obergeschoß. Wenn es nicht doch noch eine banale Erklärung für sein Verschwinden gab oder ihm etwas zugestoßen war, war Doktor Kropf wohl tatsächlich untergetaucht.

»Habt ihr seinen Pass oder einen Personalausweis gefunden?«, erkundigte sich Bergmann. Die Dienstwaffen waren längst wieder in den Holstern verschwunden, dafür hatte der Chefinspektor den Laptop des Hausherrn unter seinen Arm geklemmt.

»Nein. Keine Dokumente, auch kein Pass«, meinte einer der Polizisten. »Es gibt aber einen Safe im Schlafzimmer, in dem sie aufbewahrt sein könnten.«

»Um den soll sich die Tatortgruppe kümmern. Habt ihr den Eindruck, dass er sonst etwas mitgenommen hat? Was ist mit seiner Zahnbürste, Rasierzeug, Medikamenten, Kleidung …«, fragte Bergmann.

»Im Bad fehlt augenscheinlich nichts. Wenn er etwas mitgenommen hat, dann nicht einmal das Allernotwendigste. Der Apothekenschrank ist auffallend gut sortiert. Hier ist eine Liste der Medikamente, die weit über Aspirin und Thomapyrin hinausgeht. Keine Ahnung, wogegen die alle sind.«

Sandra überflog die Liste, auf der ihr kaum ein Medikament bekannt vorkam. Chloroform war, soweit sie das beurteilen konnte, keines dabei. Sofern es nicht in einer anders beschrifteten Flasche aufbewahrt wurde. Das herauszufinden war ebenfalls Angelegenheit der Kriminaltechniker. Dafür stachen ihr jene Tabletten ins Auge, die sie vor einigen Jahren selbst eine Weile gegen ihre Panikattacken eingenommen hatte. Nachdem ihr Stiefbruder Mike sie in der Tiefgarage mit einer Pistole bedroht und anschließend in ihrer Wohnung krankenhausreif geprügelt hatte. In ihrer Vorstellung färbte sie diese ohnehin düstere Erinnerung schwarz ein und blies sie mit der Atemluft aus, damit sich die Angst erst gar nicht in ihr ausbreiten konnte. Anschließend inhalierte sie weiße Luft, um Körper und Geist gleichsam neue positive Energie zuzuführen. Inzwischen hatte sie diese Atemtechnik, die sie mit ihrer Therapeutin unzählige Male geübt hatte, verinnerlicht und setzte sie fast schon reflexartig ein. Wann immer die alten Ängste in ihr aufkeimten.

»Kropf ist Arzt«, holte Bergmann sie in die Gegenwart zurück. »Meiner Erfahrung nach horten die auch in ihrem privaten Umfeld Mittel gegen jedes Wehwehchen.«

Woher seine persönlichen Erfahrungen mit Ärzten stammten, ließ er unerwähnt. Wenngleich Sandra vermutete, dass diese sich in erster Linie auf die Gerichtsmedizinerin beschränkten, die dem Chefinspektor anscheinend wieder sehr zugetan war. »Im Kühlschrank sind eine Salbe und Ampullen«, sagte sie. »Soll ich nachsehen, wie sie heißen?«

Bergmann winkte ab. »Was ist euch oben noch aufgefallen?«, wandte er sich an das Team, das den ersten Stock überprüft hatte.

»Der Kleiderkasten ist gut bestückt. Der Schuhschrank ebenso. Viel kann er nicht mitgenommen haben«, berichtete ein Polizist.

»Vielleicht hat er längst alles besorgt und gepackt, um sofort flüchten zu können, falls man ihm auf die Schliche kommt«, sagte Sandra. »Ohne, dass man sein Vorhaben auf den ersten Blick durchschaut. Dadurch könnte er sich einen Vorsprung erhofft haben.«

»Da hat er sich leider verspekuliert, der schlaue Herr Doktor«, erwiderte Bergmann. »Habt ihr Blutspuren oder mögliche Tatwerkzeuge gefunden?«

»Nein«, waren sich alle einig.

»In der Küche sind nur die üblichen Messer. Keine Ausbeinmesser oder andere Werkzeuge mit scharfer, gebogener Klinge, wie sie bei den Taten benutzt wurden«, sagte Sandra. »Auch im Schuppen habe ich nichts dergleichen gesichtet.«

»Und im Keller?«, fragte Bergmann.

»Dort unten ist auch nichts Besonderes. Ein altes Damenfahrrad, eine Rodel, einige Kleidersäcke, antike Möbelstücke und Bilder, die vom Stil her eher zu älteren Leuten passen«, zählte der Kollege ein paar Gegenstände auf.

»Vor ihm haben seine Eltern dieses Haus bewohnt«, merkte Sandra an.

»Die Tatortgruppe soll alles genau unter die Lupe nehmen. Auch seine Praxis. Kümmerst du dich darum, Sandra?« Bergmann ließ die Männer gehen.

Im Auto versuchte er neuerlich, den Arzt auf dessen Handy zu erreichen. Bereits auf der Fahrt hierher hatte er ihm auf die Mobilbox gesprochen und um dringenden Rückruf gebeten. Er verzichtete darauf, dieselbe Nachricht noch einmal zu hinterlassen. Stattdessen erkundigte er sich bei der Sprechstundenhilfe, ob sich ihr Arbeitgeber inzwischen gemeldet hatte, und kündigte ihr den Besuch der Kriminaltechniker für den nächsten Tag an. Dann leitete er die Fahndung ein.

Doktor Michael Kropf stand nunmehr unter dem dringenden Verdacht, zwei Menschen ermordet und deren Leichen verstümmelt zu haben. Zudem musste davon ausgegangen werden, dass er sich auf der Flucht befand. Einer Festnahme stand somit nichts mehr im Wege, für den Fall, dass er von der Polizei aufgegriffen wurde. Ob der Staatsanwalt diese Ansicht teilte, würde sich demnächst zeigen. Anschließend sollte der Pressesprecher des LKA die Medien informieren, um die Bevölkerung in die Suche nach dem Vermissten einzubinden. Freilich ohne zu erwähnen, dass es sich bei dem Mann um einen mutmaßlichen Serientäter handelte. Noch galt die Unschuldsvermutung.

Sandra entdeckte ein SMS von Paul Stadler auf ihrem Handy, mit dem er sie für morgen Abend zu einer Ausstellungseröffnung ins Kunsthaus einlud. Eine weitere Nachricht hatte ihr Andrea geschickt, die sich nach ihrem Befinden erkundigte und mit ihr treffen wollte. Beide mussten warten. Zuerst würde sie Siebenbrunner verständigen, damit er sich das Haus und die Praxis des Verdächtigen vornahm. Wenngleich es auf den ersten Blick nicht danach aussah, als hätte Kropf die Morde und Amputationen in seinem Haus durchgeführt, überlegte Sandra, während sie den Motor startete und den Scheibenwischer einschaltete. Vielleicht gab es im Wohnhaus, in dem die Praxis untergebracht war, weitere Räume, über die der Arzt verfügte. Oder er hatte Zutritt zu einem anderen Gebäude, das ihm als Tatort diente. Wo konnte man unbemerkt morden, die Opfer ausbluten lassen und ihnen die Gliedmaßen abtrennen? Fast überall, wenn man sie vorher betäubte. In jeder Badewanne, in einem Keller oder Hofgebäude.

Aber wie schaffte man die Leiche fort, ohne dabei gesehen zu werden und verwertbare Spuren zu hinterlassen? Sandra gähnte hinterm Steuer. Für heute hatte sie genug von der Jagd nach dem mutmaßlichen Serientäter. In einer Stunde würde sie Bergmann vor seiner Haustür absetzen, anschließend nach Hause fahren und sich ein entspannendes Bad gönnen.

KAPITEL 4

Mittwoch, 6. November

1.

Einmal mehr war die Soko Vulkanland zum Team-Meeting im LKA angetreten, um den aktuellen Ermittlungsstand zu teilen und die weiteren Schritte zu besprechen. Nur Siebenbrunner war mit seiner Tatortgruppe nach Straden und Bad Radkersburg ausgeschwärmt. Sowohl die Praxis als auch das Haus des gesuchten Mannes sollte nach Spuren durchforstet werden. Sofern es tatrelevante Hinweise vor Ort gab, wollte sich der Leiter der Kriminaltechnik telefonisch bei Bergmann melden. Sandra konnte gut und gern auf Siebenbrunners Anwesenheit verzichten.

Die Fahndung nach Doktor Michael Kropf war bisher ergebnislos verlaufen. Seit er den Koglerhof verlassen hatte, war sein Landrover ebenso spurlos verschwunden wie sein Handy, das nicht geortet werden konnte. Den Laptop hatte Sandra noch vor dem Meeting mit einem IT-Experten zu durchforsten begonnen, nachdem ihnen der Staatsanwalt alle notwendigen Beschlüsse übermittelt hatte. Unter den wenigen privaten E-Mails war ihr eines vom 22. Oktober des Jahres ins Auge gesprungen, das Dr. Michael Kropf an Christian Maric gesendet hatte.

Der hatte ihm einen Tag später geantwortet, dass er sich über den geplanten Besuch seines Konzerts in Straden sehr freuen würde. Keiner der beiden Männer hatte den missglückten Annäherungsversuch, der gut 16 Jahre zurücklag, auch nur mit einer Silbe erwähnt. Dass der Doktor Markus Haselbacher ebenfalls eindeutige Avancen gemacht hatte, erfuhren die Kollegen der Soko nun von Sandra, die auch die weiteren neuen Erkenntnisse der gestrigen Ermittlungen auf den Tisch legte.

Christiane Reichelt, die ihr Täterprofil in der Person von Michael Kropf weitestgehend bestätigt sah, nickte einige Male. »Dann haben wir es also tatsächlich mit einem Arzt zu tun«, sprach sie Sandras letzte Theorie an, für die Siebenbrunner sie gestern gerügt hatte. Schade, dass er nicht mitbekam, dass die Fallanalytikerin ihr nun coram publico recht gab.

»Was gibt es Neues beim SV Karla?«, wandte sich Bergmann an Miriam.

Der Chefinspektor hatte nicht viel Zeit, wusste Sandra. Für 10.30 Uhr war die Pressekonferenz anberaumt, bei der er als Leiter der Soko anwesend sein wollte. Eitelkeit konnte man ihm allerdings nicht vorwerfen, schweifte sie gedanklich ab. Sein Sakko, das er bereits gestern getragen hatte, sah aus, als hätte er darin geschlafen. Am ungebügelten Hemd stand mindestens ein Knopf zu viel offen. Die Jeans waren am rechten Knie zerrissen und an beiden Oberschenkeln so stark abgewetzt, dass jeden Moment weitere Risse drohten. Wie immer war Bergmann unrasiert, seine Haare standen wirr in alle Richtungen ab. Was ihn auch dann nicht störte, wenn alle Kameras auf ihn gerichtet waren, wusste Sandra. Miriam nannte das den Out-of-Bed-Look und hätte diesen sogar sexy gefunden, wenn der

Chefinspektor nicht viel zu alt für sie gewesen wäre. Mit dem Alter hatte Miriam recht, dachte Sandra. Obwohl man es ihm nicht ansah. Aber sonst? Nun ja, Geschmäcker waren eben verschieden.

»Wir konnten gestern mit sieben Männern aus der Mannschaft, mit dem Trainer und dem Masseur sprechen«, hörte sie Miriam sagen. »Die haben mit Fußballwetten alle nichts am Hut, behaupten sie jedenfalls. Die restlichen Männer sind für heute und morgen zur Vernehmung herbestellt. Sollen wir das abblasen?«

»Warum denn? Wir ermitteln weiterhin in alle Richtungen«, sagte Bergmann. »Solange wir Kropf nicht gefunden haben und beweisen können, dass er der gesuchte Serientäter ist. Oder ein Geständnis von ihm vorliegt.«

»Ja klar«, erwiderte Miriam diensteifrig.

»Was ist denn mit diesem Florian Url?«, erkundigte sich Sandra.

Miriam blätterte in ihren Unterlagen. »Der ist für morgen zehn Uhr vorgeladen.«

»Sandra, du leitest die Einvernahmen«, ordnete Bergmann an und bezog sich darauf, dass der junge Mann, der ebenfalls beim Jazzkonzert in Straden gewesen war, wie Haselbacher im Internet gewettet hatte.

Sandra nickte, während Miriam in ihre Unterlagen blickte. »Da war aber noch einer aus der Mannschaft beim Konzert. Den haben wir bereits befragt.«

»Sebastian Steiner«, sagte Sandra.

»Richtig. Er hat ausgesagt, dass sie kurz vor elf zu viert das Kulturhaus in Straden verlassen haben. Steiner, Url und ihre beiden Freundinnen.«

»Und Doktor Kropf? Ist er nicht gleichzeitig mit ihnen gegangen?«, fragte Sandra.

»Der musste angeblich noch auf die Toilette und wollte anschließend auch nach Hause fahren«, sagte Miriam.

Also doch, dachte Sandra, ohne weiter überrascht zu sein, dass der Arzt sie in diesem Punkt angelogen hatte. Vielmehr verwunderte es sie, dass er ihnen kein falsches, schwer zu überprüfendes Alibi aufgetischt hatte, um Zeit für seine Flucht zu gewinnen. Zudem fragte sie sich noch immer, warum er zwischen zwei Hausbesuchen und nicht gleich nach seiner Einvernahme verschwunden war.

»Habt ihr sonst noch etwas Interessantes auf seinem Laptop gefunden, Sandra?« Bergmann trommelte mit den Fingern auf die Tischplatte. »E-Mails, Soziale Netzwerke, Webseiten, Skype-Kontakte et cetera?«

»Auf den ersten Blick nicht. Aber der Kollege ist weiterhin dran. Auch am Laptop von Christian Maric und am Tablet-PC von Markus Haselbacher, um die Daten miteinander abzugleichen. Was Doktor Kropf betrifft, weiß ich bisher nur, dass sich weder unter seinen Favoriten noch in den Browserdaten soziale Netzwerke befinden. Dafür zwei Plattformen, die seiner homophilen Neigung entsprechen. Soweit wir bisher eruieren konnten, hat er sich einige Videos runtergeladen. Ob er auch gechattet oder welche Seiten er sonst noch frequentiert hat, werden die Kollegen aus der IT-Abteilung noch herausfinden. Die Anrufprotokolle seines Mobilfunkbetreibers sind auch noch ausständig. Sie sollten aber im Laufe des Tages einlangen. Ebenso der Laborbefund von Christian Maric.«

»Miriam, irgendwelche Bank- und Kreditkartenzahlungen nach dem Verschwinden von Kropf?«

»Nichts. Sobald er damit bezahlt oder Geld abhebt, werden wir verständigt.«

»Gut. Der Mann kann sich doch unmöglich in Luft aufgelöst haben ... Stefan, du findest schleunigst heraus, ob er weitere Objekte im Vulkanland besitzt, gepachtet oder gemietet hat. Häuser, Wohnungen, Keller, Stadeln oder welche Gebäude auch immer. Wir müssen herausfinden, wo er die Morde verübt und die Amputationen durchgeführt hat. Vielleicht versteckt er sich ja auch dort. Seine Eltern wissen angeblich nicht, wo er sich aufhält. Mit ihnen habe ich bereits in der Früh telefoniert. Was ist mit den Konzertbesuchern? Ist die Liste vollständig?«

»Die Daten des Online-Buchungssystems sind komplett«, antwortete Stefan. »Nur die Leute, die ihre Tickets an der Abendkasse gekauft haben, können nicht lückenlos identifiziert werden. Von denen, die bar bezahlt haben, sind der Verkäuferin nicht alle bekannt, beziehungsweise kann sie sich nicht mehr an sie erinnern. Fünf Personen sind daher nach wie vor anonym. Leider gibt es auch keine offiziellen Fotos oder Videoaufzeichnungen von diesem Abend. Von der Presse war niemand anwesend. Wir sollten YouTube, Facebook und so weiter durchforsten. Vielleicht hat jemand was hochgeladen.«

»Okay, die IT-Experten sollen sich darum kümmern. Ganz bestimmt gibt es private Fotos und Videos von dem Konzert, die uns möglicherweise brauchbare Hinweise liefern können. Ich werde die Aufforderung, privates Bildmaterial von der Veranstaltung für die kriminalpolizeilichen Ermittlungen zur Verfügung zu stellen, im Presseaufruf an die Öffentlichkeit erwähnen. Stefan, du leitest die telefonische Vernehmung der Konzertbesucher. Frag jeden Einzelnen nach Fotos und Videos und lass dir diese schicken. Ausnahmslos.«

»Jawohl, Chef.« Stefan Baumgartner strahlte. Bergmann hatte ihm zum ersten Mal die Verantwortung für Zeugenbefragungen übertragen. Bisher war ihm immer Miriam vor die Nase gesetzt worden, die diesmal mit Sandra die ausständigen Fußballerbefragungen durchführen sollte.

»Noch ein wichtiger Hinweis an alle«, fuhr Bergmann fort.

»Offiziell gilt Kropf im Zusammenhang mit dem Serienmord als vermisst. Kein Sterbenswörtchen dringt nach draußen, dass er als mutmaßlicher Täter gesucht wird, sonst rollen hier Köpfe. Es gilt nach wie vor die Unschuldsvermutung. Genauso wenig darf etwas von seiner Homosexualität durchsickern. Falls der Doktor wider Erwarten unschuldig ist, soll er weiterleben und -arbeiten können wie bisher. Ist das klar?« Bergmanns Blick schweifte über die Runde.

»Noch Fragen? Das war's dann fürs Erste. Weitermachen.« Einer nach dem anderen erhob sich.

2.

»Und? Wie sieht es aus?«, erkundigte sich Bergmann, während er erschöpft auf seinen Bürostuhl sank.

Sandra blickte von ihrem Monitor hoch. Nach den unergiebigen Einvernahmen der Fußballer und einigen Telefonaten fühlte auch sie sich auch nicht mehr ganz taufrisch. Die zahlreichen E-Mails von Christian Maric zu überprüfen, hatte ein Übriges getan. Ihre Augen brannten und waren bestimmt knallrot. Wenn sie sich für die Ausstellungseröffnung im Kunsthaus noch herrichten wollte, würde sie demnächst nach Hause aufbrechen müssen. In der morgendlichen Eile hatte sie völlig vergessen, entsprechende Kleidung ins Büro mitzunehmen, für den wahrscheinlichen Fall, dass die Zeit knapp werden würde und sie sich hier umziehen musste. »Nichts«, antwortete sie auf Bergmanns Frage. »Jedenfalls keine neuen Hinweise, die unsere Ermittlungen vorantreiben. Josefine Haselbacher hat mir am Telefon bestätigt, dass Doktor Kropf zwischen 15.45 und 16 Uhr ihren Großvater behandelt hat. Danach ist er weggefahren.«

»Und die Fußballer?«

»Die scheinen sauber zu sein. Von ihrem Mannschaftsarzt wussten sie nur Gutes zu berichten, keiner hat seine Homosexualität auch nur mit einem Sterbenswörtchen erwähnt. Christian Maric sind sie nie begegnet und kannten ihn auch sonst nicht. Weder von Facebook noch von anderen Kommunikationskanälen. Mit Jazzmusik können alle vier nichts anfangen. Ebenso wenig wollen sie Fußballwetten im Internet oder sonst wo platziert oder gar Spiele manipuliert haben. Ist wohl eine Sackgasse«, brachte Sandra die spärlichen Erkenntnisse des Nachmittags auf den Punkt.

Bergmann sagte nichts, sondern lächelte nur, ehe er am Kaffee nippte, den er aus der Kantine mitgebracht hatte.

Sandra hatte seine Antwort längst von seinem Gesicht abgelesen. Na, klar. Der Herr Chefinspektor hatte es doch gleich gesagt, dass sie die Fußballwetten in den Mordfällen nicht weiterbringen würden. »Gibt's bei dir was Neues?«, fragte sie zurück.

Er stellte den Kaffeebecher ab. »Ich komme gerade von Siebenbrunner.« Ob Bergmann deshalb so erschöpft wirkte?

»Und?«, hakte Sandra nach.

»Weder in der Praxis noch im Haus von Kropf finden sich tatrelevante Spuren oder mögliche Tatwerkzeuge. Sein Pass war im Safe eingesperrt. Ebenso alle anderen Dokumente, zwei Luxusmarkenuhren und über 3.000 Euro in bar. Siebenbrunner hat sogar das alte Fahrrad im Keller unter die Lupe genommen – wegen der Reifenspuren im Kothaufen … nichts. Unser schlauer Doktor hat vor der Vernehmung wohl nicht damit gerechnet, dass wir ihm so schnell auf die Schliche kommen, und ist völlig unvorbereitet untergetaucht, ohne auch nur das Notwendigste für seine Flucht mitzunehmen.«

Bergmann fuhr sich über die Bartstoppeln und lehnte sich zurück. »Ich habe die Observierung seines Hauses veranlasst. Für den Fall, dass er sich irgendwo versteckt hält und doch noch auftaucht, um sich persönliche Sachen, Dokumente oder Geld abzuholen. Gibt es inzwischen irgendwelche Bewegungen auf seinen Konten?«

»Miriam hat nichts davon erwähnt.«

»Wo ist sie überhaupt?«

»Bei Stefan. Sie hilft ihm mit der Befragung der Konzertbesucher, nachdem die heutigen Vernehmungsprotokolle der Fußballer bereits alle unterschrieben sind. Möchtest du sie dir ansehen?«

»Nicht nötig. Hast du dir den Laborbefund von Christian Maric schon angeschaut?«

»Ja«, sagte Sandra, die den Befund, der auch an Bergmann gemailt worden war, vor einer guten Stunde in ihrem Posteingang entdeckt und studiert hatte. »Wie erwartet:

hohe Chloroform-Konzentration im Blut und geringe Mengen von Cannabis und Alkohol«, fasste sie die Ergebnisse zusammen.

»Außerdem hat er kurz vor seinem Tod so ziemlich dasselbe zu sich genommen wie Markus Haselbacher: Wurst, Schinken, Brot und Wein«, ergänzte Bergmann.

»An sich nicht weiter ungewöhnlich fürs Vulkanland, regionale Küche eben. Außer, dass sein Vater ihn für einen Vegetarier gehalten hat. Ich werde Schmoranzer und Zötsch nochmal nach seinen Essgewohnheiten fragen.«

»Fragt sich außerdem, wo Maric seine Henkersmahlzeit zu dieser späten Uhrzeit herbekommen hat. Falls er in einer Gastwirtschaft war, werden wir es hoffentlich nach dem Presseaufruf erfahren. Den werden die Regionalmedien spätestens morgen bringen. Aber zurück zu Kropf: Was ist mit Grundbucheintragungen und Mietverträgen?«

»Soll ich Stefan fragen?«

»Nicht nötig. Ich schau dann zu ihm rüber. Was hältst du davon, wenn du mitkommst? Anschließend machen wir Schluss für heute. Wir könnten zusammen einen Absacker am Lendplatz nehmen. Oder auch zwei.«

Sandra starrte Bergmann irritiert an. Hatte der Mann keine Freunde? Wie kam er bloß auf die Idee, dass sie ihre karge Freizeit auch noch mit ihm verbringen wollte? In all den Jahren ihrer Zusammenarbeit hatten sie sich niemals privat getroffen. Warum sollte sich daran ausgerechnet jetzt etwas ändern?

»Du siehst mich an, als hätte ich dich eben gefragt, ob du mit mir schlafen möchtest, Liebling«, stellte Bergmann belustigt fest.

Da war er wieder – dieser unverschämte Spitzname, den er ihr irgendwann verpasst hatte, um sie zu ärgern.

Wenn sie sich darüber aufregte, tat sie ihm höchstens einen Gefallen. Bergmanns anzügliche Bemerkungen zu ignorieren, hatte bisher ebenfalls die gewünschte Wirkung verfehlt. Also musste eine neue Strategie her. Diesmal würde sie Gleiches mit Gleichem vergelten. Sandra rollte mit ihrem Stuhl zur Seite, schlug die Beine übereinander und umfasste das Knie mit verschränkten Händen. »Ich habe heute Abend schon etwas vor. Tut mir leid, Schätzchen«, erwiderte sie und hielt seinem provokanten Grinsen stand.

»Andrea kannst du gerne mitnehmen«, meinte Bergmann.

Sie behielt ihre Pose bei und hob das Kinn noch ein Stückchen höher. »Wie kommst du denn auf Andrea?«, fragte sie von oben herab.

Sein Grinsen fiel in sich zusammen. »Ach so … Na, dann wünsche ich dir viel Spaß.« Bergmann wandte sich seinem Monitor zu.

»Danke, den werde ich bestimmt haben. Sofern keine weitere Leiche dazwischenkommt …« Sandra rollte an ihren Schreibtisch zurück. »Gehen wir jetzt noch zu Stefan hinüber?« Ein weiteres ›Schätzchen‹ verkniff sie sich. Obwohl es ihr auf der Zunge lag.

»Ich übernehme das schon. Nicht, dass du zu deinem Date noch zu spät kommst«, meinte Bergmann spitz, ohne sie dabei anzusehen. Sein Blick klebte auf seinem Bildschirm, bis Sandra das Büro verlassen hatte.

3.

Paul strahlte sie an. »Du siehst bezaubernd aus.« Er hatte es sich nicht nehmen lassen, Sandra von zu Hause abzuholen, um gemeinsam mit ihr den kurzen Weg zum Kunsthaus zu spazieren. Obwohl es seit dem frühen Nachmittag nicht mehr regnete, hatte er diesmal vorsorglich einen Schirm mitgenommen.

Sandra bedankte sich für das Kompliment und küsste ihn auf die Wangen. Wenn sie erst den Mantel ausgezogen hatte, würde er das Adjektiv vielleicht noch einmal überdenken und auf ›heiß‹ oder ›verführerisch‹ umschwenken. Etwas in diese Richtung war ihr bei der Auswahl ihres Outfits jedenfalls vorgeschwebt.

»Kannst du mit diesen Schuhen überhaupt gehen?«, unterbrach er ihre nicht ganz jugendfreien Gedanken.

»Sind doch nur ein paar Schritte.« Sandra hakte sich bei Paul unter. An seiner Seite standen die Chancen recht gut, dass sie trotz der ungewohnt hohen Stöckeln heil ans Ziel gelangen würde. Wann hatte sie sonst schon mal die Gelegenheit, ihre High Heels auszuführen? Seit der Trennung von Julius waren sie im Schuhkarton verstaut gewesen. Ebenso hatte das kleine Schwarze bis vor zwanzig Minuten im Kasten gehangen und dort bestimmt ein gutes Jahr lang auf einen Anlass gewartet, endlich wieder einmal getragen zu werden. Das Kleid saß nun zwar deutlich enger als zuletzt, aber es passte noch. Sogar besser als zuvor, wie ihr der Spiegel vorhin bestätigt hatte.

Sandra und Paul bogen auf den Lendplatz ein. Den Mann, der plötzlich vor ihnen stand, bemerkten sie erst, als er sie ansprach. Augenblicklich erstarrte Sandra zur Salzsäule.

»Das ist ja eine Überraschung«, sagte Bergmann betont freundlich. Langsam glitt sein Blick Sandras Beine hinab, die er nur in Jeans oder anderen Hosen kannte.

»Guten Abend, Sascha«, grüßte ihn Paul, ehe Sandra ihre Sprache wiederfand.

Warum bloß fühlte sie sich dermaßen ertappt? Schließlich war sie eine erwachsene alleinstehende Frau und musste sich nicht rechtfertigen, mit wem sie sich privat traf. Schon gar nicht vor Sascha Bergmann, dessen Blicke sie eben förmlich ausgezogen hatten.

»Hallo ...« Ihm schien der Name ihres Begleiters entfallen zu sein.

»Paul Stadler, Raubdezernat«, half Paul dem Gedächtnis des Chefinspektors auf die Sprünge und streckte ihm die Hand entgegen.

Sandra hätte ihr gesamtes Hab und Gut darauf gesetzt, dass Bergmann sich nur allzu gut an den Namen des Kollegen erinnerte.

»Richtig. Wir hatten ja schon einmal das Vergnügen – der Mordfall im Mürzer Oberland ...« Bergmann zog seine Hand wieder zurück und steckte sie in die Jackentasche, den Blick auf sein Gegenüber gerichtet, das ihn um wenige Zentimeter überragte.

»Soweit man Mordermittlungen als Vergnügen betrachten kann«, konterte Paul in unverändert freundlichem Tonfall. »Komm, meine Liebe, wir müssen jetzt weiter ... Schönen Abend noch, Sascha.« Paul bot Sandra erneut seinen Arm an.

Sie hakte sich bei ihm unter. »Pfiat di, Sascha«, murmelte sie noch immer irritiert und setzte sich in Bewegung.

Einige Sekunden lang glaubte sie, Bergmanns bohrenden Blick in ihrem Rücken zu spüren.

»Verfolgt dich dein Chef etwa?«, fragte Paul amüsiert.

»Sieht fast so aus ... Nein, das nun doch nicht. Er wohnt nicht sehr weit von hier in der Sterngasse. Vermutlich gönnt er sich noch ein alkoholfreies Bier am Lendplatz. Oder zwei.«

»Alkoholfrei? Habt ihr Bereitschaft?«

»Habe ich das nicht erwähnt?«

»Nein. Dann hoffen wir mal, dass es eine ruhige Nacht wird.«

»Mal sehen.« Ganz so ruhig musste die Nacht nun auch wieder nicht werden, wünschte sich Sandra insgeheim. Wenigstens in privater Hinsicht.

Paul nahm sie bei der Hand und erzählte ihr über den zeitgenössischen Künstler, dessen Bilder sie gleich zu sehen bekommen würden.

Ja, sie hatte nichts dagegen, Paul heute Nacht etwas besser kennenzulernen. Wie lange dauerte eigentlich eine solche Ausstellungseröffnung?

Kaum hatten sie die Mariahilferkirche passiert, erblickte Sandra einen Teil der blauen Acrylglasfassade, die zum Kunsthaus gehörte. Seit das spektakuläre Gebäude mit seinen runden Formen und den saugnapfartigen Fenstern im Europäischen Kulturhauptstadtjahr 2003 wie ein Wesen von einem fremden Planeten am Lendkai gelandet war, erfreute es sie jedes Mal, wie harmonisch sich das neue Wahrzeichen der Stadt an seine historischen Nachbarn mit ihren ziegelroten Giebeldächern anschmiegte. Die ungewöhnliche Architektur und zahlreiche Ausstellungen des Kunsthauses lockten nicht nur kunst- und kulturinteressierte Besucher aus aller Welt in den ehemaligen Arbeiterbezirk am rechten Murufer, dieser war dadurch auch enorm aufgewertet worden. In Lend, das früher für sein Rotlichtviertel verschrien gewesen war, hatte sich längst eine junge, kreative urbane Szene angesiedelt. Auch Sandra und Andrea lebten schon seit einigen Jahren dort, wenngleich sie sich nicht zu dieser Szene zählten. Die Freundinnen liebten es, an freien Tagen über den Bauernmarkt am Lendplatz zu schlendern, einzukaufen, Tee, Kaffee oder Wein zu trinken, dazu steirische oder italienische Schmankerln zu genießen und dem bunten Treiben zuzusehen.

Ein Laufband zog Sandra und Paul in den ›Space 02‹ im ersten Stock des Kunsthauses, wo in den nächsten Monaten die Werke jenes Künstlers ausgestellt waren, über den Paul unterwegs referiert hatte. Am Ende des Laufbandes warteten zwei adrette Kellnerinnen, die ihnen Getränke anboten. Paul griff zu einem Glas Steirischer Junker. Der Jungwein durfte heute, am Mittwoch vor Martini, zum ersten Mal ausgeschenkt werden, erklärte die Kellnerin, was Paul und Sandra ohnehin wussten. Sandra musste leider passen und sich mit Mineralwasser begnügen. Bereitschaftsdienst war nun mal Bereitschaftsdienst.

Paul stellte ihr einige Leute vor, die um die Stehtische herum gruppiert waren. Schließlich gesellten sie sich zu einem Mann im dunkelgrauen Anzug neben einer Frau im roten Kleid, die Paul näher kannte. Zur Begrüßung küsste er beide auf die Wangen und stellte Sandra ein weiteres Mal vor. Der Mann kam sogleich auf einen anderen Künstler zu sprechen, von dem sie noch nie etwas gehört hatte. Allerdings hatte sie sich bisher auch niemals ernsthaft mit Kunst beschäftigt, war nur selten in Ausstellungen oder Galerien gewesen und konnte lediglich aus dem Bauch heraus beurteilen, ob ihr ein Bild gefiel oder nicht.

Eine silberhaarige Frau um die 50 in grauer wallender Strickkleidung, deren Brille durch den breiten, grünen Rahmen sofort ins Auge stach, fand sich am Pult ein, um die Eröffnungsrede anzustimmen. Ihre lobenden Worte über den Künstler, der nur wenige Schritte von ihr entfernt stand, schienen kein Ende nehmen zu wollen. Die kryptischen Schachtelsätze ließen Sandra nach kurzer Zeit gedanklich aussteigen. Der Künstler hingegen schien mit jedem unverständlichen Satz weiter aufzublühen, bis er schließlich selbst ans Pult gebeten wurde, um ein paar Worte zu seinem Werk zu spenden. Einmal mehr versuchte Sandra, ihr Gähnen zu unterdrücken, und betrachtete Pauls gepflegte Hand, die auf dem Stehtisch ruhte. Wie es sich wohl anfühlte, wenn er ihr den Nacken streichelte, ihr sanft über den Bauch strich, ihre intimsten Zonen berührte? Sandra spürte das heiße Kribbeln zwischen ihren Beinen, das sie viel zu lange nicht mehr gefühlt hatte. Jedenfalls nicht in der Nähe eines Mannes. Gerade, als sie Pauls Hand berühren wollte, hob er diese, um in das Klatschen der anderen Besucher einzustimmen. Sie tat es ihm gleich.

Auf den großformatigen Werken waren ausschließlich seltsam verrenkte Frauenkörper zu sehen. Hätte Paul zuvor nicht über die Bilder gesprochen, wäre sie nie auf die Idee gekommen, dass es sich bei den abgebildeten Frauen um Marionetten handelte. Erst bei näherer Betrachtung waren die üblichen Schnüre, die an den Gliedmaßen befestigt waren, um diese zu bewegen, zu erkennen. Sein Handwerk beherrschte der Künstler, jedenfalls soweit Sandra das beurteilen konnte. Die Farben und der Strich gefielen ihr. Dennoch hätte sie sich keines dieser Kunstwerke zugelegt. Selbst, wenn sie es sich hätte leisten können und über eine ausreichend große Wandfläche verfügt hätte. Wobei es fraglich war, ob diese Bilder überhaupt zum Verkauf standen. Paul kommentierte jedes einzelne fachkundig. Im Gegensatz zur Kuratorin und zum Künstler drückte er sich allgemeinverständlich aus. Schließlich erreichten sie jenes Werk, vor dem sich eine Menschentraube gebildet hatte. Dahinter referierte der Künstler höchst selbst über die bewusste Wahl der grellen Farben auf diesem Kunstwerk, die ebenso stark kontrastierten wie die beiden Marionetten auf dem Bild. Einerseits stünden sie im Konflikt zueinander, andererseits harmonierten sie in einer perfekten Symbiose, erklärte der Maler salbungsvoll. Yin und Yang. Feuer und Eis. Mann und Frau.

Sandra bemühte sich redlich, den folgenden pseudointellektuellen Worthülsen etwas abzugewinnen. Doch das Bild, über das er sprach, blieb dasselbe wie beim ersten Anblick. Als sich das Tablett mit den Häppchen näherte, war sie gedanklich längst wieder abgeschweift und trat diskret ein paar Schritte zurück, um Blickkontakt mit der Kellnerin aufzunehmen. Wie die anderen lauschte Paul noch immer andächtig den Worten des Künstlers, die Hände in den Hosentaschen. Sandra verspürte Hunger. Der Kellnerin waren ihre Blicke nicht entgangen. Lächelnd streckte sie ihr das Tablett entgegen. Sandra griff sich eine Serviette und zwei Häppchen. Mehr konnte sie auf einmal nicht halten. Gerade als sie sich nach der köstlichen Curry-Garnele die viel zu große Lachsrolle in den Mund schob, wandte sich Paul nach ihr um. Auch der Künstler starrte ihr jetzt auf die übervollen Backen und lächelte ihr schmallippig zu, als wäre dort *Kunstbanause* eintätowiert.

»Ich hoffe, es mundet«, sprach er durch die Lücke in der Menschenmenge, die ihn umringte. Die drehte sich wie auf Kommando nach Sandra um. Mehr als ein Schulterzucken konnte sie nicht erwidern. Für eine Antwort war ihr Mund viel zu voll. Selbst ein Grinsen hätte alles nur noch schlimmer gemacht. Paul startete einen Rettungsversuch, indem er sie zu einem der Stehtische führte. Doch der Künstler folgte ihnen.

»Sie sehen nicht aus, als wären Sie nur zum Essen und Trinken hergekommen«, sprach er Sandra noch einmal an und kam viel zu nahe neben ihr zu stehen. Paul, zu ihrer Linken, ignorierte er völlig.

Sandra rückte näher an Paul heran, um Abstand zu dem aufdringlichen Mann zu gewinnen. Sein säuerlicher Körpergeruch nach alter Rindssuppe war ihr unangenehm.

»Wie wär's mit einer Privatführung, schöne Frau?« Seine Frage klang unanständig. Umso mehr, als er die körperliche Distanz zwischen ihnen schon wieder verringerte.

»Meine schöne Frau spricht nur Finnisch«, schritt Paul ein. »Aber vielen Dank für das großzügige Angebot. Und weiterhin viel Erfolg. Tuletko kulta?«, fügte er hinzu und reichte Sandra seine Hand.

»Finnisch?«, flüsterte sie ihm kichernd zu, kaum dass sie sich umgedreht hatten. »Was hast du denn gesagt?«

»Kommst du, Schatz?«, übersetzte er, als sie außer Hörweite waren.

»Nichts lieber als das.« Sandra lächelte Paul an.

»Lass uns was essen gehen«, schlug er vor.

Als er ihr an der Garderobe in den Mantel half, grinste sie noch immer. »Wieso kannst du eigentlich Finnisch?«

»Eh nur ganz wenig. Erzähle ich dir beim Abendessen.«

Pauls Jungendfreund sei Finne gewesen, erklärte er Sandra, nachdem sie bestellt hatten. Ein paar Brocken Finnisch seien von damals noch hängengeblieben.

»Und dein Freund hat dich Schatz genannt?«

»Mich doch nicht, seine Freundin.«

»Und was hättest du gemacht, wenn dieser Ungustl auf Finnisch geantwortet hätte?«

»Ich hätte gar nichts gemacht. Du bist doch schließlich die Finnin«, scherzte Paul und prostete ihr mit Mineralwasser zu. Allein wollte er kein weiteres Glas Wein mehr trinken, wenngleich Sandra ihm versicherte, dass sie dies nicht störe. Dennoch verzichtete er ihr zuliebe darauf.

Dass Paul aufmerksam und rücksichtsvoll war, unterschied ihn von den meisten Männern, die Sandra kannte. Außerdem empfand sie es als überaus wohltuend, dass er sich in Gesprächen nicht ständig in den Mittelpunkt drängte, sondern mit Intelligenz und Wissen überzeugte, ohne damit auftrumpfen zu wollen. Als Mann hatte Paul sie auf den ersten Blick nicht gereizt. Gerade, weil er so nett und zurückhaltend war, passte er nicht in ihr bisheriges Muster. Doch das wollte Sandra ohnehin durchbrechen. Dass sie mit ihrem Beuteschema auf Dauer nicht glücklich wurde, hatte sie inzwischen gelernt. Mit jedem weiteren Blick, den sie auf Paul warf, gefiel er ihr besser. In jeglicher Hinsicht.

Sandra bot an, diesmal die Rechnung zu begleichen. Paul ließ es nicht zu, dass sie bezahlte.

Hand in Hand spazierten sie zurück zu ihrem Wohnhaus. »Was hast du vorhin auf Finnisch gesagt?«, fragte ihn Sandra am Hauseingang noch einmal.

»Tuletko kulta.«

»Tuletko kulta«, wiederholte Sandra seine Worte. »Und was heißt: Kommst du noch mit mir hinauf?« Ihr Blick verriet, dass ihr Angebot sich nicht aufs Kaffeetrinken beschränkte.

Paul lächelte und strich ihr sanft über die Wange. »Ein anderes Mal«, sagte er. »Lass es uns langsam angehen, Sandra. Ich möchte, dass wir uns erst besser kennenlernen.«

Wie Finnisch hatte das eben nicht geklungen. Und ein Mann, der sich zierte, war Sandra neu. Entweder fand er sie nicht begehrenswert, oder er war doch nicht zu haben, kam es ihr spontan in den Sinn. Obwohl er mehrmals beteuert hatte, dass seine Ehe längst Geschichte war und auch sonst keine Frau eine Rolle in seinem Leben spielte. Außer seiner Mutter, die er alle drei Wochen besuchte. Eine akzeptable Frequenz, die kein Muttersöhnchen befürchten ließ, fand Sandra. »Hat das religiöse Gründe?«, fragte sie, um ihre wahren Zweifel nicht anzusprechen.

Paul lachte. »Unsinn. Ich möchte einfach nichts überstürzen. Du sollst es wirklich wollen«, hauchte er ihr ins Ohr.

»Ich will es doch, Paul.« Wenn du wüsstest, wie sehr, schmückte sie ihr Verlangen nur insgeheim aus, um nicht als mannstolle Schlampe dazustehen. Immerhin war das erst ihr zweites Date, rief sie sich in Erinnerung. Für sie war das zwar kein Grund, diese Nacht nicht mit ihm verbringen zu wollen, aber er war scheinbar auch in dieser Hinsicht durch und durch Gentleman. Leider.

»Ich will es ja auch, Sandra«, erwiderte er. »Aber nicht sofort. Vorfreude ist die schönste Freude.«

Blöder Spruch, dachte Sandra und trat noch näher an ihn heran, um ihn zu küssen. Vielleicht würde das seinen Widerstand brechen, hoffte sie wenigstens, bis er sich nach einer Weile aus der Umarmung löste.

»Schlaf gut«, sagte er. »Wenn du morgen zwischendurch

einmal Zeit hast, ruf mich an. Wir können ja gemeinsam einen Kaffee oder Tee in der Kantine trinken.«

Ein schwacher Trost, dachte Sandra, die sich nach diesem Kuss nichts sehnlicher wünschte, als mit diesem Mann auf der Stelle hinauf in ihre Wohnung zu gehen und mit ihm zu schlafen. »Mal sehen ...«, stammelte sie verwirrt.

»Hyvää yötä ja kauniita unia«, sagte Paul mit einem Lächeln, das sie beinahe um den Verstand brachte. »Gute Nacht und träum süß«, übersetzte er postwendend und küsste sie noch einmal auf die Wangen.

Nur ungern ließ Sandra seine Hand los und sah ihm hinterher, wie er in der Nacht verschwand. An Schlafen war jetzt gar nicht zu denken.

KAPITEL 5

Donnerstag, 7. November

1.

Entgegen Sandras Befürchtungen hatte Bergmann sie an diesem Morgen noch mit keiner Silbe auf ihre gestrige Begegnung am Lendplatz angesprochen. Obgleich sie ahnte, dass es nur eine Frage der Zeit war, wann er die erste dumme Bemerkung fallen lassen würde. Miriam telefonierte. Spätestens, wenn die Kollegin das Büro verließ, würde Bergmann sich nicht mehr beherrschen können, hätte sich Sandra zu wetten getraut. So gut kannte sie den Chefinspektor längst. Seine prüfenden Blicke konnten nicht verbergen, dass er neugierig war. Auch wenn er diese sofort wieder abwandte, sobald sie ihn ansah. Das Klingeln seines Telefons unterbrach ihre Gedanken. Bergmann hob ab. »Ja, stell ihn durch«, sagte er.

Sandra widmete sich wieder ihren E-Mails und öffnete jene, die ihr Paul soeben geschickt hatte. Er bedankte sich für den Abend und wollte sie am Samstag ins Schauspielhaus einladen. Wenn das so weiterging, würde sie noch einen Kulturschock erleiden, dachte sie schmunzelnd, während sie ihm zusagte. Anschließend löschte sie beide privaten E-Mails. Noch einmal würde ihr

Paul nicht so leicht davonkommen, hatte sie sich gestern Nacht geschworen. Der Gedanke daran entfachte ihre Lust erneut.

»Sandra? Ich störe dich ja nur ungern …« Bergmanns Worte beendeten das wohlige Gefühl jäh, das sich in ihrem Unterleib ausgebreitet hatte.

Sandra fuhr hoch. »Ja?«

»Kropfs Landrover wurde soeben gefunden. Im Wald bei Hof, unweit des letzten Leichenfundortes.«

Schlagartig war Sandra wieder im Hier und Jetzt angelangt. »Und er?«

Bergmann schüttelte den Kopf. »Bisher gibt es keine Spur von ihm. Sein Handy liegt ausgeschaltet im Auto. Eine Hundertschaft samt Suchhunden bricht demnächst auf, um die Gegend nach ihm abzukämmen. Lass uns hinfahren.«

»Ich hab auch noch was«, meldete sich Miriam zu Wort, während sie den Hörer zurück auf die Gabel legte.

»Ein Zeuge will Kropf vorgestern um 16.30 Uhr gesehen haben. Johann Haselbacher, der Fleischhauer aus Straden.«

»Josefine Haselbachers Vater?« Täuschte sich Sandra oder hatte sich Bergmanns Miene eben aufgehellt?

»Ja. Er war auf dem Karla-Hof-Weg unterwegs, als er vom Landrover des Arztes überholt wurde. Er ist sich ganz sicher, dass es sein Wagen war«, berichtete Miriam weiter. »Den weißen Geländewagen des Arztes kennt bestimmt jeder in der Gegend. Wird ja nicht so viele Nobelkutschen dort geben.«

»Täusch dich da mal nicht, Miriam. Die Zeiten sind auch im Vulkanland nicht stehen geblieben«, sagte Sandra. Früher hatte der südsteirische Raum zu den ärmsten Regionen in Österreich gezählt. Heute war das Vulkanland für seine

Schinkenspezialitäten, ausgezeichnete Weine wie Traminer und Grauburgunder, aber auch für feine Gemüse- und Obstprodukte bekannt. Allein die Schokoladenmanufaktur lockte scharenweise Touristen nach Bergl, trotzdem die fair produzierte handgeschöpfte Schokolade längst auch in in- und ausländischen Supermärkten angeboten wurde. Neuerdings wartete der Familienbetrieb sogar mit einer Filiale in Shanghai auf.

»Halb fünf, sagtest du ... Da waren Sandra und ich gerade unterwegs nach Bad Radkersburg. Die Fahndung nach Kropf und seinem Wagen ist erst eine Stunde später rausgegangen.« Bergmann fuhr sich nachdenklich über die Bartstoppeln. »Gut, dann werden wir uns die Strecke von diesem Karla-Hof-Weg bis zum Fundort des Wagens als Erstes ansehen, ebenso die nähere Umgebung.«

»Wenn Kropf um 16 Uhr vom Koglerhof weggefahren ist, müsste er in etwa um 16.10 Uhr auf dieser Straße gewesen sein«, meinte Sandra. »Der Karla-Hof-Weg ist doch ganz in der Nähe.«

»Vielleicht hat er unterwegs noch wo angehalten, um zu telefonieren«, sagte Miriam.

»Laut Sprechstundenhilfe war sein Telefon aber ausgeschaltet.«

»Dann musste er vielleicht pinkeln.«

»20 Minuten lang?«

»Wir werden dieses Zeitfenster nochmals überprüfen. Nicht alle Zeugen nehmen es so genau mit den Uhrzeiten«, meinte Bergmann. »Was ist eigentlich mit dem Bildmaterial vom Konzert? Haben wir schon was bekommen?«, wechselte er das Thema.

»Ja, aber bisher nichts Brauchbares, soweit Stefan und ich das beurteilen können.«

»Sammelt alles. Wir sehen es uns später gemeinsam an. Sandra und ich fahren jetzt mal nach Hof bei Straden.«

»Was ist mit den Einvernahmen von Florian Url und den restlichen Kickern?«, fragte Miriam. »Soll ich die verschieben?«

Bergmann sah auf die Uhr. »Url wird schon auf dem Weg nach Graz sein.«

»Ich kann auch hierbleiben und ihn einvernehmen. Und Miriam fährt mit dir nach Hof«, schlug Sandra vor. Solange Doktor Kropf nicht gefunden wurde, konnten sie vor Ort ohnehin wenig bewirken.

»Nein. Miriam, du übernimmst die Zeugenvernehmungen. Hol dir Stefan dazu. Wenn es einen neuen Hinweis gibt, egal aus welcher Richtung, ruft uns an.«

»Okay.«

»Kommst du, Sandra?«

2.

Während der Fahrt war Bergmann in Gedanken versunken und schwieg. Solange er über den Fall nachdachte, verschonte er sie wenigstens mit überflüssigen privaten Kommentaren, war Sandra heilfroh. Erst auf der A9, kurz nach Wildon, tauchte er wieder aus seiner Versenkung auf, um noch einmal die bisherigen Ermittlungserkenntnisse mit ihr durchzugehen. »Warum hat Kropf sein Auto im Wald abgestellt?«

»Weil ihm sein Auto aufgrund der Fahndung zu heiß wurde«, sagte Sandra. »Die vielen Medienberichte hat er doch bestimmt mitbekommen. Und auch ohne sie eins und eins zusammenzählen können.«

»Möglich«, meinte Bergmann wenig überzeugt. »Die Fundstelle ist von der Straße aus nicht einsehbar. Auch vom Wanderweg ist sie ein Stück weit entfernt, hat mir Stöckler berichtet. Vielleicht hatte er irgendwo in der Nähe einen Fluchtwagen versteckt, in den er umgestiegen ist.«

»Es ist aber kein weiterer Wagen auf Doktor Kropf zugelassen«, wusste Sandra. »Vielleicht hat er jemanden hinbestellt, eventuell sogar ein Taxi. Sein Handyprotokoll ist noch ausständig … Wer hat das Auto denn gefunden?«

»Der Förster, als er in der Früh den Forstweg befahren hat.«

»Lass uns die Spurenlage abwarten«, meinte Sandra. »Vielleicht führt sie uns ja zu Kropf.«

»Gnadenlose Optimistin.«

»Ich? Seit wann?« Sandra ahnte, dass sie sich mit ihrer rhetorisch gemeinten Frage zu weit aus dem Fenster gelehnt hatte, und sollte prompt recht behalten.

»Liegt vielleicht an diesem Schnösel, der deine Hormone in Wallung bringt«, ätzte Bergmann.

Sandra schluckte. »Bezeichnest du alle Männer als Schnösel, die wissen, wie man sich einer Frau gegenüber verhält?«

»Ist er denn wirklich so gut, dein Paul?«

»Sascha, es reicht!«, schnauzte Sandra ihn an. »Mein Privatleben geht dich überhaupt nichts an. Erst recht nicht mein Hormonhaushalt. Und ich möchte auch nichts Persönliches von dir wissen. Merk dir das ein für alle Mal. Wir sind keine Freunde, sondern Partner.«

Bergmann hob eine Augenbraue und setzte zu einer Antwort an, als Lubenskys Stimme aus dem Funkgerät ertönte.

Wenige Augenblicke später wussten beide, dass eine männliche Leiche auf einem Gemüseacker gefunden worden war, unweit der ersten Leichenfundstelle. Die Identifizierung war noch nicht erfolgt, da der Kopf der Leiche fehlte. Lubensky von der Einsatzzentrale gab ihnen die Wegbeschreibung zum Einsatzort und für alle Fälle die GPS-Koordinaten durch.

»Okay, Lubensky. Siebenbrunner soll ein zweites Team zum Leichenfundort schicken. Die erste Gruppe mit den Suchhunden wird sich ja demnächst beim Landrover einfinden.«

»Geht in Ordnung. Die Gerichtsmedizin werde ich auch gleich verständigen.« Lubensky verabschiedete sich.

»Na bitte, da haben wir den Salat«, kommentierte Bergmann den Leichenfund auf dem Gemüseacker in gewohnt sarkastischer Manier.

Sandra überging seine Bemerkung und nahm die Autobahnausfahrt in Gersdorf, um auf die B69 in Richtung Nordwesten zu fahren »Damit hätten wir also unser drittes Opfer. Denkst du, was ich denke?«

»Woher soll ich das wissen?«, fragte Bergmann.

»Es passt alles perfekt: das Täterprofil, Kropfs Vorgeschichte, die Tatmotive, seine Flucht …«

»Ja und? Jetzt brauchen wir den Mistkerl nur noch zu schnappen.«

»Kropf ist zwar um einige Jahre älter als die ersten beiden Opfer, aber könnte er nicht genauso gut das dritte Opfer sein?«

»Warum sollte seine Leiche dann im Wald und nicht in seinem Auto liegen, wie im ersten Mordfall?« Bergmann wandte sich um und holte das Blaulicht von der Rückbank. Dann öffnete er das Fenster. »Fahr mal langsamer«, sagte er und fasste durchs geöffnete Fenster, um wieder einmal das Blaulicht auf dem Dach zu fixieren.

Sandra schaltete es ein und trat aufs Gaspedal. »Wahrscheinlich hast du recht.«

3.

Die letzten Nebelfelder hatten sich kurz vor Leibnitz aufgelöst. Dem Süden der Steiermark stand ein weiterer ungewöhnlich warmer Spätherbsttag bevor, wie es ihn in diesem Jahr schon so häufig gegeben hatte. Dafür war der Sommer ziemlich verregnet gewesen. Auch auf ihrer Pilgerwanderung von Graz nach Mariazell hatte es immer wieder wie aus Schaffeln geschüttet, erinnerte sich Sandra.

In der Ferne konnte sie schon die Polizeiwagen am Straßenrand erkennen. Die weißen Folientunnel gleißten in der tiefstehenden Sonne und blendeten Sandra trotz der Sonnenbrille, die sie trug. Dahinter ragte der Stradner Kogel mit seinen markanten Kirchtürmen in den makellos blauen Novemberhimmel. Kein anderer Ort in der Steiermark konnte mit vier Kirchen und drei Kirchtürmen auf einer dermaßen kleinen Fläche aufwarten. Ihrer erhöhten Lage verdankte es die Marktgemeinde Straden, dass die prägnante Silhouette weithin übers Land sichtbar war.

»Welches Gemüse bauen die in diesen Tunneln eigentlich an?«, wollte Bergmann wissen, den Blick auf die Ackerböden zu seiner Rechten gerichtet.

»Meines Wissens Paradeiser und Chili.« Seit wann interessierte sich der eingefleischte Städter für Landwirtschaft? Hatten ihn Josefine Haselbacher und ihre Schweine am Ende doch mehr beeindruckt, als er zugab? Sandra nahm den Fuß vom Gaspedal und bog in den Feldweg ein, den die Kollegen bereits abgesperrt hatten.

Bergmann ließ das Fenster auf der Beifahrerseite hinunter und wedelte mit seinem Dienstausweis. »Chefinspektor Sascha Bergmann, LKA Steiermark«, beschränkte er sich auf das Wesentliche, nämlich sich selbst.

Der blutjunge Polizist in Uniform, der neben ihm am offenen Fenster stand, richtete sich unverzüglich auf, salutierte und winkte den zivilen Dienstwagen durch.

Sandra stellte den Audi neben den anderen Einsatzfahrzeugen am Parkplatz vor dem Betriebsgebäude der Landwirtschaft ab und stieg aus. Diesmal nahm sie für sich und Bergmann Schutzkleidung mit, die sie stets im Kofferraum mitführten.

Inspektionskommandant Stöckler strebte schnurstracks auf Bergmann zu. Auch er führte zur Begrüßung seine Hand an den Kappenrand, jedoch um einiges weniger zackig als der Jungspund zuvor. »Leiche Nummer Drei«, sagte er, sichtlich geknickt. »Höchste Zeit, dass wir diesen Wahnsinnigen stoppen.« Gut, dass er *wir* gesagt hatte, dachte Sandra. Hätte der Provinzpolizist den LKA-Ermittlern allein den Schwarzen Peter zugeschoben, wäre Bergmann ihm jetzt bestimmt an die Gurgel gesprungen. So aber ignorierte der Chefinspektor die Aussage und strebte wortlos auf einen der Folientunnel zu. Die Uniformierten am Absperrband wichen beiseite, ebenso der Mann mit dem abgetragenen Steirerhut, der ihnen als Landwirt vorgestellt wurde. Auf Franz Steiners

Gemüseacker wuchsen über 300 Paradeiser- und einige Chilisorten. Der größte Teil der heurigen Ernte war eingefahren, an den Lebensmittelhandel und an Gastronomiebetriebe verkauft worden. Einen Teil hatte Steiners Frau mit der slowenischen Küchenhilfe zu Chutneys, Saucen und anderen Spezialitäten verarbeitet. Den letzten Rest des Gemüses hatte der Bauer heute ernten wollen, bevor die Tunnel vor dem Winter leergeräumt und für die Aussaat im Februar vorbereitet wurden. Dabei war ihm vor einer guten Stunde eine Leiche dazwischen gekommen. Er habe gleich die Polizei verständigt, sagte Steiner aus. Ansonsten sei ihm nichts Außergewöhnliches aufgefallen. Weder heute Morgen noch am Abend zuvor. Den Landrover von Doktor Kropf habe er auch nicht gesehen. Nein, ganz bestimmt nicht, war er sich sicher. Die Nacht hatte er in seinem Wohnhaus hinter dem Betriebsgebäude verbracht, das den Blick auf den Parkplatz versperrte.

Sandra und Bergmann zogen ihre Schutzoveralls, die Schuhüberzüge und Handschuhe über und betraten den Folientunnel, der nach vorne hin offen stand. Der Tote lag weiter hinten, schräg zwischen den Paradeiserstauden, die sich an Schnüren emporrankten. Bergmann näherte sich der Leiche über die linke, Sandra über die rechte Pflanzenreihe. Die braunen Wildlederschuhe und die Beine der Leiche waren aus ihrer Perspektive als Erstes zu sehen. Der Oberkörper ragte in die angrenzenden Pflanzenreihen hinein, sodass hinter den Stauden gerade mal das weiße Hemd zu erkennen war. Die hellen Sohlen der Schuhe verrieten ihr, dass diese noch nicht sehr oft getragen worden waren. Sandra hockte sich neben ein Bein. Der sandige Boden, den die Bewässerungsanlage frühmorgens mit Brunnenwasser versorgt hatte, war noch feucht. Ebenso die Jeans des Toten, stellte sie fest, während sie dessen Hosentaschen vergeblich durchsuchte. Dass der Kopf fehlte, war aus ihrer Perspektive nicht zu erkennen. »Na servas«, hörte sie Bergmann, der die Leiche auf der anderen Seite hinter den Stauden begutachtete, sagen. »Kommst du mal zu mir herüber?«

Sandra suchte sich eine Stelle, an der sie zwischen den Pflanzen vorbeigelangte. Nun war auch für sie die massive Verstümmelung der Leiche ersichtlich. Wo sich normalerweise der Kopf befand, klaffte eine Lücke zwischen den beiden nach oben gestreckten Armen. »Sieht aus, als wäre er an den Armen in den Tunnel geschleift und hier abgelegt worden«, stellte sie fest, den Blick auf den blutroten Hemdkragen gerichtet. Ansonsten war auf der Kleidung wie erwartet kaum Blut zu entdecken. Dann fiel ihr die Uhr am Handgelenk des Toten auf. Das flache, dreireihige ›Oyster‹ Uhrenband aus Edelstahl gehörte zweifelsfrei zu einer Rolex. Das Gehäuse war dem Boden zugewandt, sodass sie das Uhrenmodell nicht erkennen konnte. Sandra ging noch einmal in die Knie. Die Schar von Fliegen, die sie umschwirrte, war lästig, aber wenigstens war kein Verwesungsgeruch wahrnehmbar. Sehr lange konnte der Tote noch nicht in dem feuchtwarmen Treibhaus liegen. Die Leichenstarre war entweder noch nicht voll ausgeprägt oder sie hatte bereits begonnen, sich wieder aufzulösen, was 24 bis 48 Stunden nach Eintritt des Todes der Fall war. Vorsichtig hob Sandra seinen linken Arm an, drehte ihn ein wenig zur Seite, sodass sie das Uhrengehäuse erkennen konnte. Das Ziffernblatt der Rolex Submariner glänzte grün, ebenso wie die Lünette. Sachte legte sie den Arm wieder ab. »Es ist zweifelsfrei dasselbe Uhrenmodell, das Doktor Kropf bei seiner Einvernahme getragen hat«, sagte sie, ohne zu Bergmann aufzublicken, der neben ihr stand.

»Das heißt noch lange nicht, dass er es ist, kann genauso gut ein Zufall sein«, meinte er.

»Die Submariner ist in dieser Farbkombination aber eher selten anzutreffen«, erklärte Sandra. »Viel häufiger wird sie mit schwarzem Ziffernblatt und schwarzer Lünette getragen.«

»Kropf könnte seine Uhr aber auch dem Opfer angelegt haben, um uns in die Irre zu führen. Zuzutrauen wäre es ihm.«

Viel wahrscheinlicher fand Sandra, dass Doktor Michael Kropf hier tot vor ihnen lag. Anhand seiner Kleidung konnte sie ihn jedoch nicht identifizieren, da diese bei der Einvernahme unter dem Arztkittel beziehungsweise hinter dem Schreibtisch verborgen gewesen war. Sie inspizierte den rechten Oberarm der Leiche und bemerkte die Tätowierung, die durch den Stoff des weißen Hemdsärmels hindurchschimmerte. »Hast du dein Taschenmesser bei dir?«, wandte sie sich an Bergmann.

»Was hast du vor?«

»Ich will mir die Tätowierung an seinem Oberarm ansehen. Wenn ich das Hemd aufknöpfe und ihm über die Schulter ziehe, könnte ich mehr Spuren zerstören, als wenn ich seinen Ärmel aufschneide.«

Bergmann zog den Reißverschluss seines Overalls auf, um in seine Hosentasche zu langen, und reichte ihr das Taschenmesser.

Immer noch auf dem Boden hockend, öffnete Sandra erst den Knopf am Ärmel, klappte dann das Messer auf, um den Stoff fast bis auf Schulterhöhe aufzuschlitzen. Eine kunstvoll schattierte Schlange wand sich um den Oberarm der Leiche.

»Vielleicht weiß einer von den ortsansässigen Kollegen, ob Kropf ein solches Tattoo hatte. Mach mal ein Foto davon.«

Während Bergmann sich neben sie hockte, um ein Handyfoto zu schießen, hob Sandra den blutigen Hemdkragen an. Die große klaffende Amputationswunde starrte sie an. Ein Brustwirbel war deutlich zu erkennen. Offensichtlich war der gesamte Hals mit dem Kopf abgetrennt worden. Sie spürte Übelkeit in sich aufsteigen, wandte den Blick ab, versuchte, durchzuatmen. Die Luft im Gewächshaus kam ihr jetzt noch stickiger und feuchter vor. Ihr Magen drehte sich um. Der Würgereflex ließ sich nicht mehr unterdrücken. Wenn sie nicht umgehend das Weite suchte, würde sie sich hier drinnen übergeben müssen. Zur großen Freude von Siebenbrunner, dessen Leute den Fundort nachher untersuchen mussten. Das fehlte ihr gerade noch.

Sandra stand auf und beeilte sich, den Tunnel zu verlassen. Draußen sog sie gierig frische Luft ein. Den Oberkörper nach vorne gebeugt, stützte sie sich mit beiden Händen auf ihren Oberschenkeln ab, um sich zu sammeln.

»Alles in Ordnung?«, fragte Bergmann im Vorbeigehen.

Sandra streckte den Daumen nach oben, ohne dabei aufzusehen. Nach einigen weiteren Atemzügen verschwand der Würgereiz endlich. Jetzt erst richtete sie sich wieder auf und sah sich um. Einige Schritte abseits unterhielten sich Bergmann und Stöckler, den Blick auf Bergmanns Handy gerichtet. Ein weiterer Kollege trat hinzu und nickte nach einer Weile. Bergmann winkte Sandra zu sich.

»Und?«, fragte sie.

»Und jetzt stehen wir ganz schön blöd da.«

»Das ist zweifelsfrei die Tätowierung vom Doktor Kropf«, bestätigte Stöckler.

»So ein Mist«, meinte Sandra.

»Kann man wohl sagen.« Bergmann fuhr sich mit der Hand über die Bartstoppeln und seufzte.

»Kommst du mal, Sascha?« Sandra trat einige Schritte beiseite, um mit dem Chefinspektor unter vier Augen zu reden. »Mir ist gerade eine Idee gekommen«, sagte sie.

»Und zwar?«

»Eine Marionette …«

»Hä?« Bergmann konnte ihr nicht folgen.

»Eine Marionette aus menschlichen Gliedmaßen.«

Bergmann sah sie noch immer fragend an.

»Vielleicht nimmt der Täter seinen Opfern die Glieder ab, um aus ihnen so was wie eine Marionette zu machen. Ich könnte mir vorstellen, dass er eine Art Kunstwerk damit schaffen will.« Bei allem Wahnsinn, den solche Bluttaten nahelegten, ergab diese Theorie durchaus Sinn, fand Sandra. Sie erinnerte sich jetzt auch wieder daran, dass Paul schon bei ihrem ersten Date die menschlichen Trophäen, die der Täter offenbar sammelte, mit Kunstwerken verglichen hatte. »Ein Kunstwerk, das er vor anderen verstecken muss«, wiederholte sie seinen spontanen Eindruck. Dann erzählte sie Bergmann von den Bildern, die sie am Abend zuvor im Kunsthaus gesehen hatte.

»Ach, du warst im Kunsthaus. Hast du dich deshalb so sexy angezogen? Oder für diesen Hampelmann?«

Sexy? Sandra warf Bergmann einen drohenden Blick zu, ehe ihr die wörtliche Bedeutung seiner letzten Frage auffiel. »Hampelmann«, hakte sie nach. »Auch das wäre eine Möglichkeit. Er schafft eine Marionette oder einen Hampelmann aus menschlichen Gliedmaßen.«

»Klingt ziemlich abstrus.«

»Das sind diese Morde ja auch. Du glaubst doch nicht, dass dieser Täter normal tickt?«

Bergmann schüttelte den Kopf. »Bestimmt nicht. Das macht es ja so schwierig, ihn zu fassen. Wenn uns Kommissar Zufall nicht schleunigst zu Hilfe kommt, wird es weitere Leichen geben. Da bin ich mir sicher.« Bergmann seufzte.

»Dann hör mir doch mal zu.«

»Tu ich doch.«

»Sollte ich mit meiner Theorie recht haben, dann besitzt der Täter jetzt die Hände, die Unterschenkel und den Kopf für seine Marionette. Oder für seinen Hampelmann.«

»Dann fehlen ihm aber noch ein paar Teile …«

»Oberschenkel, Arme und Rumpf«, zählte Sandra auf. »Oder auch noch mehr.«

»Das macht drei weitere Leichen. Mindestens …«

»Wir könnten ihn vielleicht aufhalten, wenn es uns gelingt, den potenziellen Opferkreis einzugrenzen und die gefährdeten Männer unauffällig im Auge zu behalten. Vielleicht tappt er uns so in die Falle.«

»Viel Zeit bleibt uns allerdings nicht dafür. Er legt ein mörderisches Tempo vor. Und wie willst du seine nächsten Opfer herauspicken, bevor er wieder zuschlägt?«

»Einmal abgesehen davon, dass er bisher Männer in ihren Zwanzigern getötet und verstümmelt hat. Und jetzt auf einmal einen Mitte 30-Jährigen. Wie geht er vor? Wie wählt er seine Opfer aus? Nach welchen Kriterien?«, fragte Sandra.

»Ich nehme an, dass ihm diese Männer gefallen. Ihn vielleicht sogar sexuell erregen«, knüpfte Bergmann an das Täterprofil an.

»Das allein ist es nicht. Christiane meinte doch auch, dass es ihm in erster Linie nicht ums Töten, sondern ums Amputieren und Sammeln geht«, erwiderte Sandra. »Ich denke, dass es ihm vielmehr auf die perfekten Glieder für seine Zwecke ankommt als auf die Männer selbst. Er nimmt sich nur, was er haben möchte: ihre besten Stücke …«

»Aha … Dann habe ich wohl was verpasst«, spielte Bergmann auf die männlichen Genitalien an, die Sandra gar nicht gemeint hatte.

»Kannst du dir deine Sprüche ausnahmsweise einmal sparen? Da drinnen liegt eine Leiche ohne Kopf.« Sandra zeigte mit dem Daumen auf den Tunnel hinter sich.

»Dann hat sie ja auch keine Ohren.«

»Ich habe aber Ohren«, drosselte Sandra trotz ihres Ärgers die Lautstärke, um nicht die Aufmerksamkeit der Kollegen auf sich zu ziehen.

»Zurück zu deiner Theorie«, sagte Bergmann unbeeindruckt.

Sandra schnaubte. An den seltsamen Humor des Chefinspektors würde sie sich niemals gewöhnen. »Wie gesagt: Ich glaube nicht, dass es dem Täter nur um das Aussehen der Gliedmaßen geht«, kehrte sie zum Thema zurück.

»Sondern?«

»Diese Glieder haben zu Lebzeiten über spezielle Fähigkeiten verfügt. Überleg doch mal: Er hat die Unterschenkel eines Fußballers, die Hände eines Akkordeon-Spielers und zuletzt den Kopf eines Arztes gewählt. Das beste Stück von jedem …«

»Das klingt tatsächlich plausibel. Dann stellt sich also die Frage, auf wessen Oberschenkel, Arme und Rumpf er es abgesehen hat.«

»Genau das gilt es, herauszufinden. Der Täter mordet in diesem überschaubaren Gebiet, das er zweifellos sehr gut kennt. Er fällt hier nicht weiter auf, muss demnach dazugehören. Sonst wäre doch längst ein Hinweis aus der Bevölkerung gekommen.«

»Ganz bestimmt. Man denke nur an die neugierigen Blicke, die uns jedes Mal verfolgen, wenn wir mit unserem Grazer Kennzeichen vorbeifahren.«

»Wir dürfen also davon ausgehen, dass sich der Täter in der Nähe aufhält, wie sein nächstes Opfer vermutlich auch. Wie viele Männer zwischen 20 und 35 gibt es hier? So viele können es doch nicht sein.«

»Zumindest einige Fußballmannschaften, Freiwillige Feuerwehrmänner, wobei sich das in manchen Fällen sicher überschneidet, und bestimmt noch etliche mehr. Die können wir nicht alle rund um die Uhr bewachen.«

»Wir könnten sie aber über die Regionalmedien auffordern, besonders aufmerksam zu sein und am besten nicht mehr allein auf die Straße zu gehen.«

Jetzt war es Bergmann, der schnaubte. »Wie stellst du dir das denn vor, Sandra? Das sind Männer, die zur Arbeit müssen. Außerdem darf ich dich daran erinnern, dass Opfer Nummer Zwei von einer gut besuchten Veranstaltung spurlos verschwunden ist. Wie willst du verhindern, dass so etwas noch einmal passiert?«

»Das stimmt«, gab sie zu. »Wie ist es dem Täter gelungen, Christian Maric unbemerkt von den Anwesenden aus dem Kulturhaus zu schaffen? Er wird ihn doch bestimmt nicht auf der Toilette betäubt und hinausgetragen haben«, sagte Sandra. »Die einzige logische Erklärung ist auch in diesem Fall, dass das Opfer seinen Täter gekannt hat und arglos mit ihm mitgegangen ist, ohne dass es jemand bemerkt hat. Aber wer soll das gewesen sein, wenn nicht Doktor Kropf?«

»Warten wir die Fotos und Videos von der Veranstaltung ab. Ich hoffe, dass sie uns einen neuen Hinweis liefern. Und jetzt lass uns Stöckler fragen, ob es in der Gegend Künstler gibt.«

»Müssen Künstler nicht auch über gute anatomische Kenntnisse verfügen?«, griff Sandra ihre Theorie noch einmal auf.

»Frag das doch deinen Kunstsachverständigen.« Aus Bergmanns Mund klang diese Bezeichnung nahezu beleidigend.

So oder so hätte sich Sandra bei Paul erkundigt. »Nichts lieber als das«, ätzte sie zurück, um hernach ihren Vorschlag zu wiederholen. »Wir sollten dringend eine Liste der potenziellen Opfer erstellen.«

»Willst du etwa ein Casting veranstalten? Serienkiller's Next Victim?«

Sandra seufzte. »Wenn du es so ausdrücken möchtest … Auf alle Fälle sollten wir uns die Männer im fraglichen Alter genauer anschauen. Vor allem ihre Oberschenkel, Arme und Rümpfe. Und deren besondere Fähigkeiten.«

»Beschwer du dich noch einmal über deinen Job«, witzelte Bergmann.

»Mein Job ist schon in Ordnung. Wäre da bloß nicht dieser enervierende Partner …« Sandra zog die Mundwinkel nach oben.

»Enervierend? Ich?« Bergmann grinste zurück und setzte sich in Bewegung, um kurz darauf den Inspektionskommandanten auf ortsansässige Künstler anzusprechen.

»Ich kenne einige hier, die sich dafür halten«, antwortete Stöckler mit der ihm eigenen Gelassenheit.

»Die interessieren uns genauso. Stellst du uns bitte eine Liste mit allen Künstlern zusammen, die in Straden, Hof und den angrenzenden Gemeinden wohnen? Einschließlich der Hobbykünstler, die euch so einfallen«, sagte Sandra.

»Auch Schriftsteller, Musiker und Schauspieler?«

»Vorerst nur bildende Künstler, vor allem die Bildhauer und Kunsthandwerker.«

»Wann braucht's ihr die Liste denn?«

»Gestern«, meinte Bergmann trocken.

»Wird erledigt«, sagte Stöckler, ohne mit der Wimper zu zucken. »Mein Bauernschnaps-Partner ist übrigens auch ein Hobby-Künstler. Außerdem besitzt er ein Ferienhaus, das er am liebsten an seinesgleichen vermietet. Die Künstler wissen die Ruhe dort am ehesten zu schätzen, sagt er immer. Das Haus liegt ziemlich abgeschieden am Waldrand, ganz in der Nähe vom Buschenschank in Schwabau. Schad, dass ihr grad im Dienst seids, der Wein dort ist hervorragend. Und es gibt Ogmochte Oa, ganz was Gutes. Ab 16 Uhr hätt der Buschenschank heut offen.« Stöckler war zwar kein Künstler, aber mit Sicherheit ein Lebenskünstler, wenn er mitten unter den Mordermittlungen noch die Muße hatte, ans Essen und Trinken zu denken und ungefragt Lokalempfehlungen auszusprechen. Die meisten Menschen, denen Sandra im Vulkanland begegnet war, schienen wie der Inspektionskommandant in sich zu ruhen, komme da, was wolle. Die Leute waren bodenständig, dabei kreativ und fleißig. Es war wohl ihrer besonderen Mentalität zu verdanken, dass sich die Region so gemausert hatte, aber nicht vom Massentourismus überrollt worden war, wenn man einmal von einigen wenigen stark frequentierten Ausflugszielen absah. Ansonsten war das Vulkanland, das landschaftlich und klimatisch gesegnet war, noch immer ein idealer Rückzugsort für Ruhesuchende, ob Künstler, Manager oder Kriminalbeamte. Sandra notierte sich die Daten des Ferienhaus-Vermieters. »Apropos Skulpturen«, erinnerte sie sich bei dieser Gelegenheit wieder. »Wir sind letztens an einem Gehöft vorbeigefahren, vor dem eine überdimensionale rostige Figur steht.« Wo genau sich das Objekt befand, fiel ihr jedoch nicht mehr ein.

»Du meinst bestimmt die Rostwelt in Radochen vom Gröneberg Frank, einem zuagrasten Deutschen, der sich im alten Schindlerhof angesiedelt hat«, half Stöckler ihrer Erinnerung nach.

»In Radochen war das, genau.«

»Dieser Gröneberg ist ein wenig seltsam und ziemlich arrogant … hat kaum Kontakt mit den Einheimischen. Außer er braucht wieder altes Klumpert für seine Skulpturen. Das halbe Grundstück hinterm Haus ist schon voll mit seinen rostigen Mandln. Angeblich zahlt er den Bauern ganz gut dafür, und die sind froh, wenn ihre Höfe entrümpelt werden, vor allem die Jungen. Erst vor Kurzem hat er seinen Skulpturenpark, wie er diese Gstettn nennt, eingezäunt, nachdem es einige Vandalenakte gegeben hat. Ich vermute mal, dass ihm irgendwer was heimzahlen wollte. Er bricht ja dauernd irgendeinen Streit vom Zaun. Bisher konnten wir die Vandalen aber leider nicht ausforschen.« Stöckler erweckte nicht den Eindruck, als würden besagte Ermittlungen gegen Unbekannt höchste Priorität genießen, was bestimmt nicht nur an den Mordfällen lag, die sich in den letzten Wochen in seinem Revier zugetragen hatten. Dafür war schließlich das LKA Steiermark zuständig, wenngleich die Kollegen aus der Region die Grazer Kriminalisten tatkräftig unterstützten, wie gerade eben wieder. Stöckler nannte ihnen die Adresse des Künstlers, für den Fall, dass Sandra nicht gleich hinfand. »Das Gehöft steht auf der linken Seite. Ihr könnt es gar nicht verfehlen. Die große Skulptur vorm Haus ist von der Straße aus zu sehen, aber das weißt du ja eh.«

»Wie lange lebt Herr Gröneberg denn schon in Radochen?«, fragte Sandra.

»Er ist vor nicht ganz vier Jahren mit seiner Lebensgefährtin hergezogen. Sie ist im Gegensatz zu ihm sehr nett und zugänglich. Leider ist die Marianne inzwischen an Krebs erkrankt. Unheilbar, was man so hört …«

Sandra erinnerte sich an diesen Vornamen. »Marianne und weiter?«

»Cordt Marianne.«

Sie warf Bergmann einen Blick zu. Auch er hatte sofort verstanden, dass es sich wohl um jene Patientin handelte, die Doktor Kropf zuletzt zu Hause hätte besuchen sollen. Vielleicht war er ja doch wie vereinbart dort angekommen. Gröneberg konnte den Arzt getötet und seinen Landrover in den Wald gefahren haben, um Distanz zwischen dem Wagen seines Opfers und dem Tatort zu schaffen, ehe er die Leiche verstümmelte und im Folientunnel entsorgte, witterte Sandra eine neue Spur. Entweder die kranke Frau hatte für ihren Mann gelogen, oder der Arzt war gar nicht mehr bis zu ihr vorgedrungen, weil er bereits tot gewesen war, spann sie ihre kriminalistische Theorie weiter. »Wo genau befindet sich die Stelle, an welcher der Augenzeuge den Landrover von Doktor Kropf zuletzt gesehen haben will?«, fragte sie nach.

»Auf dem Karla-Hof-Weg. Der Landrover ist bei Oberkarla in Richtung Hof gefahren.«

Die Strecke passte genau. Wenn Gröneberg den Landrover zum Fundort im Wald gefahren hatte, war er demnach auf dem kürzesten Weg nach Karla, Oberkarla und weiter nach Hof gefahren. »Hat Johann Haselbacher den Fahrer des Fahrzeugs erkannt?«

»Gute Frage … Leider kann ich sie nicht beantworten«, meinte Stöckler. »Möglich, dass er vom Auto auf den Fahrer geschlossen hat. Soll ich mal bei ihm nachfragen?«

»Ja, bitte tu das. Und frag ihn auch nochmal nach der genauen Uhrzeit des Überholvorgangs«, sagte Sandra und bezog sich auf die Lücke von rund 20 Minuten, die zwischen dem Verlassen des Koglerhofes und der Zeugenbeobachtung lag, die der ortskundige Polizist bestätigte.

»Noch eine Bitte hätte ich an dich«, fuhr sie fort.

»Ja?«

»Kannst du uns eine zweite Liste mit allen Männern zwischen 20 und 40 Jahren zusammenstellen? Wir brauchen nämlich nicht nur ihre Daten, sondern auch die Berufe und, soweit ihr ihre Hobbies kennt, auch diese. Fußballspielen, Musizieren oder was auch immer. Das würde uns enorm weiterhelfen.«

Stöckler seufzte. »Das dauert aber eine Weile.«

»Gebt lieber Gas, sonst ist einer von diesen Männern womöglich das vierte Opfer«, verlieh Bergmann Sandras Bitte Nachdruck. »Meinst du, ihr bekommt das bis morgen hin, Stöckler?«

»Wir tun unser Bestes.«

»Wusste ich's doch.« Bergmann nickte Sandra zu. »Und wir statten jetzt mal diesem Künstler in Radochen einen Überraschungsbesuch ab.«

4.

›Franks Rostwelt‹ war mit schwarzer Farbe auf die ehemals weiße Fassade der Scheune gemalt, die dem Hausherrn offenbar als Künstlerwerkstatt diente. ›Besuch nach telefonischer Vereinbarung‹, stand auf dem Schild am Gartentor. Neben dem Zaun war dieses das einzig Neue an dem alten Gehöft. Auch das Wohnhaus hatte bestimmt schon bessere Tage gesehen. Mauer und Farbe waren wie bei der Scheune abgebröckelt beziehungsweise stark verwittert. Eine Renovierung hätte notgetan.

Sandra drückte den Klingelknopf am Gartentor. Nichts regte sich. Auch bei ihrem zweiten und dritten Versuch gab die Glocke keinen Ton von sich. So zückte sie kurzerhand ihr Handy und wählte die auf dem Schild angegebene Telefonnummer.

»Gröneberg«, bellte ihr eine kräftige Stimme ins Ohr. Sandra hielt das Mobiltelefon etwas weiter weg und stellte sich vor. »Könnten wir kurz mit Ihnen sprechen, Herr Gröneberg? Wenn es geht, jetzt gleich.«

Der Künstler lud sie ein, sich schon mal in seinem Skulpturenpark hinterm Haus umzusehen. Das Tor sei nicht versperrt. Er wolle sich nur noch rasch die Hände waschen und umziehen. Dass er aus Deutschland stammte, hörte Sandra an seiner harten Aussprache, die keinerlei österreichische Färbung aufwies.

Bergmann folgte ihr in ›Franks Rostwelt‹. Auf der etwa 3.000 Quadratmeter großen Wiese, die sich hinterm Gehöft bis zu den angrenzenden Feldern erstreckte, reihte sich auf etwa einem Drittel der Fläche Kunstwerk an Kunstwerk. Überwiegend waren die Objekte aus Altmetall und anderem Schrott gefertigt. Die höchsten, wie jenes vor dem Haus, überragten die LKA-Ermittler um ein bis zwei Meter, die meisten reichten ihnen bis zu den Schultern, einige bis zu den Knien. Alle waren aus Fahrradketten, Zahnrädern, Kübeln, Fassreifen, Hufeisen, Metallfedern und allerlei anderen, zumeist rostigen Gegenständen erschaffen worden, und stellten Menschen, Tiere oder Fabelwesen dar. Zumindest in den Augen von Laien, wie es die beiden Kriminalpolizisten waren.

Sandra steuerte auf die ausgemusterte Schaufensterpuppe aus weißem Kunststoff zu. Mit ihren rostigen Flügeln auf dem Rücken schien sie über dem wolkenförmigen Metallgestell zu schweben, auf dem sie montiert war. Wenige Meter weiter steckte ein schwarzer männlicher Plastiktorso, umwickelt mit rostigen Ketten, auf der Sattelstütze eines klapprigen Waffenrades. »Irgendwie unheimlich. Findest du nicht?«, sagte sie zu Bergmann.

Der zuckte mit den Schultern und spazierte weiter, die Hände in den Hosentaschen. »Auf alle Fälle ziemlich schräg«, meinte er beim Betrachten einer lebensgroßen Eisengestalt aus Armierungsteilen und Hufeisen. Ein Zahnrad und einige Metallfedern dienten als Kopf und Gehirnwindungen.

»Die Idee, aus Alltagsgegenständen Kunst zu schaffen, ist ja nun nicht gerade neu«, sagte Sandra. »Kennst du Gsellmanns Weltmaschine?«

Bergmann schüttelte den Kopf und blieb vor einem überdimensionalen rostigen Spinnennetz stehen. »Bist du jetzt auch schon Kunstexpertin?«, ätzte er.

Konnte er sich seine Anspielungen auf Paul nicht endlich sparen? Zu dumm, dass sie dem Chefinspektor gestern direkt in die Arme gelaufen waren. Graz war eben auch nur ein Dorf. Zumindest, wenn es darum ging, sich aus dem Weg zu gehen. »Die Weltmaschine ist ein beliebtes Ausflugsziel in Edelsbach, nicht weit von hier in der Nähe von Feldbach«, fuhr Sandra fort. »Ich war mal bei einem Schulausflug dort und hab sie mir angesehen. Gsellmann, ein Bauer, der viel lieber Techniker geworden wäre, war damals schon verstorben. Jedenfalls hat er zu Lebzeiten über 20 Jahre lang an seinem Kunstwerk gearbeitet und dafür Tausende Teile zusammengetragen und auf seinem Hof zu einer skurril anmutenden ›Weltmaschine‹ zusammengefügt. Bis zu seinem Tod hat er niemandem verraten, ob diese einen anderen Zweck erfüllen sollte, als sich zu bewegen, zu drehen, zu pfeifen, zu klappern und zu klingeln. Und entsprechend Strom zu verbrauchen. Das alles tut sie heute noch für Besucher aus aller Welt. Sein Sohn schaut darauf, dass das Lebenswerk seines Vaters im Originalzustand erhalten bleibt.«

»Von mir aus können die Leute sammeln, was sie wollen. Auch menschliche Leichen, sofern sie sich diese auf legalem Weg beschaffen. Wie Gunther von Hagens, der sie plastiniert und ausstellt.«

»Das ist doch dieser deutsche Anatom? Ich hab schon mal einen Bericht im Fernsehen über ihn gesehen. Doktor Tod nennen sie den doch auch«, erinnerte sich Sandra.

»Ich war mal vor Jahren in einer seiner Ausstellungen im Gasometer in Wien, um mir die Wartezeit zu vertreiben. Während das Auto meiner Exfrau in der Werkstatt zum Service war«, erzählte Bergmann.

»Und? Wie hat dir die Ausstellung gefallen?«

»War ganz interessant. Gegen das, was wir üblicherweise an Leichen zu sehen bekommen, sind seine Plastinationen durchwegs ästhetisch. Nicht einmal Manuela hat sich davor geekelt. Und das will was heißen …«

Den Namen seiner Exfrau hatte Bergmann schon lange nicht mehr erwähnt. Sandra betrachtete die lebensgroße Figur im verschlissenen, offenen Staubmantel, auf deren rostiger Wirbelsäule ein echter Totenschädel ohne Unterkiefer saß, als sie plötzlich zusammenfuhr. »Guten Tag!«, schmetterte eine Stimme übers Gelände.

Sandra blickte auf und sah den Hausherrn in Khakihosen, braunen Stiefeln und knallrotem V-Pulli auf sie zuschreiten. Sein Strohhut und die Sonnenbrille mit den runden Gläsern entsprachen ihrem Bild von einem Künstler. Mit seinem weißen Rauschebart und der Mähne, die unter dem Hut hervor wallte, wäre Frank Gröneberg aber genauso gut als Weihnachtsmann durchgegangen. »Haben Sie sich ein wenig umgesehen?«, fragte er.

»Ja, vielen Dank.«

Der Künstler machte keinerlei Anstalten seine Hände aus den Hosentaschen zu nehmen. Das hatte er mit Bergmann gemeinsam.

»Wirklich sehr interessant, Ihre Werke«, fuhr Sandra fort. »Aber wie Sie sich vielleicht denken können, sind wir nicht deshalb hergekommen.«

»Sondern wegen der beiden Morde«, sagte der Künstler.

»Inzwischen sind es leider drei, Herr Gröneberg. Wir haben soeben den Hausarzt Ihrer Frau ohne Kopf vorgefunden.«

»Doktor Kropf ohne Kopf … Sieh an, sieh an. Marianne hatte also wieder einmal recht.« Gröneberg lüpfte seinen Strohhut und holte einen Zigarillo hinter seinem Ohr hervor, um sich diesen anzustecken.

Sandra räusperte sich unbewusst und wich einer Rauchschwade aus.

Bergmann hob die Augenbrauen. »Wie meinten Sie das eben?«

Gröneberg zog noch einmal kräftig an seinem Zigarillo, ehe er antwortete. »Meine Lebensgefährtin hat schon befürchtet, dass Doktor Kropf das nächste Opfer dieses Schlächters sein würde, nachdem er am Dienstag nicht zum vereinbarten Hausbesuch erschienen ist.« Eine weitere Rauchschwade begleitete die Worte aus seinem Mund.

Wenn Marianne Cordt wusste, dass ihr Lebensgefährte dieser Schlächter war, konnte sie leicht rechthaben, dachte Sandra. Normale Reaktionen wie Betroffenheit über die Todesnachricht oder gar Trauer ließ Gröneberg gänzlich vermissen. »Könnten wir Frau Cordt dazu befragen?«

»Das ist momentan ungünstig. Marianne ist gerade eingeschlafen. Deshalb habe ich auch die Türglocke deaktiviert. Sie ist krank. Lungenkrebs, dabei hat sie nie geraucht.« Gröneberg zog ein weiteres Mal genüsslich an seinem Zigarillo, als wäre er im Gegensatz zu seiner todgeweihten Lebensgefährtin unsterblich.

»Wir werden sie in den nächsten Tagen aber befragen müssen«, blieb Sandra beharrlich.

»Wenn Marianne wach und einigermaßen bei Kräften ist, spricht nichts dagegen.«

»Spricht etwas dagegen, dass wir uns in Ihrem Haus und der Werkstatt umsehen? Selbstverständlich ohne dabei Ihre Lebensgefährtin zu stören.«

»Haben Sie denn einen Durchsuchungsbeschluss oder wie das in diesem Land heißt?«

»Durchsuchungsbefehl heißt das in diesem Land. Und dieses Land, in dem sie leben, heißt Österreich. Nein, noch haben wir keinen Durchsuchungsbefehl, können ihn aber im Handumdrehen besorgen, sollte es nötig sein«, meldete sich Bergmann zu Wort. »Ist es das?«

»Das ist es. Es sollte doch alles korrekt nach Vorschrift ablaufen, oder nicht? Schließlich sind Sie Beamte«, antwortete der Künstler.

Bevor Bergmann etwas erwidern konnte, ergriff Sandra wieder das Wort. »Wenn Sie uns freiwillig hereinbitten, ist unser Besuch durchaus vorschriftskonform. Oder haben Sie etwas vor uns zu verbergen?«

»Hat das nicht jeder?«

»Herr Gröneberg, wo waren Sie am 20. Oktober zwischen 19 und 22 Uhr?« Langsam verlor Sandra die Geduld mit dem präpotenten Kerl.

»Bis 20 Uhr war ich bei Marianne in diesem Provinz-Krankenhaus in Feldbach. Danach bin ich wieder nach Hause gefahren. Sie wurde dort am nächsten Morgen operiert, was sich ohnehin als völlig sinnlos herausstellte. Alles Scharlatane dort. Seither geht es ihr nur noch schlechter.« Selbst der Kommentar zum Befinden seiner Lebensgefährtin klang in Sandras Ohren nicht empathisch, sondern arrogant und gehässig.

»Demnach waren Sie ab 20.30 Uhr zu Hause. Gibt es dafür Zeugen?«

»Ja und nein.«

»Wie bitte?«

»Ja, ich war um halb neun zu Hause. Und nein, es gibt keine Zeugen.« Gröneberg grinste überlegen, ehe er ein weiteres Mal an seinem Zigarillo zog.

Hier draußen, an der frischen Luft, roch der Qualm für Sandra um nichts weniger abstoßend, als hätte er drinnen geraucht. »Und was haben Sie am Abend des 29. Oktober bis zum nächsten Morgen gemacht?«

»Na was wohl? Ich war zu Hause. Ebenso wie vorgestern. Marianne wird Ihnen das sicher bestätigen.«

»Dürfen wir sie jetzt doch aufwecken? Es würde bestimmt nicht lange dauern«, nahm Sandra einen neuen Anlauf.

»Ich sagte doch schon Nein. Und dabei bleibt es vorerst auch. Halten Sie mich denn für so wankelmütig?«

»Herr Gröneberg, ist es Ihnen wirklich lieber, wenn wir Sie beide nach Graz vorladen? Das wäre doch wesentlich beschwerlicher für Ihre kranke Lebensgefährtin«, sagte Sandra.

»Nach Graz? Dann werde ich wohl doch lieber meinen Anwalt verständigen. Sie gestatten, dass ich mich jetzt zurückziehe?«

»Einen Moment noch«, hielt Sandra ihn auf. »Kannten Sie Markus Haselbacher und Christian Maric?«

»Ja und nein.«

Die Arroganz dieses Mannes konnte sich glatt mit jener von Siebenbrunner messen, dachte Sandra und hütete sich davor, seine Antwort noch einmal zu hinterfragen.

Dennoch fühlte sich Gröneberg bemüßigt, darauf einzugehen. »Den jungen Haselbacher kannte ich, weil er mir ein paar Sachen verkauft hat, die ich ihm für meine Kunstwerke abgeschwatzt hatte. Er war ein lausiger Geschäftsmann, dafür hat er einen recht guten Wein gemacht. Josefine Haselbacher war da schon eine wesentlich zähere Verhandlungspartnerin.«

»Haben Sie der auch etwas abgeschwatzt?«, fragte Bergmann.

»Ursprünglich hab ich es bei ihrem Onkel Josef versucht. Aber der wollte mir partout nichts verkaufen. Er hatte was gegen Deutsche. Gegen Behinderte wohl auch.

Diesen Blasl, der für ihn arbeitete, hat er ständig grün und blau geschlagen. Na ja, wen wundert's? Sein bester Freund war der Alkohol. Man munkelt, dass sein Traktorunfall gar keiner war, sondern ein Mord, der vertuscht wurde. Schließlich haben alle davon profitiert außer dem Josef ...«

»Sie auch?«, fragte Bergmann.

Gröneberg nickte zufrieden. »Selbstverständlich. Seine Nichte, die den Hof übernommen hat, hat mir alles verkauft, was einmal ihm gehörte. Bis auf wenige Dinge, die sie selbst noch gebrauchen konnte. Aber viel war das nicht mehr. Das meiste steckt draußen in meinen Skulpturen, vom Staubmantel über die Sense bis zum Fahrrad. Diese Josefine hat sich alles neu angeschafft und den Hof im großen Stil umgebaut. Angeblich mit der Entschädigung der Lebensversicherung, die ihr Vater und ihr Großvater für den Unfalltod des Onkels kassiert hatten. Wobei der alte Sepp von dem Geld wohl nichts mehr mitbekommen hat, so dement, wie der damals schon war.«

»Und wer soll Josef Haselbacher ermordet haben?«

»Sind Sie die Polizei oder bin ich es? Finden Sie es heraus.« Da war es wieder, dieses selbstgefällige Grinsen.

»Woher wissen Sie das eigentlich alles?«, hakte Sandra nach.

»Was ich nicht selbst erlebt habe, hat mir Marianne erzählt. Ich halte mich nämlich lieber fern von diesen Leuten. Ich will ja nichts von ihnen, außer ihnen möglichst günstig ihren Krempel abkaufen, um daraus weitere Kunstwerke zu schaffen. Aber was verstehen die schon davon?«

»Und derzeit haben Sie genügend Material für neue Werke?«, fragte Sandra.

Grönebergs Sonnenbrille konnte nicht verbergen, dass er Sandra argwöhnisch beäugte. Gleichzeitig nickte er. »Ich muss jetzt wieder hinein. Sie entschuldigen mich …« Der Künstler klemmte den Zigarillo zwischen seine blassen fleischigen Lippen und wandte sich grußlos ab. Im Weggehen hob er seine Hand, um ein gnädiges Winken anzudeuten.

»Auf Wiedersehen, Herr Gröneberg«, rief Sandra ihm hinterher. »Und lassen Sie Frau Cordt schön grüßen. Wir sehen uns dann demnächst in Graz.«

Bergmann hatte sein Handy bereits am Ohr.

»Was ist denn das für ein aufgeblasener Vogel?«, murmelte Sandra kopfschüttelnd. Wobei Vogel noch das Harmloseste war, was ihr einfiel. Der Kerl war mindestens genauso widerlich wie der Zigarillogestank, den er hinterlassen hatte und der sich trotz der frischen Luft nur ganz allmählich wieder verzog. Glaubte Gröneberg etwa, dass er mit irgendwelchen Mordgerüchten von seiner Person ablenken konnte? Wollte er jemand anderem den Schwarzen Peter zuschieben? Wusste er tatsächlich etwas, das mit den aktuellen Fällen zusammenhing? Oder war er der gesuchte Serientäter, der Spaß daran hatte, sie an der Nase herumzuführen? Sandra nahm sich vor, Stöckler zu den damaligen Vorfällen zu befragen. Wenn es dieses Mordgerücht wirklich gegeben hatte, musste es ihm doch auch zu Ohren gekommen sein. Noch einmal ließ sie ihren Blick über den Skulpturenpark schweifen und seufzte. Je länger sie in diesem Fall ermittelten, desto komplexer und verwirrender wurde er. Dabei mussten sie jederzeit mit weiteren Morden rechnen.

Hinter ihrem Rücken hörte Sandra den Chefinspektor den Namen des Künstlers buchstabieren. Sie wandte sich um und sah ihn in sein Handy sprechen. Mit der Spitze seines Turnschuhs scharrte Bergmann in der Erde und blickte dabei zu Boden. »Genau. Überprüf doch mal, ob er Vorstrafen in Deutschland oder in einem anderen Land hat. Und ruf mich dann gleich zurück«, wies er den Kollegen im LKA an und legte auf. »Lass uns was essen gehen«, sagte er zu Sandra und setzte sich in Bewegung.

»Mir ist der Appetit zwar gerade vergangen, aber wenn du hungrig bist …« Sandra entriegelte die Autotüren über den Funkschlüssel, während sie hinter Bergmann durchs Gartentor schritt.

»Bin ich. Der arrogante Spinner kommt schon noch in unsere Gasse. Und zwar schneller, als ihm lieb ist«, sagte Bergmann und stieg als Erster in den Wagen.

»Was hältst du von diesem Mordgerücht?«

»Reines Ablenkungsmanöver. Aber lass uns am besten Stöckler dazu befragen.«

»Das dachte ich auch«, sagte Sandra, während sie den Gurt anlegte. »Nach diesem Auftritt kann ich mir gut vorstellen, dass Gröneberg in seiner Selbstherrlichkeit vor sich hinmordet und die Leichenteile seiner Opfer zu Skulpturen verarbeitet.«

»Vorsicht«, warnte Bergmann. »Nicht, dass wir wieder jemanden verdächtigen, der hinterher zum Opfer wird.«

»*Der*? Niemals. Der Täter hat es auf gutaussehende, wesentlich jüngere Männer abgesehen. Was sollte er von diesem überwuzelten Weihnachtsmannverschnitt wollen?«

Bergmann grinste, während er selbst den Gurt anlegte. »Ich hatte vorhin einen ähnlichen Gedanken. Wenn ich könnte, wie ich wollte, würde ich verhindern, dass sich

Sarah jemals wieder auf den Schoß eines Weihnachtsmanns setzt.«

»Kann ich gut verstehen. Trotzdem sollten wir nicht auf diese Weise über unbescholtene Bürger sprechen«, rief sich Sandra in erster Linie selbst zur Ordnung.

»Ob Gröneberg unbescholten ist, wird sich erst herausstellen. Nur weil in Österreich keine Vorstrafen registriert sind, macht ihn das noch lange nicht zum Unschuldslamm.«

»Ob nun er der gesuchte Serientäter ist oder jemand anders. Derjenige, der die Glieder wofür auch immer verwendet, muss sie doch irgendwie präparieren, damit sie nicht verwesen.«

»Das sollte kein allzu großes Problem darstellen«, meinte Bergmann.

»Demnach müsste der Täter nicht nur Chloroform, sondern auch Formalin oder ein anderes Leichenkonservierungsmittel besitzen.«

»Kunststoff zum Beispiel, wie ihn Gunther von Hagens zum Plastinieren verwendet.«

»Beides muss man sich irgendwo beschaffen. Dem sollten wir nachgehen. Ich rede mal mit einem unserer Chemiker … Der Täter könnte die Gliedmaßen natürlich auch selchen, um sie zu konservieren.«

»Du meinst räuchern?«

Sandra nickte. »Auf einem alten Bauernhof, wie ihn Gröneberg bewohnt, gibt es doch meistens eine Rauchkuchl oder wenigstens eine Selchkammer.« Dass diese Konservierungsmethode sogar im Kongo gebräuchlich war, tat in diesem Fall nichts zur Sache. Bergmann würde nur wieder über Paul Stadler lästern, wenn sie ihm davon erzählte. »Er könnte die Gliedmaßen auch lufttrocknen lassen wie Vulkanland-Schinken«, fuhr sie fort.

»Mahlzeit«, sagte Bergmann und griff zu seinem Handy, um einen Anruf entgegenzunehmen, der gerade einging.

5.

Sandra und Bergmann betraten den Gastgarten jenes urigen Wirtshauses in Hof bei Straden, das weithin auch als Museum bekannt war. Schon beim Vorbeifahren fiel die Sammlung unzähliger alter Geräte am Straßenrand auf, die anno dazumal vorwiegend der Land- und Hauswirtschaft gedient hatten. Bei näherer Betrachtung befanden sich auf dem Grundstück rund um das Wirtshaus diverse Hütten, Stadeln, Geräte, Fahrzeuge und allerlei andere Gegenstände, die der Wirt in den letzten 50 Jahren zusammengetragen hatte, um sie hier auszustellen. Auch die Gasträume waren bis unter die Decke mit nostalgischem Sammelsurium bestückt. Hätte man jedes einzelne Exponat betrachten wollen, wäre man wohl Tage lang damit beschäftigt gewesen. Vom Abstauben einmal ganz zu schweigen.

Inzwischen hatte es bereits 23 Grad, verriet Bergmanns Smartphone, sodass sie an einem der Tische unter den alten Bäumen Platz nahmen. Auch ohne Blätter und Kastanien waren diese mächtig genug, um ihnen ein wenig Schatten zu spenden. Sandra blickte zur Kreidetafel, die einige altsteirische Gerichte anpries. Von der Klachelsuppe mit Sterznockerln über die Breinwurst auf Grammel-Sauerkraut bis hin zum Kalbsweinbeuschel mit Kräuterknödeln wurde hier vieles angeboten, was schon zu Urgroßmutters

Zeiten in der Steiermark gekocht worden war, sich heutzutage aber immer seltener auf Speisekarten fand. Auch das derzeit allgegenwärtige Martinigansl und der heurige Steirische Junker sowie der regionstypische Stradner Grauburgunder durften nicht fehlen. Um Wein zu genießen, war leider schon wieder der falsche Zeitpunkt. Ein Steirischer Backhendlsalat war aber allemal drin, entschied Sandra und bestellte dazu eine große Isabella-Traubensaftmischung. Bergmann wählte wie so oft ein Wiener Schnitzel mit Erdäpfelsalat und ein alkoholfreies Bier.

»Gröneberg hat also keine Vorstrafen, außer diesem Finanzstrafverfahren in seiner alten Heimat«, griff Sandra die Essenz von Bergmanns letztem Telefongespräch noch einmal auf.

»Seine Steuerschulden und das Bußgeld hat er inzwischen bezahlt«, bestätigte Bergmann.

»Meinst du, der Mann kann von seiner Kunst leben?«

»Kann ich mir nicht vorstellen. Aber von irgendetwas muss er ja leben. Lass uns das bei der Hausdurchsuchung klären.«

»Meinst du, dass wir auf unseren vagen Verdacht hin einen Durchsuchungsbefehl bekommen?« Sandra war skeptisch.

Bergmann war hingegen zuversichtlich. »Gröneberg kann mit keinem handfesten Alibi für die Tatzeiten aufwarten. Die Brisanz des Falles spielt uns ebenfalls in die Karten. Immerhin haben wir schon drei Mordopfer. Und das vierte wird nicht lange auf sich warten lassen, wenn wir nicht alle Register ziehen. Der Staatsanwalt ist inzwischen mehr als nervös. Der Chef ebenfalls, wie du dir bestimmt denken kannst. Von den Medien rede ich erst gar nicht.« Bergmann griff zu seinem alkoholfreien Bier.

Einmal mehr war Sandra froh, dass nicht sie den Druck von allen Seiten abbekam, sondern der Chefinspektor. Der wenig später Recht behalten sollte. Sein Hausdurchsuchungsbefehl wurde ihm zugesagt, noch ehe sie fertig zu Mittag gegessen hatten. Der Staatsanwalt wollte keinesfalls riskieren, dass ihr neuer Verdächtiger womöglich Beweismittel vernichtete.

Sandra ließ die restlichen Salatblätter stehen und stürzte ihren Saft hinunter, während Bergmann bereits mit Stöckler telefonierte.

6.

Zum zweiten Mal an diesem Tag hielt Sandra vor ›Franks Rostwelt‹ an, diesmal mit Blaulicht und Folgetonhorn, die sie nunmehr beide wieder ausschaltete. Die Polizeisirene in der Ferne kündigte die baldige Ankunft eines weiteren Einsatzwagens an. Augenblicke später raste ein Minivan heran, dem Stöckler und ein jüngerer Kollege entstiegen. Der Inspektionskommandant drückte Bergmann den Durchsuchungsbefehl in die Hand, den er in der Inspektion für ihn ausgedruckt hatte.

Im selben Moment trat Gröneberg aus seiner Werkstatt heraus, wie vorhin schon paffend. Er blickte auf seine Uhr, dann auf das Papier, das Bergmann ihm vor die Nase hielt. »Das war aber schnell, gratuliere«, meinte Gröneberg, »dann kommen Sie mal weiter. Wo möchten Sie denn anfangen? Im Haus oder in der Werkstatt? Zu viert werden Sie allerdings etwas länger beschäftigt sein, falls Sie etwas Bestimmtes suchen. Jaja der Personalmangel ... Kein Wunder, dass Sie diese abscheulichen Morde noch nicht aufklären konnten.«

»Unsere Kollegen von der Tatortgruppe werden jeden Moment eintreffen, Herr Gröneberg«, sagte Sandra, konnte jedoch nicht verhindern, dass Bergmann auf die Provokation des Künstlers einging. Deeskalation zählte nicht gerade zu den Stärken des Chefinspektors, obgleich schon Polizeischüler auf diese Taktik gedrillt wurden.

»Machen Sie sich keine Sorgen, Herr Gröneberg«, sagte Bergmann. »Hier wird kein Stein auf dem anderen bleiben. Und wenn Sie irgendetwas versteckt haben, finden wir es. Darauf können Sie wetten. Jetzt gehen Sie mit meiner Kollegin mit, sie wird Ihnen noch ein paar Fragen stellen.« Bergmann machte auf dem Absatz kehrt. »Komm, Stöckler.«

»Lassen Sie bloß meine Frau in Ruhe«, rief Gröneberg dem Chefinspektor und dem Inspektionskommandanten hinterher, die gemeinsam auf das Haus zusteuerten, ehe sie den Weg zur Scheune einschlugen.

»Herr Gröneberg, würden Sie bitte Ihren Zigarillo ausmachen und mir zum Wagen folgen«, sagte Sandra.

»Muss das sein?«, fragte der Künstler unwirsch.

Sandra ignorierte seine Frage und wandte sich ab, um vorauszugehen. Der uniformierte Polizist begleitete Gröneberg zum Einsatzwagen. Sandra ließ den Verdächtigen zuerst einsteigen. Dann nahm auch sie im Fond des Minivans Platz und legte ihr Aufnahmegerät auf den Tisch, der sie und den Künstler trennte.

Ihrer nächsten Aufforderung, die Sonnenbrille abzunehmen, kam Gröneberg kommentarlos nach und beantwortete die Fragen nach seinem Geburtsdatum und seiner Wohnadresse.

»Welchem Beruf gehen Sie nach?«, fragte Sandra weiter.

»Ich bin Künstler. Wie Sie wissen.«

»Können Sie davon leben?«

»Ja. Hier ist ja alles noch recht günstig. So lange meine Galeristen alle paar Monate etwas verkaufen oder eine Auftragsarbeit an Land ziehen, komme ich damit ganz gut über die Runden. Und Marianne lebt sowieso von ihrer Rente.«

»Herr Gröneberg, haben Sie etwas mit den Morden an Markus Haselbacher, Christian Maric und Doktor Michael Kropf zu tun?«, fragte Sandra gerade heraus.

Gröneberg schüttelte den Kopf.

»Können Sie meine Frage bitte bejahen oder verneinen. Ein Kopfschütteln reicht für die Tonaufzeichnung nicht aus.«

»Nein.«

»Sie haben also nichts mit diesen Taten zu tun?« Sandra sah in die wässrig-blauen Augen des 59-jährigen Mannes, den sie aufgrund der schlohweißen Haare älter geschätzt hatte.

»Nein«, wiederholte Gröneberg.

Sandra befragte ihn erneut nach seinen Alibis, um diese für das Protokoll aufzunehmen.

»Warum haben Sie uns vorhin von diesem Mordgerücht erzählt? Wissen Sie etwas Konkretes darüber, dann sagen Sie es bitte.«

»Es war ein Gerücht, wie ich schon sagte. Nach dem Tod von Josef Haselbacher hieß es, dass Blasl sich zur Wehr setzte, als der Bauer ihn wieder mal misshandelte. Er soll ihn in Notwehr erschlagen und dann mit dem Traktor aufs

Feld gefahren und die Böschung hinunter gestürzt haben. Ich kann mir das übrigens nicht vorstellen, weil Blasl nicht ganz dicht ist und niemals auf ein solches Ablenkungsmanöver gekommen wäre. Dabei müsste ihm schon jemand geholfen haben ...«

»Meinen Sie, dass uns diese Gerüchte und Spekulationen bei unseren Ermittlungen in den aktuellen Mordfällen weiterhelfen können?«

»Das weiß ich nicht. Ich würde an Ihrer Stelle jeder Spur nachgehen.«

»Ein Gerücht ist noch lange keine Spur.«

Gröneberg zuckte mit den Schultern. »Dann überprüfen Sie es doch.«

Das hatte Sandra gerade noch gefehlt. Ein Besserwisser, der ihr sagte, was sie zu tun hatte. Der Mann hatte Glück, dass Bergmann nicht im Wagen saß.

»Ach, noch mehr Polizei. Ist das die Spurensicherung?«, unterbrach Gröneberg ihre Gedanken.

Sandra folgte seinem Blick aus dem Fenster. »Ja und nein«, antwortete sie.

Gröneberg sah sie grinsend an. Anscheinend amüsierte es ihn, dass sich die Ermittlerin nun ebenso sarkastisch zeigte wie er zuvor. Er sagte jedoch nichts.

»In Österreich heißt es Tatortgruppe, nicht Spurensicherung«, erklärte Sandra ungefragt.

»Ihr seid eben ein merkwürdiges Völkchen«, sagte Gröneberg, während er Bergmann beobachtete, der neben dem Wagen mit Siebenbrunner sprach.

Sandra stellte dem Künstler einige weitere Fragen, die jedoch keine brauchbaren Erkenntnisse brachten, ehe sie ihn zu seiner Frau zurückkehren ließ. Sie selbst gesellte sich zu Bergmann und Stöckler, die nun im Skulpturenpark standen und redeten. Haus und Scheune waren längst von den Kriminaltechnikern in Beschlag genommen worden.

»Und?«, sprach Bergmann sie als Erstes an. »Gibt's was Neues vom Künstler?«

»Nicht wirklich. Gröneberg hat schon wieder mit diesem Mordgerücht angefangen. Ist dir die Geschichte schon einmal zu Ohren gekommen?«, wandte sich Sandra an Stöckler.

»Welche Geschichte meinst du denn?«, fragte Stöckler zurück. »Es gibt hier einiges, was man sich so erzählt, wenn der Tag lang ist.«

Sandra berichtete Stöckler von dem Mordgerücht um Josef Haselbacher.

Der Inspektionskommandant seufzte und schüttelte den Kopf. »Schon wieder diese leidige Geschichte. Ich hätte es mir ja denken können ...«

»Was?«

»Dass Gröneberg wieder damit anfängt. Er wittert ja ständig irgendwelche Verschwörungen. Ja, es hat nach dem Unfall vom Josef Gerüchte gegeben. Wir sind ihnen auch nachgegangen, aber da war rein gar nichts dran. Der Blasl war nicht in der Lage, einen Traktor zu lenken mit seiner Behinderung. Das hat uns sogar ein Facharzt bestätigt.«

»Dabei hätte ihm doch jemand helfen können.«

»Wer denn? Der alte Sepp vielleicht? Der war damals schon dement und heilfroh, dass sich sein Sohn um den Hof kümmert. Warum hätte er ihn also töten oder bei der Vertuschung eines Mordes mitmachen sollen? Er hatte doch überhaupt kein Mordmotiv.«

»Und Josefine Haselbacher? Immerhin hat sie den Hof danach übernommen. Vielleicht wollte sie nicht länger warten«, sagte Sandra.

»Unsinn. Die Josefine war zur Tatzeit in Straden beim Hans, ihrem Vater, und hat im Wirtshaus geholfen. Das hat früher zur Fleischerei gehört. Seine Frau, die Brigitte, also die Mutter von der Josefine, hat es geführt. Aber die hat sich wenige Tage vor dem Unfall seines Bruders das Leben genommen.«

»Oh … Wie hat sie sich denn getötet?«

»Mit einer Überdosis Schlaftabletten. Die muss sie schon eine ganze Weile gesammelt haben. Sie hat früher schon einmal versucht, sich umzubringen. Da hat sie der Hans aber noch rechtzeitig gefunden, und die Brigitte hat überlebt. Beim zweiten Mal war sie leider erfolgreich.«

»Was ist mit dem Wirtshaus jetzt?«

»Das hat der Hans dem Schober verpachtet, der es seither mit seiner Frau betreibt.«

»Warum habt ihr damals nicht das LKA zu diesem Traktorunfall hinzugezogen?«, wollte Sandra wissen.

»Wozu denn? Der Arzt hat keine Hinweise gefunden, die gegen einen Unfall gesprochen hätten. Und wir auch nicht. Erst später ist die Rederei losgegangen, aber es war nix dahinter. Wenn wir euch wegen jedem Unfall oder unsinnigem Gerücht aufscheuchen täten, hättet's aber viel zu tun …«

Damit hatte Stöckler recht. »Auf welchem Feld ist der Unfall überhaupt passiert?«, wollte Sandra wissen.

»Aufm Kukuruzfeld hinterm Koglerhof. Das gibt's in dieser Form nimmer. Die Josefine baut dort jetzt Holler an, weil sie ihren Schweindln keinen Mais füttert.«

»Also war der Mord an ihrem Onkel nur ein Gerücht, das wir getrost wieder vergessen können«, sagte Bergmann.

»Genau.«

»Habt ihr mit Frau Cordt darüber gesprochen?«, fragte Sandra.

»Nein, ich hab Stöckler allein zu ihr ins Krankenzimmer geschickt«, sagte Bergmann.

»Aus Respekt vor der Marianne«, sagte Stöckler. »Mich kennt sie ja und sie ist wirklich nicht gut beinander. Sie wollt keinen Fremden um sich haben. Also hab ich ein bisschen mit ihr geplaudert und so beiläufig die Alibis vom Gröneberg überprüft. Sie hat sie bestätigt.«

»Das war zu erwarten«, sagte Sandra. »Habt ihr was in der Werkstatt gefunden? Chloroform, Formalin, mögliche Tatwerkzeuge, Blut …?«

»Noch nicht. Da drinnen herrscht Chaos«, sagte Bergmann. »Du glaubst gar nicht, was sich alles an Krempel in dieser Werkstatt türmt. Keine Ahnung, wie sich Gröneberg dort zurechtfindet. Siebenbrunner und seine Leute werden wohl bis zum Morgengrauen damit beschäftigt sein, alles auseinanderzuklamüsern. Lass uns erst einmal nach Graz zurückfahren. Ihr arbeitet weiter an den Listen, Stöckler, damit wir uns morgen weiteren Befragungen widmen können.«

Stöckler bestätigte, dass er sich darum kümmern würde, und verabschiedete sich.

»Diesen Philipp Blasl hätte ich mir aber schon noch ganz gern angesehen«, meinte Sandra auf dem Weg zum Wagen.

»Wozu denn Zeit vergeuden?«, fragte Bergmann und stieg ein. »Du hast doch gehört, was Stöckler gesagt hat«, fuhr er im Wagen fort. »Abgesehen davon, dass es kein Verbrechen gegeben hat, wäre Blasl aufgrund seiner Behinderung gar nicht in der Lage gewesen, dieses so durchzuführen beziehungsweise zu vertuschen. Das ist amtlich. Glaubst du etwa, er könnte drei Männer, die im Vollbesitz ihrer geistigen und körperlichen Kräfte waren, mal eben so betäuben, ermorden, ihre Gliedmaßen dermaßen gekonnt abtrennen und die Leichen anschließend entsorgen. Und das alles, ohne dass jemand etwas mitbekommt?«

»Nein«, gab Sandra ihm recht. »Wir haben es mit einem intelligenten, kräftigen Täter zu tun.«

»Na also. Dann fahr doch endlich, Sandra. Wir haben keine Zeit zu verlieren, sonst haben wir die nächste Leiche am Hals, und ich kann demnächst meinen Hut nehmen. Ist es das, was du möchtest?«

»Weder das eine noch das andere«, erwiderte Sandra wahrheitsgetreu und fuhr los. »Obwohl … dich einmal mit einem Steirerhut zu sehen, das hätte schon was.« Sandra grinste über die reichlich absurde Vorstellung.

»Nur über meine Leiche«, murmelte Bergmann, während er aus dem Fenster sah.

7.

»Da bist du ja wieder. Und, wie war's in Hof?«, erkundigte sich Miriam, als Sandra das Büro im LKA betrat.

Die antwortete zuerst nur mit einer abschätzigen Handbewegung und ließ sich wortlos auf ihren Schreibtischstuhl fallen. »Wir haben es leider gründlich vermasselt. Doktor Kropf ist nicht der Täter, sondern das dritte Mordopfer.«

»Echt? Aber der war doch schon so alt.«

»Er war 34, Miriam. Und sehr gut erhalten. So was soll vorkommen«, sagte Sandra.

»Ja, eh«, beeilte sich Miriam der ebenso alten Kollegin zuzustimmen.

»Ein Landwirt hat seine Leiche in einem Folientunnel gefunden. Ohne Kopf …« Sandra erzählte Miriam in aller Kürze, was im Vulkanland vorgefallen war, während ihr Computer hochfuhr. Ebenso von der Marionettentheorie und den Gerüchten um Josef Haselbachers Tod. Auf der Fahrt nach Graz hatte sie noch eine Weile mit Bergmann über den vermeintlichen Mord diskutiert, der ihr keine Ruhe lassen wollte. Doch hatte sie dem Chefinspektor schließlich in allen Punkten zustimmen müssen. Was sollte ein Gerücht um einen Unfall, das vor Jahren die Runde gemacht hatte, mit den aktuellen Serienmorden zu tun haben? Josef Haselbacher waren damals weder Körperteile abgetrennt worden noch gab es andere Parallelen zwischen den Mordfällen und dem Traktorunfall. Die Zeit, einen alten Fall, der gar keiner war, neu aufzurollen, fehlte den Ermittlern sowieso.

»Na ja«, meinte Miriam, »bei uns daheim kommt es auch immer wieder zu solchen Unfällen. Mein Papa ist schon mal im Obstgarten mit dem Traktor umgekippt und hat sich zum Glück nur den Haxn gebrochen. Ein Bauer aus Feistritz, den ich gut gekannt habe, ist bei einem ähnlichen Unfall ums Leben gekommen. Ein anderer ist bei der Ernte in den Feldhäcksler geraten, der am Traktor montiert war. Voll schiach, sag ich dir …« Miriam beutelte die Erinnerung ab. »Aber wenn da jedes Mal ein Mord dahinter stecken würde …«

»Dieser Ansicht sind Stöckler und Bergmann auch.«

»Wo ist Bergmann eigentlich?«, fragte Miriam.

»Beim Chef.«

»Der Arme …«

»Wer? Bergmann oder der Generalmajor?«

Miriam lachte. »Du bist so gemein. Sascha ist doch eh voll in Ordnung.«

»Hm«, meinte Sandra.

»Also ich find ihn witzig.«

»Ich weiß.« Unverständlich genug, fügte Sandra gedanklich hinzu. »Was haben denn die Zeugenbefragungen ergeben?« Vor allem die Aussage von Florian Url interessierte sie brennend.

»Leider nix Neues. Url hat gar nicht abgestritten, dass er ab und zu mit und auch ohne Markus Haselbacher im Internet gewettet hat. Sonst war angeblich keiner von der Mannschaft beteiligt. Sie haben auch mit niemandem darüber geredet. Außer mit ihren Freundinnen. Url hat mir versichert, niemals auf oder gegen den eigenen Verein gesetzt zu haben. Er hat nicht einmal in derselben Spielklasse gewettet. Seit dem Wettskandal ist das Vereinsfußballern verboten, hab ich von den Kollegen vom Glücksspiel erfahren. In Zukunft soll sogar ein generelles Wettverbot für den eigenen Sport erwirkt werden.«

»Was wissen die Kollegen denn über den SV Karla? Ist der Verein in den Wettskandal verwickelt?«

»Anscheinend nicht. Es gab keine auffälligen Quotenverläufe, die auf manipulierte Spiele hingedeutet hätten, wie das bei anderen Vereinen der Fall war. Deshalb ist der Stein ja überhaupt erst ins Rollen gekommen. Weder die Finanzgebarung des SV Karla noch die Zeugenaussagen im Strafverfahren haben den Verein belastet.«

»Also ist der SV Karla sauber.«

»Ja. Und Florian Url offenbar auch. Er hat ausgesagt, keine finanziellen Probleme zu haben. Als Versicherungsmakler verdient er ganz gut. Vom Verein gibt's auch noch eine geringfügige Gage. Damit sollte er für etwaige unmoralische Angebote der Wettmafia nicht besonders anfällig sein.«

»Es sei denn, er könnte den Hals nicht voll genug bekommen oder er wäre spiel- beziehungsweise wettsüchtig.«

»Das glaub ich nicht. Sollen wir zur Sicherheit seine Finanzen überprüfen?«

»Lass nur«, winkte Sandra ab. Die Ermittlungen im Fußballumfeld hatten sie bisher keinen Schritt weitergebracht, wie Bergmann es prophezeit hatte – dank seines Informationsvorsprungs aus dem ersten Mordfall. Die Beziehungen der Opfer schienen weitaus brauchbarere Hinweise zu liefern, wenngleich sie im Fall von Doktor Kropf zu einer fatalen Fehleinschätzung geführt hatten. Seine Ermordung hätten die Ermittler aber wohl auch dann nicht verhindern können, wenn sie den Arzt gleich als potenzielles Opfer und nicht als mutmaßlichen Täter betrachtet hätten. Sandra hoffte inständig, dass ihr neuer Ermittlungsansatz in die richtige Richtung führte und dass sie den Täter bereits im Visier hatten. Im besten Fall fand die Tatortgruppe ein Beweisstück, mit dem sie Frank Gröneberg als Täter überführen konnten. Wenn sie wieder danebenlagen, würde demnächst wohl ein weiterer junger Mann sterben müssen. Wen hatte der Täter bloß als nächstes Opfer im Visier? Würde er auf Stöcklers Liste stehen? Und wie sollten sie gerade ihn herauspicken? Sie mussten alle Männer zu größter Vorsicht mahnen. Und sie dazu bewegen, beim geringsten Verdacht die Polizei zu verständigen.

»Weiß Florian Url, dass Doktor Kropf auf Markus Haselbacher gestanden ist?«, kehrte Sandra zur Einvernahme zurück.

»Das habe ich nicht konkret angesprochen, damit Url keinen Verdacht schöpft, dass Kropf schwul ist«, antwortete Miriam. »So hat die Anweisung doch gelautet, oder nicht?«

»Ja«, bestätigte Sandra. Rein formell musste sie Miriam recht geben. Dass es bei Einvernahmen jedoch galt, auch die Feinheiten aus Zeugen oder Verdächtigen heraus zu kitzeln, ohne dabei interne Ermittlungsergebnisse preiszugeben, musste die junge Kollegin wohl erst lernen. Zwar hatte sie ein ganz gutes Gespür für Menschen, aber ihre Verhörtaktik ließ sich mit Sicherheit verbessern. Sandra nahm sich vor, Bergmann nach einem weiterführenden Kurs für Vernehmungstaktik und -psychologie für die jüngeren Ermittler in seinem Team zu fragen, wie sie ihn vor einigen Jahren selbst absolviert hatte. Auch wenn das Budget für Fortbildungsmaßnahmen wieder einmal gekürzt worden war, konnte doch ein Verhörexperte aus den eigenen Reihen für den nötigen Feinschliff beim Nachwuchs sorgen. »Hast du die Vernehmungsprotokolle schon fertig?«

»Die meisten.«

»Das von Url auch?«

Miriam nickte. »Soll ich es dir mailen?«

»Ja bitte.« Es konnte nicht schaden, die Einvernahme im vollständigen Wortlaut zu kennen. »Bergmann möchte sicher die Liste der Konzertbesucher und das Bildmaterial ansehen, wenn er vom Chef zurückkommt«, fügte sie hinzu.

»Kein Problem. Stefan und ich sind fürs Erste damit fertig. Falls er inzwischen kein neues hereinbekommen hat. Bisher konnten wir nichts Verdächtiges entdecken.«

»Kannst du bitte für morgen neun Uhr ein Soko-Meeting einberufen?«

»Wird erledigt.«

»Danke.« Sandra wählte Paul Stadlers Durchwahl.

»Hallo, meine Liebe!« Dass er sich über ihren Anruf freute, war nicht zu überhören.

»Hättest du Zeit, mir ein paar Fragen zu beantworten?«, blieb Sandra sachlich, um nicht Miriams Neugierde zu wecken. Spätestens, wenn Bergmann sie in Gegenwart der Kollegin aufzog, würde diese ohnehin hellhörig werden. Was Sandra am allerwenigsten gebrauchen konnte, waren Klatsch und Tratsch über Paul und sie. Die Burn-out-Geschichte, die sich hinter ihrem Rücken wie ein Lauffeuer verbreitet hatte, reichte ihr schon.

»Darf ich dich auf später vertrösten?«, erwiderte Paul. »Ich muss nämlich gleich in ein Meeting. Ich könnte dich zwischen acht und halb neun von zu Hause abholen.«

Schon wieder, hätte Sandra beinahe gefragt. Sie freute sich, Paul bald wiederzusehen. Ihn außerhalb des LKAs zu treffen, war ihr ohnehin lieber. Viel lieber sogar … Sie räusperte sich unbewusst, um ihre Gedanken nicht ins allzu Private abgleiten zu lassen.

Miriam blickte kurz vom Bildschirm auf und lächelte sie an.

»Okay«, sagte Sandra leise. »Sollte es bei mir länger dauern, melde ich mich nochmal.«

»Ja, mach das. Du klingst, als hätte Bergmann einen neuen Lauschangriff gestartet«, meinte Paul amüsiert.

»So ähnlich … bis dann.« Sandra legte den Hörer auf.

Miriam schien keine Notiz davon zu nehmen.

8.

»Du hättest gerne auch zu mir hinauf kommen können. Ein paar Flaschen guten Wein habe ich immer zu Hause«, wiederholte Sandra die Einladung, die sie kurz zuvor schon über die Gegensprechanlage ausgesprochen hatte.

Paul lächelte sie an und küsste sie auf die Wangen. »Später vielleicht, Sandra. Ich hab schon in der Vinothek Bescheid gesagt, dass wir kommen. Außerdem muss ich noch eine Kleinigkeit essen. Ich bin am Verhungern.«

Sandra hakte sich bei Paul unter, um mit ihm den spätabendlichen Spaziergang in die Innenstadt anzutreten. Auf die High Heels hatte sie diesmal verzichtet, stattdessen ihre schwarzen Stiefeletten aus dem Keller geholt, die wie die anderen Winterschuhe und -stiefel den Sommer dort verbracht hatten. »Eine Kleinigkeit könnte ich auch noch vertragen«, sagte sie. Die Vinothek im Generalihof, die steirische und italienische Schmankerln und Weine anbot, zählte zu ihren Lieblingslokalen. »Ein paar Fragen zur Kunst kann ich dir dennoch nicht ersparen.«

»Kein Problem. Das ist doch ohnehin eines meiner bevorzugten Themen. Also schieß los.«

»Mich interessiert, inwieweit Künstler anatomisch ausgebildet sind. Momentan haben wir nämlich einen Bildhauer als potenziellen Täter im Visier. Wir glauben, er könnte die Gliedmaßen amputiert und konserviert haben.«

»Um daraus ein Kunstwerk zu schaffen«, zog Paul den logischen Schluss. »Wie genial …«

Sandra blieb stehen und sah zu Paul auf. »Du findest das genial?«

»Nicht die Taten an sich. Aber diese Idee … euren neuen Ermittlungsansatz, meine ich. Warum bin ich nicht darauf gekommen?«

»Du warst es doch, der mich darauf gebracht hat.« Grinsend setzte sich Sandra wieder in Bewegung, um Paul zu erklären, wie er und die Bilder im Kunsthaus sie gewissermaßen inspiriert hatten.

»Eine Marionette aus menschlichen Gliedern …« Paul war noch immer begeistert.

»Langsam machst du mir Angst«, sagte Sandra.

Paul lachte. »Aber warum denn? Meinst du etwa, ich bin euer Serientäter?«

»Das hoffe ich nicht«, sagte Sandra. »Auch nicht, dass du vor lauter Begeisterung zum Nachahmungstäter wirst.« Bei ihrem lausigen Griff für Männer war selbst das nicht ausgeschlossen. »Also wie steht es nun um die Anatomiekenntnisse von Künstlern? Soweit man das überhaupt verallgemeinern kann.«

Paul wurde wieder ernst. »Nun ja, fundierte Kenntnisse der Anatomie sind für einen bildenden Künstler schon eine Grundvoraussetzung. Dafür müssen der menschliche Körperbau und die Bewegungsabläufe studiert werden. Es braucht einen scharfen Blick für die Details und ihre Funktionen, um sich mit der menschlichen Gestalt so vertraut zu machen, dass man sie in jeder Situation und aus jeder Perspektive abbilden kann.«

»Und wie geschieht das konkret? Sind im Kunststudium Leichensektionen vorgesehen?« Sandra war im Gerichtsmedizinischen Institut der Grazer Universität schon einigen Fachschülern und Studenten begegnet, an Kunststudenten konnte sie sich aber nicht erinnern.

»Nein, Sektionen stehen seit geraumer Zeit nicht mehr

auf dem Studienplan der Kunstschulen und -universitä-
ten. Heutzutage wird anatomisches Zeichnen anhand von
Präparaten erlernt. Das war früher anders. Vor allem in
Zeiten der Renaissance-Künstler wie da Vinci, Michel-
angelo, Dürer und Raffael nahmen Sektionen von Men-
schen und Tieren einen hohen Stellenwert in der Kunst ein.
Sie gehörten damals zur Grundausbildung der Studenten.
Auch Vivisektionen wurden durchgeführt.«

Die Vorstellung, Tiere oder Menschen bei lebendigem
Leib zu sezieren, bereitete Sandra Gänsehaut.

»Ich weiß, dass es im Keller der Wiener Kunstakademie
einen alten Sektionssaal mit Marmorseziertisch gibt«, fuhr
Paul fort. »Dort hat aber nur ein einziger Professor Ende
des 19., Anfang des 20. Jahrhunderts tatsächlich Leichensektionen vorgenommen. Ansonsten findet anatomisches
Zeichnen meist an pathologisch-anatomischen Instituten
und in einschlägigen Museen oder Kunstmuseen statt.«
Auch Paul kam auf Gunther von Hagens Plastinationen
zu sprechen und erklärte Sandra, wie man im Vakuum das
Wasser in den Zellen durch Polymere wie Silikone und spe-
ziell Kunstharze ersetzte. »Ich bin kein Chemiker, um dir
das noch genauer erklären zu können, aber ich weiß, dass
diese Methode ziemlich teuer ist.«

»Das reicht mir schon, Paul. Danke. Ich hatte sowieso
noch vor, mich mit einem Chemiker zu unterhalten.«

»Dann muss ich heute Abend mit keinen weiteren Fragen rechnen?«

»Nicht mit beruflichen.«

»Da bin ich aber froh. Deine Fragen können einem nämlich ganz schön auf den Magen schlagen«, scherzte Paul.

»Soll ich sie dir das nächste Mal lieber schriftlich während der Arbeitszeit stellen?«, fragte Sandra und bog von

der Herrengasse in den schmalen Durchgang ein, der in den historischen Innenhof führte.

»Aber nein. Ich stehe dir jederzeit gerne auch außerhalb der Dienstzeiten zur Verfügung«, meinte Paul mit einem charmanten Lächeln und öffnete die Tür zur Vinothek. Das Stimmengewirr der Gäste in dem kleinen gemütlichen Raum schlug ihnen entgegen. Bis auf den einen Stehtisch mit zwei Barhockern, den Paul reserviert hatte, gab es keinen einzigen freien Platz mehr. Sandra bestellte ein Glas Weißburgunder und naschte später bei Pauls Asmonte-Käse, dem Prosciutto und den Oliven mit, während sie sich über Gott und die Welt unterhielten. Kurz vor 23 Uhr schlug Paul vor, zu zahlen, damit sie nicht allzu spät ins Bett kämen. Sandra versuchte in seinen Augen zu lesen, ob er das ihre meinte oder ob er ihr wieder an der Haustür den Rücken kehren würde, um im eigenen Bett zu übernachten. Warum sie ihn nicht einfach darauf ansprach, war ihr selbst nicht ganz klar. Vermutlich wollte sie keine neuerliche Abfuhr riskieren. So wohl sie sich in Pauls Gegenwart auch fühlte, so sehr verunsicherte es sie, dass er zurückwich, sobald sie ihm mehr als platonisches Interesse signalisierte. Oder war sie nur zu ungeduldig und bildete sich das ein? Je näher sie ihrer Wohnung kamen, desto weniger Worte wechselten sie miteinander. Bei der Haustür angelangt war Sandra schließlich nervös wie ein Teenager. Mit dem gestrigen Überrumpelungsversuch war sie bei ihm abgeblitzt, also überließ sie diesmal lieber ihm die Initiative. Obgleich sie befürchtete, dass er diese wieder nicht ergreifen würde. Er machte nicht einmal Anstalten, sie zu küssen.

»Gute Nacht, Sandra. Träum was Schönes«, sagte er und strich ihr lächelnd über den Arm.

Nein, so einfach würde er diesmal nicht davonkommen, und wenn es sie noch so viel Überwindung kostete, einen neuen Anlauf zu nehmen. »Wie lange muss ich mich denn noch aufs Träumen beschränken?« Sie blickte ihm in die Augen und griff nach seiner Hand.

»Sei nicht so ungeduldig, Sandra. Ich laufe dir schon nicht davon.« Endlich nahm er sie in die Arme und küsste sie.

Wollte er damit sagen, dass er heute doch mit ihr hinauf kam? Sandras Herz schlug noch schneller, als es das vorhin ohnehin schon getan hatte.

Als Paul von ihr abließ, war das Verlangen nach ihm beinahe schon schmerzhaft.

»Gute Nacht«, wiederholte er.

Sandra fiel aus allen Wolken. »Du läufst mir ja doch wieder davon.« Ihre Enttäuschung war nicht zu überhören.

»Wir sehen uns Samstagabend wieder. Du hattest einen anstrengenden Tag und brauchst deinen Schlaf. Denk an deine Gesundheit«, spielte Paul auf ihr Burn-out an.

»Ich finde es ja lieb von dir, dass du auf mich aufpassen willst, aber …«, protestierte Sandra.

»Ich bin an dir als Mensch interessiert, Sandra«, unterbrach Paul ihre Widerrede. »Alles andere kann doch warten.«

Konnte er das Wort Sex noch nicht einmal aussprechen, fragte sich Sandra. »Alles andere?«, provozierte sie ihn.

»Ich bin nun mal nicht der Typ für eine schnelle Nummer.«

Wer hatte denn etwas von schnell gesagt? Langsame Nummern waren ihr ohnehin lieber, hätte Sandra ihm beinahe geantwortet.

»Warum grinst du jetzt?«, fragte Paul.

»Ich lächle dich nur an.«

Paul lächelte zurück und verabschiedete sich noch einmal von ihr.

Während der Fahrstuhl sie in den dritten Stock brachte, betrachtete sich Sandra im Spiegel. Die vertikale Falte zwischen ihren Augenbrauen, die immer dann auftauchte, wenn sie gestresst war, war schon deutlich tiefer gewesen. Die Nase, die ihr Mike zuletzt gebrochen hatte, war unter der Nasenwurzel etwas breiter als zuvor, was aber nur dann auffiel, wenn man sie schon früher gekannt hatte. Die Frisur und das dezente Make-up standen ihr gut, fand Sandra. Zwar hielt sie sich für keine Schönheit wie Miriam Seifert oder Josefine Haselbacher, aber immerhin doch für eine überdurchschnittlich attraktive Frau im fortpflanzungsfähigen Alter. Bestimmt sah Paul das ähnlich. Wäre er sonst mehrmals mit ihr ausgegangen? Seine Einstellung zu Sex war offenbar konservativer als ihre, nahm sie zur Kenntnis. Nach einem stürmischen jungen Mann wie Julius Czerny musste sie sich wohl einfach erst an ein anderes Tempo gewöhnen. Außerdem hatte Paul ja recht. Was man nicht sofort und mühelos haben konnte, war meistens mehr wert als alles, was man auf dem Silbertablett serviert bekam. Blieb nur zu hoffen, dass Paul mit dem Sex nicht bis zur Hochzeit warten wollte.

KAPITEL 6

1.

Sandra und Miriam saßen in Doktor Christiane Reichelts Büro, um mit ihr mögliche weitere Opfer des Serientäters aus der Liste mit jungen Männern zu selektieren, die Stöckler ihnen frühmorgens übermittelt hatte. Die Fallanalytikerin fand das neue Szenario, das Sandra vorhin im Soko-Meeting präsentiert hatte, nicht nur höchst interessant, sondern auch schlüssig. Ein Bildhauer wie Frank Gröneberg, in dem Bergmann und Sandra psychopathische Züge erkannt haben wollten, passte ihrer Meinung nach sehr gut ins Täterprofil. Ebenso das Tatmotiv. »Sich eine Marionette aus menschlichen Gliedmaßen zu basteln, verrät einiges über den Täter«, sagte sie. »Ich gehe davon aus, dass er lange Zeit das Gefühl hatte, kontrolliert zu werden beziehungsweise fremdbestimmt leben zu müssen, was er mit aller Gewalt ändern möchte. Vermutlich hat es dafür irgendeinen Auslöser gegeben. Nun will er die Fäden selbst in die Hand nehmen, Kontrolle und Macht übernehmen. Nicht nur über seine Opfer, sondern vor allem über das eigene Leben. Sehr wahrscheinlich ist er seit seiner frühesten Kindheit unterdrückt, eventuell auch missbraucht worden.« Ob das angestrebte Endergebnis eine

Marionette, ein Hampelmann oder eine andere Figur sei, die er aus den abgetrennten Gliedmaßen zusammensetzen wollte, spiele eine untergeordnete Rolle, meinte die Kriminalpsychologin. Als sie Doktor Kropf verdächtigt hatten, hatte sie sich wesentlich skeptischer gezeigt, erinnerte sich Sandra nur allzu gut. Sie selbst war es gewesen, die zuerst an einen Arzt als Täter geglaubt hatte. Nun warf sie sich ihren Irrtum insgeheim vor. Auch wenn das an den Tatsachen nichts mehr änderte.

»Wenn wir Ganzkörperfotos von den Männern hätten, wäre es hilfreich«, meinte Christiane Reichelt.

»Die waren in der kurzen Zeit leider nicht aufzutreiben. Wir müssen uns vorerst auf ihre Fähigkeiten und Hobbies beschränken. Miriam kennt einige der Männer persönlich«, bezog sich Sandra auf die Fußballer, die die Kollegin in den letzten Tagen und Wochen einvernommen hatte.

»Dann sehen wir uns die Knaben einmal an.«

»Knaben?« Miriam grinste. Aus Sicht einer jüngeren Frau befanden sich einige gestandene Männer auf der Liste, die Stöckler und seine Leute so vollständig wie möglich für die LKA-Ermittler erstellt hatten.

Christiane Reichelt überging Miriams Einwand und rückte die Brille auf ihrer Nase zurecht. »Adamer Marco«, las sie den ersten Namen und die Adresse in Tieschen vor, »24 Jahre, Angestellter bei der Raika in Fürstenfeld, Amateurfußballer, 2010 vom SV Tieschen zum SV Karla gewechselt, 2012 zum Spieler der Saison gewählt, ansonsten sind keine Hobbies bekannt.«

»Bankangestellter …«, wiederholte Sandra. »Kannst du dich an ihn erinnern, Miriam?«

Die Kollegin nickte und überlegte nicht lange, ehe sie sprach. »Nicht mein Typ, aber auch nicht zwider: blonde

Haare, blaue Augen, etwas kleiner als ich – 1,75, maximal 1,78 Meter, sportliche Statur. No na, ist ja auch ein Fußballer«, stellte sie fest.

»Spieler des Jahres«, griff Christiane Reichelt auf. »Demnach muss er etwas besser gemacht haben als der Rest der Mannschaft. Das sollte ihn als Opfer qualifizieren.«

Sandra stimmte ihr zu. »Der Täter könnte es auf seine Oberschenkel abgesehen haben oder auch auf seinen Rumpf«, überlegte sie laut.

»So genau habe ich ihn mir nicht angeschaut«, sagte Miriam.

»Davon würde ich bei Zeugenbefragungen auch dringend abraten«, meinte Christiane trocken.

Sandra grinste in sich hinein.

Gemeinsam gingen die Frauen einen nach dem anderen Namen durch, bis sie sich schließlich auf zwölf Kandidaten geeinigt hatten, die dem Täter nicht nur die entsprechende Physis, sondern auch herausragende Fähigkeiten auf unterschiedlichen Gebieten zu bieten hatten. Wenngleich man die anderen Männer auf der Liste als potenzielle Opfer nicht ausschließen durfte, waren sie sich einig. Stöckler und seine Leute kannten zudem nicht jeden persönlich, sodass von einigen nur die Daten aufgelistet waren. Diese sechs mussten ebenfalls in die engere Auswahl und überprüft werden. Außerdem konnte sich der Täter genauso gut wieder ein Opfer von außen suchen, wie er es im Fall von Christian Maric getan hatte. Dennoch schienen ihnen die verbliebenen Kandidaten, darunter ein Tänzer, mehrere Sportler, drei Feuerwehrmänner und zwei Polizisten am ehesten gefährdet zu sein, dem Täter die fehlenden Oberschenkel, Arme und den Rumpf für sein Gesamtkunstwerk zu liefern.

»Okay«, sagte Sandra, »Ich werde sie erst mal telefonisch warnen und ihnen ein paar Verhaltensregeln erklären, um ihre Sicherheit möglichst zu erhöhen. Die beiden Polizisten sind wahrscheinlich noch am wenigsten gefährdet.«

»Wer weiß?«, antwortete Christiane und lehnte sich zurück. »Lass das besser Bergmann erledigen. Von einer Frau nehmen selbst jüngere Männer solche Warnungen nicht so ernst, wie wenn sie von einem Mann kommen. Die meisten fühlen sich unbewusst an die Ratschläge ihrer Mutter erinnert. Du weißt ja: bei einem Ohr rein und beim anderen wieder raus. Die meisten glauben doch sowieso, es besser zu wissen. Mein Sohn ist da auch nicht anders, obwohl er mit seinen 22 Jahren angeblich zu einer neuen emanzipierten Männergeneration gehört.«

Miriam nickte, während sie eine lange blonde Haarsträhne um ihren Zeigfinger wickelte.

Manches würde sich vermutlich niemals ändern, dachte Sandra. Dass sie frauendiskriminierende Verhaltensweisen grundsätzlich ablehnte, änderte nichts daran, dass auch sie der Psychologin in diesem Punkt zustimmen musste. Julius, der fünf Jahre jünger als Sandra war, hatte sich auch nie etwas von ihr sagen lassen. Egal, wie gut sie es mit ihm gemeint hatte. Möglicherweise waren manche Verhaltensmuster doch viel mehr genetisch-biologisch bedingt und lagen weniger an der Erziehung, als man allgemeinhin annahm.

»Gerade vor Frauen kehren Männer gerne den unbesiegbaren Helden hervor. Überhaupt, wenn sie so attraktiv sind wie du, Sandra«, fuhr Christiane fort.

»Mein Aussehen hätten die Männer am Telefon zwar nicht beurteilen können, aber danke für das Kompliment«, erwiderte Sandra.

»Könnten wir die Männer nicht observieren lassen, die beiden Polizisten einmal ausgenommen? Mit ein bisschen Glück erwischen wir den Täter vielleicht sogar auf frischer Tat«, schlug Miriam vor.

»Bergmann muss entscheiden, ob ihm eine 24-Stunden-Observierung verhältnismäßig erscheint. Ich bezweifle jedoch, dass wir die nötigen Leute dafür bekommen. Wir wissen ja nicht einmal, ob der Täter unsere Kandidaten tatsächlich im Visier hat.« Sandra seufzte noch einmal, ehe sie fortfuhr. »Ich hoffe ja noch immer, dass wir mit Frank Gröneberg diesmal richtig liegen und ihm ein Geständnis abringen können. Oder wenigstens, dass uns seine todkranke Frau den entscheidenden Hinweis liefert.«

»Wenn sie mit reinem Gewissen sterben möchte, habt ihr ganz gute Karten«, sprach Christiane dieselbe Verhörtaktik an, die auch Sandra vorschwebte.

»Vorausgesetzt, Gröneberg ist der Serientäter, und Marianne Cordt weiß irgendetwas«, schränkte Miriam ein.

»Dass die Tatortgruppe Chloroform und andere Chemikalien in Grönebergs Scheune sichergestellt hat, beweist leider nicht, dass er sie für kriminelle Handlungen verwendet hat«, sagte Sandra.

Der Künstler hatte behauptet, dass sich das Chloroform schon dort befunden hätte, als er eingezogen war. Und dass er es ab und zu von einer Seite auf die andere geräumt hätte, um Platz zu schaffen. Siebenbrunner war förmlich aufgeblüht, als er im Soko-Meeting von dessen Aussage berichtet hatte, zumal sie seiner Theorie von den Chloroform-Restbeständen auf Bauernhöfen recht gab.

Sandra hatte anschließend die Vermieterin des Gehöfts angerufen, die Grönebergs Aussage bestätigte. »Sie ist auf dem Hof ihrer Eltern aufgewachsen. Die sind längst verstorben. Das Zeug befindet sich angeblich dort, seit sie denken kann. Bisher ist sie nur nicht dazugekommen, die Chemikalien zu entsorgen.«

Die meisten Räder, die die Tatortgruppe in der Werkstatt des Künstlers gesichtet hatten, waren verrostet und ähnlich verstaubt wie die Kanister, sodass eine Verwendung vor wenigen Tagen auszuschließen war. Zudem hatten sich auf keinem der Reifen sichtbare Kotspuren befunden. Wären sie vor Kurzem entfernt worden, hätte die Staubschicht darauf ebenfalls verschwinden müssen, was jedoch nicht der Fall war, hatte Siebenbrunner berichtet.

»Selbst, dass Grönebergs Fingerabdrücke auf dem Kanister waren, ist kein Beweis dafür, dass er ihn erst kürzlich in den Händen hatte, um das Chloroform zu entnehmen, mit dem die Opfer betäubt wurden, bevor man sie tötete und ausbluten ließ«, fuhr Sandra fort. Auf dem gesamten Grundstück war kaum Blut gefunden worden. Ob die wenigen Spuren von einem oder mehreren Opfern stammten, würde das Labor herausfinden.

»Was ist mit den anderen Künstlern in der Region, die Stöckler aufgelistet hat? Wann wollen wir die befragen?«, erkundigte sich Miriam.

Sandra sah auf die Uhr. In einer halben Stunde war sie mit Andrea zum Mittagessen verabredet. Ganz pünktlich würde sie es nicht mehr schaffen. »Warten wir mal ab, was die Einvernahme von Gröneberg und seiner Lebensgefährtin ergibt. Nachdem Marianne Cordt so geschwächt ist, müssen wir sie ohnehin am Krankenbett befragen. Kannst du mir den Link zum Bildmaterial vom Konzert noch schicken?«, wandte sich Sandra an Miriam.

»Hab ich schon getan.«

»Danke. Bergmann und ich sehen uns die Fotos und Videos am Nachmittag in der Polizeiinspektion in Halbenrain an. Zusammen mit Stöckler und der Veranstalterin vom Kulturhaus in Straden. Vielleicht fällt ihnen jemand oder etwas auf. Immerhin kennen sie einige Konzertbesucher persönlich«, erklärte Sandra der Fallanalytikerin. Die nickte.

»Gut. Dann geh ich jetzt rasch mal was essen.« Sandra erhob sich.

2.

»Ich brauche deinen Rat, Andrea«, sagte Sandra, nachdem sie zweimal das Mittagsmenü bestellt hatten.

»Worum geht's?« Die Freundin leckte sich den Bierschaum von den Lippen, legte ihre gekreuzten Unterarme auf dem Wirtshaustisch ab und lehnte sich nach vorn.

»Ich hab dir doch von Paul erzählt.«

»Paul … Der Kollege, der dir die Blumen ins Krankenhaus geschickt hat und dich unbedingt privat treffen wollte.«

Sandra nickte. »Genau der. Wir haben uns inzwischen dreimal getroffen.«

»Hey, das freut mich aber. Und jetzt bist du verliebt?«

Sandra zuckte mit den Schultern. »Ein bisschen vielleicht … Paul ist alleinstehend, intelligent, gebildet, eloquent, gepflegt, hat Humor, guten Geschmack und behandelt mich wie eine Prinzessin.«

»Und wo ist der Haken?«

»Na ja, etwas ist schon ein wenig merkwürdig an ihm.«

»Er ist ein Mann, Sandra … Da kannst du keine Perfektion erwarten.«

Sandra lächelte die Freundin an, während ihre Kürbiscremesuppen serviert wurden. »Mahlzeit! Im Ernst, Andrea …« Sandra senkte ihre Stimme und beugte sich weiter nach vorne, damit die ältere Dame am Nachbartisch, die immer wieder zu ihnen herüberblickte, nicht lauschen konnte. »Wenn es nach mir ginge, hätten wir längst miteinander geschlafen, aber Paul ziert sich wie eine alte Jungfer. Er möchte noch warten, hat er gemeint.«

»Worauf will er denn warten?« Andrea ließ ihren Suppenlöffel wieder sinken.

»Dass wir uns besser kennenlernen.«

»Gibt es eine bessere Gelegenheit, sich kennenzulernen, als miteinander zu schlafen? Wenn beide Lust darauf haben, meine ich.«

»Was ist, wenn er gar keine Lust darauf hat? Vielleicht fährt er einfach nicht auf mich ab.«

»Unsinn. Würde er sich um dich bemühen, wenn es so wäre? Ich meine, du bist doch nicht reich … Oder hast du inzwischen im Lotto gewonnen?«

»Leider nein. Langsam macht mich das echt fertig. Ich bin jedes Mal spitz wie Nachbars Lumpi, und Paul dreht sich lächelnd um und geht.«

»Selbst ist die Frau.« Andrea grinste.

»Ich hätte aber gern mal wieder einen Mann gespürt.«

»Das versteh ich … Vielleicht ist er impotent.«

»Aber geh. Er hat zwei kleine Töchter. Die muss er ja irgendwie produziert haben.«

»Oder produziert haben lassen. In vitro oder…«

»Hör auf …« Der nächste Gang war im Anmarsch, obwohl Sandra mit ihrer Suppe noch nicht fertig war.

»Hat er dich überhaupt schon mal angefasst?«, fragte Andrea und machte sich über ihre Eiernockerl her.

»Abgesehen von Händchenhalten, über die Wange streicheln und küssen nicht.«

»Zungenküssen?«

Die alte Frau sah schon wieder herüber und wandte sich abrupt ab, als sich ihre Blicke trafen.

»Nicht so laut, Andrea«, zischte Sandra und deutete mit der Gabel zum Nebentisch.

Die Frau war in ihren Eisbecher versunken. Andrea zuckte mit den Schultern. »Die wird doch auch schon mal Sex gehabt haben«, sagte sie absichtlich laut.

»Andrea, bitte …« Sandra musste über die Freundin schmunzeln. Sie konnte sich nicht erinnern, dass Andrea jemals etwas peinlich gewesen wäre. »Wir haben uns richtig geküsst, ja.«

»Und da hat sich nichts geregt in seiner Hose?«

»Ich kann ihm doch nicht auf den Schwanz greifen, wenn er vorher sagt, er möchte es langsam angehen.«

»Warum nicht? Du kannst ja langsam beginnen und dann…«

»Bitte bleib ernst.«

»Ich bin total ernst. Finde schleunigst heraus, ob dein Paul einen hochkriegt, sonst wird das auf die Dauer voll mühsam.«

»Erstens glaube ich das nicht. Und zweitens: Selbst wenn es so wäre, ließe sich daran doch arbeiten.«

Andrea lächelte mitleidig. »Sex ist aber keine Arbeit. Es sei denn, du bist eine Professionelle und verlangst Geld dafür.«

»Sehr witzig.«

»Sandra, wenn er schon am Anfang keine Lust hat, wie soll das später mal werden? Willst du deine karge Freizeit bei einer Sexualtherapeutin verbringen, oder lieber geilen Sex mit einem Kerl haben, der ohne Anleitung weiß, wie's geht? Wie alt ist Paul eigentlich?«

»42.«

»Im besten Mannesalter also.«

»Sex ist doch nicht alles in einer Beziehung.«

»Das hat sich bei Julius aber ganz anders angehört.«

»Und wohin hat es geführt? Wir haben uns doch schon vor dem Unfall nur noch gestritten.«

»Und wieder versöhnt. Was ziemlich geil gewesen sein muss, wenn ich mich so an deine Erzählungen zurückerinnere.« Andrea fächelte sich mit der Serviette Luft zu, und wischte sich dann den Mund damit ab.

Sandra seufzte. Der Sex mit Julius war tatsächlich außergewöhnlich gewesen, auch wenn sie sich ansonsten merkwürdig fremd geblieben waren. Vielleicht hatte es genau an dieser seelischen Distanz gelegen, die sie füreinander so begehrenswert gemacht hatte. Paul schien dagegen ein Seelenverwandter zu sein. Er kam ihr so vertraut vor, als würden sie sich schon ewig kennen. »Verdammte Beziehungskiste.«

»Du denkst viel zu viel nach. Das nächste Mal packst du einfach zu und schaust, was passiert.« Andrea bewegte ihre Faust auf und ab und grinste. Die ältere Frau am Nebentisch wandte sich wieder ab. Andrea kicherte hinüber.

»Am besten rede ich mit ihm darüber«, blieb Sandra ernst.

»Darüber reden? Du verführst ihn nach Strich und Faden. Und wenn er darauf nicht anspringt, vergiss ihn lieber gleich wieder. Du hast noch einige gute Jahre vor dir, Sandra. Die willst du doch bestimmt nicht ohne Sex verbringen. Oder noch schlimmer: mit schlechtem Sex.« Andrea tätschelte Sandras Hand, in der sie das Messer hielt. »Glaub mir, damit wirst du auf Dauer nicht glücklich. Ich kenne dich doch.«

Sandra seufzte erneut.

»Und wenn du schon am Seufzen bist, muss ich dir gleich noch etwas sagen. Bevor du es von jemand anderem erfährst.«

»Oje, was kommt jetzt?« Sandra nippte an ihrem Mineralwasser. Andrea wartete, bis sie hinunter geschluckt und das Glas wieder abgestellt hatte.

»Julius wird nächsten Mai heiraten.«

Fast hätte Sandra empört »Was? Mein Julius?« gerufen. »Ach … wie schön«, sagte sie stattdessen.

»Ich weiß nicht, ob du das so schön finden wirst.«

»Warum denn nicht? Ich freue mich doch, wenn Julius glücklich ist. Nach allem, was er nach seinem Unfall durchlitten hat.«

»Anscheinend hat er nicht nur gelitten. Er heiratet nämlich seine Physiotherapeutin aus der Reha-Klinik.«

Sandra starrte Andrea wortlos an. Hatte Julius deshalb Schluss mit ihr gemacht? Wegen seiner Physiotherapeutin? Ohne Sandra zu gestehen, dass es eine andere Frau in seinem Leben gab?

»Tut mir leid, Sandra. Ich musste es dir sagen. Möchtest du noch eine Nachspeise bestellen?«

»Nein danke. Ich muss wieder ins Büro zurück. Wir sind schon wieder auf dem Sprung ins Vulkanland.«

3.

Marianne Cordt döste vor sich hin, als Sandra den abgedunkelten Raum im Erdgeschoss betrat. Gröneberg hatte Bergmann aufgefordert, draußen zu warten. Seine Lebensgefährtin wolle in ihrem Zustand keine fremden Männer empfangen. Schon gar nicht in ihrem Schlafzimmer. Grönebergs Bitte hatte wie das meiste, was er von sich gab, überheblich geklungen. Da sie jedoch von Frau Cordt geäußert worden war, kamen sie ihr nach.

Außer einem Krankenbett mit Triangelgriff und einem dazugehörigen Nachtkästchen aus eierschalenfärbigem Metall, wie sie in vielen Krankenhäusern üblich waren, gab es hier einen Bauernkasten gegenüber vom Bett, einen alten Schaukelstuhl und ein vollgeräumtes nierenförmiges Beistelltischchen am Fenster. Der Geruch in dem kleinen stickigen Raum war ekelerregend. Wie die anderen Räume, die Sandra im Vorbeigehen gesehen hatte, war auch in diesem schon seit Monaten nicht mehr geputzt worden. So viel konnte sie trotz der vorgezogenen Vorhänge erkennen, die irgendwann einmal weiß gewesen sein mochten. Am liebsten wäre sie direkt zum Fenster gestürmt, um frische Luft und Licht hereinzulassen. Obgleich ihr dann vermutlich noch mehr Staubfäden aufgefallen wären, die von der Decke herabhingen und in den Ecken klebten. Glaubte Gröneberg wirklich, dass seine krebskranke Frau in einer derart verwahrlosten Umgebung genesen würde? Oder, dass dies das geeignete Ambiente für ein würdevolles Sterben war? War ihm der Dreck schlichtweg egal? Oder fiel er ihm noch nicht einmal auf?, dachte Sandra wütend.

»Sind Sie von der Kriminalpolizei?«, vernahm sie eine zittrige Stimme, der ein lauteres Surren folgte. Langsam richtete sich der Kopfteil des Krankenbettes automatisch auf und beförderte die Patientin von der liegenden in eine sitzende Position.

»Ja, Frau Cordt«, antwortete Sandra und stellte sich vor.

»Sie können sich gerne auf den Schaukelstuhl setzen«, flüsterte ihr die Kranke zu.

»Nein danke. Ich stehe lieber, wenn es Ihnen nichts ausmacht. Es dauert ja nicht lange. Ich habe nur ein paar Fragen an Sie.« Niemals hätte sich Sandra freiwillig auf diesen Stuhl gesetzt. Wahrscheinlich blieb man darauf kleben, wie die fette Stubenfliege, die gerade im Spinnennetz unweit des Bettes zappelte.

»Können Sie mir bitte ein Glas Wasser reichen?«, fragte Frau Cordt und hüstelte schwach. Aus dunklen Höhlen stierten ihre Augen auf die Plastikflasche am Nachtkästchen. »Mir fehlt die Kraft«, flüsterte sie.

Sandra blieb nichts anderes übrig, als das dreckige Glas aufzufüllen und der armen Frau zu überreichen. Gierig führte es diese an ihre trockenen, aufgesprungenen Lippen und verschluckte sich prompt. Sandra nahm ihr das Wasserglas wieder ab und wartete, bis das Husten nachgelassen hatte. Die Spuren auf dem Nachthemd verrieten ihr, dass sich die Kranke öfter anpatzte. Dass Wäsche und Bettwäsche längst gewechselt gehörten, hatte Sandra bereits beim Betreten des Zimmers gerochen. Völlig entkräftet schloss Frau Cordt nach dem Hustenanfall die Augen. Sandra durfte nicht zögern, wenn sie von ihr noch eine Aussage wollte, ehe sie wieder einschlief. Womöglich für immer.

Die Alibis ihres Lebensgefährten hatte Frau Cordt schon dem örtlichen Inspektionskommandanten bestätigt, bis auf jenes von der Nacht, die sie im Krankenhaus verbracht hatte. Also kam Sandra gleich zur Sache.

»Ich will Sie nicht über Gebühr beanspruchen, Frau Cordt. Aber sind Sie sicher, dass Doktor Kropf am Dienstag nicht bei Ihnen war?«

Marianne Cordt nickte zaghaft.

»Haben Sie etwas gehört? Auffällige Geräusche im Haus oder vielleicht draußen?«

Die Kranke hauchte ein Nein.

»Ich hoffe sehr, dass Sie mir nichts verschweigen. Das könnte nämlich schwerwiegende Konsequenzen haben. Nicht nur für weitere mögliche Mordopfer, sondern auch für Sie.« Sandra spielte nicht nur auf die gesetzlichen Folgen einer Falschaussage oder Zeugnisverweigerung an, die einer Lebensgefährtin nicht zustand, sondern vielmehr auf etwaige Gewissensbisse, die Frau Cordt beim Sterben begleiten würden.

In ihrem zerbrechlichen Zustand verstand Marianne Cordt ganz genau, was Sandra meinte. »Ich habe keinen …« Sie hielt inne, um Luft und Kraft für ihre nächsten Worte zu schöpfen. »… keinen Grund zu lügen, im Gegenteil …« Mehr zu sagen, schaffte sie nicht.

Sandra glaubte ihr, bedankte und verabschiedete sich. Dass sie Frau Cordt noch einmal wiedersehen würde, bezweifelte sie. Egal, ob Gröneberg nun der gesuchte Serientäter war oder nicht.

Vor der Tür atmete Sandra kurz durch, obwohl es im Flur nach Schimmel roch. Sie schlug die Richtung ein, aus der die Stimmen kamen. Viel hatten sich Bergmann und Gröneberg nicht zu sagen. Das Verhör des Künstlers war für Montag im Beisein seines Rechtsanwalts anberaumt. Für einen Haftbefehl reichten die Indizien nicht aus. Blieb zu hoffen, dass am Wochenende keine weiteren verstümmelten Leichen auftauchten.

Bergmann erhob sich vom abgewetzten Fauteuil, als er Sandra im Türrahmen erblickte. Wohl weniger aus Höflichkeit, sondern weil er es wie sie kaum noch erwarten konnte, aus diesem Wohnzimmer heraus zu kommen. Gröneberg blieb indessen auf seinem dunkelroten Sofa sitzen.

»Herr Gröneberg«, sprach ihn Sandra an. »Nachdem Sie hier eine schwerkranke Frau pflegen, empfehle ich Ihnen dringend, die hygienischen Zustände in diesem Haus zu verbessern. Das geht doch nicht, dass hier überall Ungeziefer herum kreucht und fleucht. Frau Cordt muss dringend gewaschen werden. Sie braucht frische Bettwäsche und ein neues Nachthemd. Wenn Sie überfordert sind, können Sie eine Heimhilfe und eine Pflegehilfe beantragen. Sie müssen sich nur an das Rote Kreuz oder die Caritas wenden. Die helfen Ihnen weiter.«

»Glauben Sie, das weiß ich nicht, Frau Kommissarin?«, brüllte Gröneberg. »Ich brauche niemanden, der mir hilft.«

Sandra war zu erschrocken über seine Lautstärke, um ihn aufzuklären, dass es bei der österreichischen Polizei keine Kommissare gab, sondern alle möglichen Inspektoren.

»Jetzt beruhigen Sie sich wieder, Herr Gröneberg«, ging Bergmann dazwischen.

»Weder muss ich mich beruhigen noch fühle ich mich überfordert. Das hier ist doch kein Krankenhaus, in dem alles keimfrei und klinisch sauber sein muss, sondern meine Wohnung. Ich halte überhaupt nichts von übertriebener Reinlichkeit, sie schwächt doch nur das Immunsystem und macht einen anfällig für alle möglichen Krankheiten.«

»Aber Ihre Lebensgefährtin ist bereits schwerkrank. Ihr zuliebe könnten Sie doch …«

»Papperlapapp«, unterbrach Gröneberg Sandras Einwand. »Marianne wird bald sterben, daran ändert auch kein Putzmittel oder Staubsauger etwas. Also lassen Sie mich endlich in Ruhe!«

Sandra gab fürs Erste auf. »Wir sehen uns am Montag in Graz, Herr Gröneberg. Auf Wiederschauen.«

»Schönes Wochenende«, verabschiedete sich Bergmann in süffisantem Tonfall, um sich draußen an Sandra zu wenden. »Geh schon mal voraus zum Auto. Ich muss dringend für kleine Chefinspektoren«, sagte er und verschwand im Skulpturenpark.

Sandra hatte vollstes Verständnis dafür, dass Bergmann es vorzog, sich im Freien anstatt auf der Toilette im Haus zu erleichtern. Allein die Vorstellung, diesen Ort des Grauens aufzusuchen, ließ sie vor Ekel erschaudern.

4.

»Und die hier?«, fragte Sandra, während ihr Zeigefinger die Pausetaste am Tablet-PC berührte.

»Diese Leute kenne ich nicht. Müssen von auswärts sein«, sagte die Veranstalterin aus Straden, die mit ihnen in Stöcklers Büro saß, um möglichst viele Personen auf den Videos und Fotos zu identifizieren.

»Ich kenn sie auch nicht«, meinte Stöckler und gähnte zum wiederholten Mal.

Sandra machte weitere vier Striche auf ihrer Liste der unbekannten Konzertbesucher und ließ das Video weiterlaufen. Die Kamera schwenkte zur Bar hinüber. »Da ist Josefine Haselbacher«, sagte sie Augenblicke später. »Sie scheint es eilig zu haben, das Kulturhaus zu verlassen. Ihre Jacke hatte sie jedenfalls schon an.« Die Landwirtin verschwand wieder aus dem Bild, durch das sie zufällig im Hintergrund gehuscht war, während der Bassgeiger und der Schlagzeuger von Trio fatal im Vordergrund in die Kamera grinsten.

»Sie hat doch ausgesagt, dass sie es eilig hatte«, meinte Bergmann, als ob er Josefine Haselbacher vor Sandra hätte verteidigen müssen. »Sie musste sich noch um ihren Großvater kümmern.«

»Hat ganz schön viel um die Ohren, das Dirndl«, bestätigte Stöckler.

»Hat sie eigentlich einen Freund?«, fragte Bergmann beiläufig.

Sandra grinste in sich hinein.

»Nicht, dass ich wüsste«, sagte Stöckler.

»Vielleicht hat sie ja was mit diesem Blasl. Die Schöne und das Biest …« Nicht einmal Bergmann konnte dem eigenen schlechten Scherz etwas abgewinnen. Zumindest lachte er diesmal nicht darüber.

Im Bildhintergrund verschwanden zwei weitere Frauen durch die Tür, entweder um die Toilette aufzusuchen oder um das Kulturhaus zu verlassen. Oder auch beides. Aus dieser Kameraposition sah man lediglich, dass sie aus dem Raum im Erdgeschoß gingen, in dem die Bar untergebracht war.

»Das waren Julia Pichler und Melanie Krenn«, erklärte Stöckler.

»Die Tochter der Hebamme?«, fragte Sandra, während sie auf der Liste der Konzertbesucher je einen Strich neben die genannten Namen setzte.

»Melanie ist ihre Nichte.« Das Verwandtschaftsverhältnis notierte Sandra ebenfalls neben dem Namen der Frau.

Das Video endete abrupt.

»Christian Maric konnte ich nirgendwo entdecken. Er scheint zu diesem Zeitpunkt schon verschwunden zu sein«, sagte Sandra.

Stefan hatte alle Videos und Fotos mit dem Zeitraum der Aufnahme und dem Namen des Einsenders benannt, sodass sie sich diese nunmehr chronologisch ansehen und einen besseren Überblick verschaffen konnten.

»Am vorherigen Video war Maric noch drauf«, merkte Bergmann an. »Sehen wir mal, ob er auf den Videos oder den Fotos, die danach aufgenommen wurden, noch mal auftaucht.«

Stöckler gähnte noch einige Male, bis sie mit der Sichtung des Bildmaterials durch waren. Von Christian Maric war nichts mehr zu sehen gewesen. Ebenso wenig vom Hinweis auf den Mörder, den sie sich erhofft hatten. Die Ermittler schickten die Veranstalterin nach Hause. Bergmann stand auf und streckte sich durch.

»Wieder nichts«, meinte Sandra frustriert. »Außer, dass nun der Zeitpunkt von Marics Verschwinden bestätigt ist.« Nicht, dass sie erwartet hätte, dass zufällig jemand gefilmt hatte, wie der Jazzmusiker das Kulturhaus verließ, ob allein oder in Begleitung. Das hätte Miriam sie längst wissen lassen. Aber irgendein Hinweis, den zu verfolgen es sich vielleicht lohnte, wäre schon wünschenswert gewesen.

»Ich hab Hunger«, sagte Bergmann. »Gibt's hier irgendwo eine Leberkässemmel oder so?«

Stöckler sah auf die Uhr. »Wenn ihr euch beeilts, hat der Fleischhauer auf der Hauptstraße noch offen. Ansonsten tät ich euch einen Buschenschank empfehlen. Apropos Fleischhauer, bevor ich's vergess: Ich hab noch mal mit dem Haselbacher Johann gesprochen, wegen dem Landrover vom Doktor, der ihn überholt hat.«

Sandra und Bergmann sahen Stöckler erwartungsvoll an.

»Der Hans ist sich sicher, dass er das Auto um halb fünf gesehen hat. Den Fahrer hat er aber nicht erkennen können, weil er ein dunkles Schirmkappel aufhatte«, sagte Stöckler.

»Hat Doktor Kropf öfters Kappen getragen?«

»Ich kann mich nicht erinnern, ihn jemals mit einem Kappel gesehen zu haben. Nicht einmal am Fußballplatz.«

»Und Frank Gröneberg?«

»Der trägt meistens so komische Hüte.«

Sandra hatte auf einmal ein bestimmtes Bild vor Augen. »Und wie sieht es mit Philipp Blasl aus?«

»Der trägt solche Kapperln, ja. Er hat eine große Narbe auf der Stirn. Vielleicht deshalb …«

»Stammt die Narbe von einem Unfall?«, wollte Sandra wissen.

»Angeblich von einem Arbeitsunfall. Ich glaube aber eher, dass er sie dem Josef zu verdanken hat. Wir ham ihm aber nie was nachweisen können, weil der Blasl nie ausgesagt hat gegen ihn.«

»Aber Blasl kann ja nicht Autofahren«, sagte Sandra.

»Oh ja. Er hat nach seiner letzten OP den Führerschein geschafft und kann seither Automatik-Autos fahren. Nur halt keine Traktoren, das müsste schon eine Sonderanfertigung sein.«

Sandra sah Bergmann an. Den Landrover von Doktor Kropf hätte er demnach sehr wohl fahren können. Es war höchste Zeit, Philipp Blasl zu befragen. Warum hatte sie nicht gleich auf ihren Bauch gehört, als sie von dem Gerücht um Josef Haselbachers Tod erfahren hatte? Vermutlich, weil er sie im Fall von Doktor Kropf kläglich im Stich gelassen hatte, gab sie sich selbst die Antwort.

Bergmann schlüpfte in seine Jacke.

5.

Diesmal hatte Sandra den Wagen auf dem Hof geparkt, nicht auf dem Parkplatz vorm Laden, der bereits geschlossen war.

Josefine Haselbacher verließ gerade das Nebengebäude, als sie die beiden LKA-Ermittler aussteigen sah. Ihr Großvater saß im Rollstuhl, den sie vor sich herschob. »Wir wollten gerade noch ein bissl frische Luft schnappen«, erklärte die junge Landwirtin, die an diesem Abend dieselbe grüne Jacke trug wie auf dem Video vom Konzertabend. »Der Opa war den ganzen Tag nicht draußen.«

Der Alte, der den obligaten Steirerhut aufhatte und in eine Wolldecke gewickelt war, nahm keinerlei Notiz von ihnen, sondern blickte durch sie hindurch.

»Wir wollten Sie auch gar nicht stören«, sagte Sandra. »Wir haben ein paar Fragen an Ihren Mitarbeiter.«

»Sie wollen den Philipp befragen?« Josefine war sichtlich irritiert. »Jetzt gleich?«

»Ist er zu Hause?«, fragte Sandra der Ordnung halber. Dass das Licht in der Mansarde brannte, hatte sie längst registriert.

Josefine nickte. »Warten S'. Ich bring nur rasch den Opa zurück ins Haus.« Der Alte quengelte auf einmal, als wolle er protestieren.

»Gehen Sie ruhig spazieren. Wir können auch allein mit Herrn Blasl sprechen.«

»Es ist besser, ich komm mit«, sagte Josefine. »Er hat Angst vor Fremden. Überhaupt seit dieser Serienmörder umgeht. Außerdem ist er schwer zu verstehen, wenn man an seine Sprache nicht gewöhnt ist. Sie haben doch nichts dagegen, wenn ich dabei bin?«

»Nein«, sagte Bergmann. »Wir warten hier auf Sie.«

»Unglaublich, wie du dich von dieser Frau um den Finger wickeln lässt«, bemerkte Sandra, nachdem Josefine samt Großvater im Nebengebäude verschwunden war.

»Wieso? Schadet doch nichts, wenn sie dabei ist.«

Sandra schüttelte grinsend den Kopf. »Für die würdest du glatt noch barfuß den Schweinestall ausmisten«, zog sie Bergmann auf.

»Das nun ganz bestimmt nicht.«

6.

Josefine zog den Kopf ein und warnte Bergmann, dem sie über die steile Holztreppe in die Mansarde folgte. »Vorsicht, dass Sie sich nicht anhauen.«

»Aua, verdammt! Zu spät«, sagte Bergmann und fasste sich an den Schädel.

Sandra konnte bedenkenlos aufrecht hinter den beiden hinaufgehen.

Der Vorraum im Dachgeschoß war trotz der alten Holzbalken über ihren Köpfen einigermaßen geräumig, zudem frisch ausgemalt. Sandra glaubte, die weiße Wandfarbe noch riechen zu können. Auch der helle Holzboden sah neu aus. Auf den Garderobehaken an der hinteren Wand hingen zwei Jacken, eine davon war eine Regenjacke. Darunter standen ein Paar knöchelhohe klobige Schuhe in dunkelgrauem Leder und ein weiteres ebenso hohes schwarzes Paar mit roten Streifen und Klettverschlüssen.

Josefine klopfte an die Tür zu ihrer Rechten, hinter der sich die Mansardenwohnung befand. Auf der linken Tür neben Sandra klebte ein buntes Keramikschild, das eine Badewanne zeigte, aus der zwei Kinderköpfe ragten. Das Mädchen hatte gelbe Zöpfe, der Bub schwarze Haare.

»Könnten Sie bitte hier warten?«, fragte Josefine. »Ich will den Philipp darauf vorbereiten, dass Sie mit ihm reden möchten.«

»Ehrlich gesagt wäre es uns lieber, wenn wir gleich mit Ihnen hineingehen könnten«, erwiderte Sandra.

»Aber er ist wirklich sehr scheu und ängstlich. Bitte …«

»Wir warten hier«, sagte Bergmann und lächelte die Jungbäuerin an.

Die bedankte sich mit einem bezaubernden Lächeln bei ihm.

»Sag mal, geht's noch?«, zischte Sandra dem Chefinspektor zu, nachdem die Landwirtin in der Wohnung verschwunden war.

»Jetzt hab dich doch nicht so. Der Mann ist schließlich behindert«, mimte Bergmann den Verständnisvollen. Dabei ging es ihm doch einzig und allein darum, bei Josefine Haselbacher Eindruck zu schinden, wusste Sandra.

»Seit wann scherst du dich um Handicaps?«

»Du hast recht. Noch spiele ich kein Golf.« Bergmann grinste die Tür an, hinter der Josefine verschwunden war.

Erst jetzt erblickte Sandra den Hampelmann an der Wohnungstür, den die beiden vorhin mit ihren Körpern verdeckt hatten. »Dass Blasl behindert ist, schließt nicht zwangsläufig aus, dass er ein Mörder ist.« Sandra deutete auf die bunte Holzfigur, die jener ähnelte, die es im Hofladen zu kaufen gab.

»Hab ich längst gesehen … Ein Führerschein und eine Schirmkappe machen aus ihm aber noch lange keinen Mörder«, sagte Bergmann.

»Und wenn doch? Pass lieber auf, dass dir nicht gleich eine Brise Chloroform um die Nase weht. Ich überlasse dir nämlich den Vortritt«, sagte Sandra.

Ehe Bergmann etwas erwidern konnte, öffnete sich die Wohnungstür. Josefine Haselbacher bat sie herein.

Sandra wartete einige Sekunden im Türrahmen, während sie den Reißverschluss ihrer Jacke aufzog, die das Schulterholster mit der Glock verbarg. Dann folgte sie den beiden ins Wohnzimmer.

Philipp Blasl saß auf der Couch, die mit königsblauem Mikrofaserstoff bezogen war. Im Fernseher, der auf lautlos geschaltet war, liefen die Simpsons. Seine Hände versteckte er zwischen den Schenkeln. Den Kopf hatte er eingezogen. Als Sandra ihn ansprach, blickte er sie nur ganz kurz von unten an.

»Guten Abend, Herr Blasl. Dürfen wir uns zu Ihnen setzen?«

Blasl nickte zaghaft.

»Sie können sich die beiden Sessel nehmen.« Josefine deutete zum kleinen quadratischen Tisch, der an der Wand vor der Küchenzeile stand.

Bergmann folgte ihrer Aufforderung und holte die Stühle zum Couchtisch.

Trotz der feinen blonden Haarsträhnen, die Blasl ins Gesicht fielen, bemerkte Sandra die etwa sechs Zentimeter lange, wulstige Narbe, die sich über seine Stirn zog. Die Wunde war offenbar nicht genäht worden. Die offene Mundhaltung und der vermehrte Speichelfluss waren symptomatisch für seine spastische Lähmung, die auch die Sprechmuskeln betraf. Im Hinsetzen sah Sandra, dass sein linker Fuß nach innen verdreht und steif war. Um besser gehen zu können, benötigte er die orthopädischen Schuhe, die draußen standen.

Josefine hatte neben ihm auf dem Sofa Platz genommen. »Du brauchst keine Angst zu haben«, versicherte sie ihm, während sie über seine Hand streichelte. *Die Schöne und das Biest*, erinnerte sich Sandra an Bergmanns zynische Worte. Für sie sah es nicht danach aus, als ob die beiden ein Paar waren, wenngleich sie sehr vertraut miteinander wirkten. Schließlich kannten sie sich von Kindesbeinen an.

Blasl nickte ebenso zögerlich wie zuvor, den Kopf noch immer gesenkt. Schwer vorzustellen, dass dieser verschreckte junge Mann ein Serienmörder war, musste sich Sandra eingestehen. Es sei denn, er war ein exzellenter Schauspieler.

»Erinnern Sie sich noch, wo Sie am Dienstagnachmittag waren, als Doktor Kropf Herrn Haselbacher besucht hat?«, fragte Sandra.

Blasl schüttelte den Kopf unerwartet heftig, ohne sie anzusehen. Stattdessen umklammerte er die Hand seiner

Arbeitgeberin. Auch wenn er bisher kein Wort gesprochen hatte, war für Sandra klar, dass er ihre Fragen verstand und diese eindeutig beantwortete.

»Ich kann mich aber erinnern«, sagte Josefine.

»Ja?«, meldete sich Bergmann zu Wort.

»Ich hab ihn kurz bevor der Arzt gekommen ist rausgeschickt, damit er dem Gerhard beim Ausladen hilft. Der arbeitet bei meinem Papa und hat an dem Tag Wollschweinschmalz, Verhackert und Würste geliefert.«

»Und wo waren Sie?«, fragte Sandra.

»Beim Opa. Ich hab dort auf den Doktor gewartet, weil ich mit ihm reden wollt.«

»Und Doktor Kropf ist pünktlich um drei viertel vier gekommen?«

»Ja, vielleicht zwei, drei Minuten auf oder ab. Er war meistens pünktlich.«

»Und wie lange war er hier?«

»Eine Viertelstunde, 20 Minuten höchstens. Er hatte es eilig, zu seinem nächsten Patienten zu kommen.«

»Wo hat er sein Auto geparkt?«

»Da, wo Ihres jetzt steht.« Josefines Aussage bestätigte Sandra, was sie vermutet hatte. Während oder kurz nachdem sie Irmgard Kolleritsch im Hofladen einvernommen hatten, musste Doktor Kropf am Koglerhof eingetroffen sein. Seinen Wagen hatten die Ermittler vom Laden beziehungsweise vom Parkplatz davor nicht sehen können. Sofern sie sich nicht mit dem Arzt überschnitten hatten und schon auf dem Weg zu seiner Praxis gewesen waren. Möglicherweise war ihnen der weiße Landrover sogar entgegengekommen, was jedoch weder Bergmann noch ihr aufgefallen war. Zu diesem Zeitpunkt hatten sie noch nicht auf ein solches Fahrzeug geachtet. Lediglich der silberne Opel mit dem langsamen Hutfahrer war Sandra im Gedächtnis geblieben. Ebenso der weiße Lieferwagen des Fleischhauers auf dem Parkplatz des Hofladens, den die beiden jungen Männer entladen hatten. Einer von ihnen, der Hinkende mit der Schirmkappe, war Philipp Blasl gewesen. Demnach stimmte das Alibi, das ihm seine Chefin gab. Doch der Landrover war erst eine Dreiviertelstunde später von Johann Haselbacher auf dem Karla-Hof-Weg gesehen worden.

»Wie lange hat das Ausladen denn gedauert?«, wandte sich Sandra an Blasl.

»Haaalbä … Stouundä.« Seine Sprache war stark verlangsamt, die Stimme klang monoton.

»Eine halbe Stunde«, wiederholte Sandra, was sie verstanden hatte.

Josefine nickte.

»Und danach?«

»Gaanz geschlaaacht …«

Sandra sah seine Chefin fragend an, die ihr die kaum verständliche Antwort prompt verdeutlichte. »Wir haben zusammen eine Gans geschlachtet. Und der Fipsl hat sie anschließend gleich gerupft und ausgenommen.«

»Sind Sie schon einmal mit dem Auto von Herrn Doktor Kropf gefahren?«, wandte sich Sandra wieder an Blasl.

»Wie kommen Sie denn darauf?«, antwortete Josefine, ehe ihr Angestellter es tun konnte.

Das würde sie ihr bestimmt nicht auf die Nase binden, dachte Sandra. Jedenfalls noch nicht.

Bergmann sah das offenbar anders und durchkreuzte ihre Pläne. »Jemand mit einer dunklen Schirmkappe ist mit Doktor Kropfs Auto gefahren, nachdem er den Koglerhof verlassen hat.«

Sandra warf dem Chefinspektor einen vorwurfsvollen Blick zu, für den dieser ohnehin keine Augen hatte, da er, wie die meiste Zeit, Josefine anglotzte.

»Aber das kann doch jeder gewesen sein. Wie kommen Sie ausgerechnet auf den Fipsl?«, fragte Josefine.

Blasl rutschte auf dem Sofa nach vorn und schrie los. »Naain …«

»Ist ja gut, Fipsl. Sehen Sie nicht, dass Sie ihn aufregen?«, beschwerte sich Josefine bei Sandra.

»Das tut mir leid. Aber es ist wichtig, dass wir Antworten auf unsere Fragen bekommen. Immerhin sind in den letzten Wochen drei Männer ermordet und verstümmelt worden.«

»Sie glauben doch bestimmt nicht, dass der Philipp das war?«

»Ich bitte Sie, Herrn Blasl nicht am Antworten zu hindern, Frau Haselbacher. Soweit ich das beurteilen kann, ist er durchaus in der Lage, das selbst zu tun. Er ist erwachsen, geht einer geregelten Arbeit nach, wohnt hier allein in der Wohnung und hat einen Führerschein. Es wäre also hilfreich, wenn Sie ihn selbst antworten lassen. Sonst müssten wir ihn ohne Sie mit nach Graz nehmen, um ihn dort weiter zu befragen«, sagte Sandra.

Josefine sah sie ungläubig an.

»Es ist ja auch nicht seine erste Einvernahme«, setzte Sandra nach. »Als Ihr Onkel den tödlichen Traktorunfall hatte, ist Herr Blasl doch auch schon von der Polizei einvernommen worden.«

Josefine stutzte, ehe sie antwortete. »Ja, vom Inspektionskommandanten Stöckler. Das war aber was völlig anderes. Den kennt der Fipsl schon ewig.«

Blasl klemmte seine Hände wieder zwischen den Schenkeln ein.

»Sie möchten nicht so gern an Josef Haselbacher erinnert werden, nicht wahr, Herr Blasl?«, fragte Sandra.

Josefine ließ sie nicht aus den Augen. »Bitte ... Muss das denn wirklich sein?«

»Ja. Sonst säßen wir nicht hier.« Sandra musste ihre Stimme erheben, damit sie Blasls lang gezogenes »Naain« übertönte.

Bergmann war von der Lautstärke sichtlich genervt.

»Philipp hat nichts Böses getan. Damals nicht und heute auch nicht. Er ist ein lieber, fleißiger Kerl«, versicherte Josefine ebenfalls lauter.

»Naain ...«, wiederholte Blasl.

»Schon gut. Sei stad«, sagte Josefine forsch.

Augenblicklich verstummte Blasl. Dann griff er in seine Hosentasche, um Josefine etwas in die Hand zu drücken.

»Danke, Fipsl«, sagte sie und steckte den Gegenstand in ihre Westentasche.

»Was ist das?«, fragte Sandra.

»Nur ein Schlüsselanhänger. Hat er vermutlich irgendwo gefunden«, meinte Josefine.

»Fooß–baalll ...«, mühte sich Blasl mit seiner Antwort ab.

»Kann ich ihn bitte sehen?« Sandra fixierte Josefine mit ihrem strengsten Blick.

»Na schön ...« Widerwillig zog die Landwirtin das vermeintliche Fundstück aus der Westentasche und öffnete ihre Hand, in der sich der Schlüsselanhänger befand.

»Woher haben Sie den?«, fragte Sandra und nahm den silbernen Miniaturfußball an sich.

»Dook-door ...«, sagte er. «Dood laaid ...«, entschuldigte er sich bei Josefine und hielt ihren Arm fest.

»Vom Doktor Kropf? Den muss er auf dem Hof verloren haben«, sagte Josefine. »Ich hab dir doch gsagt, dass du nix behalten darfst, was einem andern g'hört«, schimpfte sie und entzog ihm den Arm, an den er sich klammerte.

Blasl heulte los. Bergmann schritt ein. »Herr Blasl, bitte!«, schnauzte er ihn an.

Der junge Mann verstummte und blickte auf.

Sandra sah ebenfalls Bergmann an. Der nickte ihr kaum merklich zu. »Dass Doktor Kropf diesen Schlüsselanhänger hier verloren hat, glaube ich Ihnen nicht, Herr Blasl. Sie wollten uns etwas ganz anderes zu verstehen geben, nicht wahr?«

Blasl nickte.

»Er hat nur zurückgeben wollen, was ihm nicht gehört«, behauptete Josefine.

»Eech …«

»Schon gut, Fipsl. Ich bin dir eh nicht bös.«

»Bitte, Frau Haselbacher. Lassen Sie Herrn Blasl reden. Sonst müssen wir ihn ohne Sie befragen«, wiederholte Sandra.

»Moor-daa.«

»Wie bitte? Mörder?«, fragte Sandra nach.

Josefine blieb stumm. Wie versteinert saß sie nun da.

Blasl nickte.

»Wer ist ein Mörder?«

»Eech.« Blasl schlug mit der Hand auf seine Brust.

»Sie meinen, Sie haben jemanden ermordet, Herr Blasl? Bitte, Frau Haselbacher …« Sandra hob die Hand, um die junge Frau zu warnen, ehe sich diese wieder einmischen konnte.

»Wen haben Sie ermordet?«

»Oo-sefff.« Blasl schluckte, während Josefine im Sofa versank.

»Bitte sei still. Ich besorg dir einen Anwalt, Fipsl.«

»Wissen Sie etwas von diesem Mord?«, wandte sich Sandra an Josefine. Die schüttelte den Kopf.

»Naain«, erklärte Blasl, »eech.« Wieder klopfte er sich auf die Brust.

»Sie haben Josef Haselbacher ermordet? Warum?«

»Boose. OOseff-iine weeh taan ...«

»Hör auf!«, fuhr Josefine ihn an.

Ihr Onkel musste ihr sehr wehgetan haben. Wie weh sollten die Ermittler einige Tage später erfahren.

1.

Das Neonlicht flackerte einige Male auf, ehe es den weiß gekachelten Zerlegeraum im alten gemauerten Stallgebäude erhellte. An der linken Wand stand ein großer Tisch, auf dem auch heute noch Gänse und Hühner für den Eigenbedarf geschlachtet, ausgenommen und gerupft wurden. Ganze Schinkenkeulen beziehungsweise größere Schinken- und Speckteile von Mangalitzaschweinen wurden hier bei Bedarf in kleinere Stücke zerteilt und – wie auch die Würste – in Folie eingeschweißt, bevor sie in der Verkaufsvitrine des Hofladens landeten. Das sogenannte grüne Fleisch, also das frische unbehandelte Fleisch aus dem Schlachthof, wurde ausschließlich beim Fleischhauer zerlegt und verkauft, beziehungsweise dort verarbeitet und als fertiges Produkt angeliefert, wusste Sandra.

Über den Abfluss im Boden konnte das Blut der Schlachttiere abrinnen. Ebenso das Wasser, das zur Reinigung aus einem Schlauch entnommen wurde. Zweifellos eignete sich dieser Raum perfekt als Tatort. Hatten die Männer hier drinnen ihr Leben gelassen? Waren ihre Gliedmaßen auf diesem Tisch amputiert worden, ihr Blut durch diesen Ausguss geflossen? Sandra trat näher an den Tisch heran und öffnete die Schubladen unter der Platte.

Blanker Stahl blitzte ihr entgegen. Küchenwerkzeug und Messer in allen Größen und Formen lagen vor ihr. Sie winkte Bergmann zu sich, der den zweitürigen Metallschrank auf der anderen Seite des Raumes durchsuchte. »Komm mal her, Sascha«, sagte sie und zeigte mit einem behandschuhten Finger auf das Werkzeug.

Bergmann blähte seine Wangen auf und blies stoßweise Luft aus, ehe er etwas sagte. »Einiges davon sieht für mich nach geeigneten Tatwerkzeugen aus«, bestätigte er. »Im Kasten dort drüben habe ich ein paar alte Metallkanister gefunden.«

»Chloroform?«

»Keine Ahnung. Es steht nichts drauf. Daran riechen möchte ich keinesfalls. Nicht, dass mir nachher noch ein Körperteil fehlt.«

»Ach ja? Und welches sollte das bitteschön sein?«, fragte Sandra.

Der Chefinspektor grinste breit und warf sich in Pose. Kaum hatte Philipp Blasl die Morde an Josef und Markus Haselbacher, Christian Maric und Doktor Michael Kropf gestanden, gingen ihm die Sprüche wieder locker von den Lippen. Wenngleich der Fall noch lange nicht aufgeklärt war. Das Motiv und der Ort, an dem sich die Leichenteile derzeit befanden, lagen nach wie vor im Dunkeln. Ohne Anwalt würde der mutmaßliche Serientäter nicht mehr aussagen. Dafür hatte Josefine Haselbacher schließlich doch noch gesorgt. Wie Blasl die Taten bewerkstelligt haben sollte, war Sandra noch immer ein Rätsel. Genervt verdrehte sie die Augen und wandte sich ab. »Überlass die Kanister und Flaschen lieber Siebenbrunner«, schlug sie vor und widmete ihre Aufmerksamkeit der Selchkammer, die auf einer sechsreihigen Ziegelmauer aufgebaut war.

»Genau das hatte ich vor«, stimmte ihr Bergmann zu.

Sandra bückte sich, um die Ofenklappe zu öffnen, hinter der beim Selchen das Buchenholzfeuer brannte. Entsprechend verrußt waren die Ziegel ringsherum – wie die Feuerstelle selbst, in der sich ansonsten nur kalte Asche befand. Bestimmt hatte diese Selchkammer schon Josefines Großvater zum Räuchern von Fleisch und Würsten gedient, überlegte sie, während sie sich aus der Hocke erhob. Verfliest hatte man diesen Raum vermutlich in den 1960er Jahren. Die Selchkammer stammte aus den 80er Jahren, schätzte sie. Ähnliche Modelle kannte Sandra aus ihrer Kindheit in der Obersteiermark.

Sie holte tief Luft, ehe sie mit einem mulmigen Gefühl beide Türen der Kammer öffnete. Die Innenwände waren rußgeschwärzt, das Regal zum Einhängen des Selchguts leer, außer der obersten Etage, die mit Würsten bestückt war. Die Selchkammer diente demnach auch als Zwischenlager, bis die Würste den Weg in den Hofladen fanden. Von menschlichen Gliedern war nichts zu entdecken. Wo hatte Blasl sie bloß hingeschafft? Den Kühl- und Gefrierschrank in seiner Wohnung hatten sie bereits vergeblich durchsucht. Dass sie im Kühlraum des Hofladens lagerten, bezweifelte Sandra, ohne noch nachgesehen zu haben. Ein menschlicher Kopf, Hände und Beine wären Josefine Haselbacher und Irmgard Kolleritsch bestimmt aufgefallen. Ebenso unwahrscheinlich war, dass beide Frauen mit

Blasl unter einer Decke steckten. Wenn auch nicht ganz auszuschließen. Hatte er die Leichenteile vergraben? Oder sie womöglich aufgegessen? Sandra dreht sich der Magen um. Nein, die Ermittlungen in diesem Fall waren noch lange nicht abgeschlossen.

»Sieh dir das mal an«, hörte sie Bergmann hinter ihrem Rücken sagen und wandte sich um. Er stand neben dem Kasten, direkt vor der Wand und blickte hinauf. Aus ihrer Perspektive fiel Sandra nichts Ungewöhnliches auf.

»Du musst hierher kommen.« Bergmann machte ihr Platz, damit sie sich direkt an die Wand stellen konnte. »Siehst du die Rußspuren dort oben?«

»Ja. Wie kommen die da hinauf? Die Selchkammer steht viel zu weit weg.«

»Eben. Hilfst du mir mal, den Kasten zur Seite zu schieben? Auf dem glatten Fliesenboden sollten wir das auch ohne Ausräumen schaffen.« Bergmann trat neben Sandra, damit sie zusammen den etwa zwei Meter hohen Schrank verrücken konnten. »Auf drei«, sagte er und zählte. »Ho ruck«, kommandierte er anschließend einige Male, bis die alte Stahltür dahinter freigelegt war. Ein Rußstreifen zog sich vom Türrahmen etwa 30 Zentimeter in die Höhe.

»Sieht aus, als wäre dahinter noch eine Selchkammer oder eine alte Rauchkuchl.« Sandra schnaufte. Die Kraftanstrengung hatte sie doch ein wenig aus der Puste gebracht. »Die muss schon beim Errichten des Gebäudes hier eingebaut worden. Soll ich aufmachen oder möchtest du?«, fragte sie.

»Mach nur«, ließ ihr Bergmann den Vortritt.

Das Licht, das von draußen in die gemauerte schwarze Kammer fiel, reichte aus, um zu sehen, wonach sie gesucht hatten. Auf den Rundstäben knapp unterhalb der Decke hingen zwei menschliche Unterschenkel samt Knien und zwei Hände, die geselcht und in Folie geschweißt worden waren. Der Kopf des Arztes war eine Reihe weiter unten am Hals aufgehängt und hätte sie kopfüber angestarrt, wären die Lider nicht geschlossen gewesen. Sandra musste sich umdrehen und nach Luft schnappen, um zu verhindern, dass sie sich übergab.

Auch Bergmann hatte genug gesehen. Den Rest überließen sie der Gerichtsmedizinerin und der Tatortgruppe, die jeden Moment am Koglerhof eintreffen würden.

KAPITEL 7

Samstag, 16. November

»Jetzt erzähl doch mal von dieser Folie à deux«, sagte Paul, nachdem sich Andrea und ihr aktuelles Gspusi verabschiedet hatten, und schenkte Sandra Wein nach.

Paul war ihrer Einladung zum Abendessen mit Freunden gefolgt. Endlich saß er in ihrem Wohnzimmer. Das Essen war ihr im Großen und Ganzen gut gelungen. Lediglich die Topfennockerl hätten ein wenig flaumiger geraten können. Abgesehen davon war Sandra soweit zufrieden. Jetzt musste sie nur noch verhindern, dass Paul aufstand, um nach Hause zu gehen. »Meinst du Andrea und ihren neuen Freund?«

»Ein bisschen verrückt scheint mir deine Freundin schon zu sein, aber ich meinte eigentlich die beiden aus dem Vulkanland, die unter einer gemeinsamen psychotischen Störung leiden.«

»Da muss ich aber ziemlich weit ausholen«, warnte Sandra.

»Ich habe heute nichts mehr vor.« Paul lehnte sich entspannt zurück, das Weinglas in der Hand.

Die Aufklärung des spektakulären Kriminalfalls im Vulkanland beherrschte seit einigen Tagen die Medien. Die halbe Welt hatte Reporter in die Steiermark entsandt, um von den Morden zu berichten. Philipp Blasl hatte alle Taten zuerst auf seine Kappe genommen, bis er nach einigen Verhören und Ungereimtheiten in seinen Aussagen endlich mit der Wahrheit herausgerückt war. Die schöne Serienmörderin, die ihren labilen Handlanger mit ihrer psychotischen Störung gleichsam angesteckt hatte, stand nun im Mittelpunkt des medialen Interesses. Die Opfer schienen kaum noch jemanden zu interessieren. Auch hierzulande hatten sich namhafte Psychiater zu Wort gemeldet, um die mörderische Folie à deux, eine Geistesstörung zu zweit zu erklären, die eher selten diagnostiziert wurde. Dabei übernahm eine geistesgesunde Person die Wahnvorstellungen eines Psychose-Erkrankten. Beide bestärkten sich immer wieder in ihrer Überzeugung, sodass eine chronische Krankheit daraus resultieren konnte. Im Vulkanland hatte der gemeinsame Wahn von Josefine Haselbacher und Philipp Blasl immerhin zu drei Serienmorden geführt, die nicht die letzten gewesen wären, hätten die Ermittler die beiden nicht festgenommen.

Wie komplex dieser Fall wirklich war, hatte sich bei zahlreichen Verhören nach und nach herauskristallisiert. Die Hintergründe waren jedoch nicht für die Öffentlichkeit bestimmt. So manches Detail lag nach wie vor im Dunkeln und würde vielleicht nie geklärt werden. Paul war ein Kollege, auf dessen Diskretion sich Sandra verlassen durfte. Ihm konnte sie vertrauen. Im Gegensatz zu Julius, der als Reporter eine polizeiinterne Information im Radio preisgegeben hatte, was Sandra damals einige Unannehmlichkeiten beschert hatte.

»Josefine wurde mit einer kompletten Androgenresistenz geboren«, begann Sandra. »CAIS heißt dieses Syndrom auch.«

»Sie ist intersexuell?«, fragte Paul.

»Ja. XY-Frauen nennen sich die Betroffenen selbst. Sie verfügen über einen männlichen XY- anstatt über einen weiblichen XX-Chromosomensatz«, erklärte Sandra. »Im Körperinneren solcher Embryos sind die Hoden bereits angelegt und produzieren männliche Hormone. Durch einen genetisch bedingten Rezeptordefekt wirken sie aber nicht, sodass sich weibliche Genitalien ausbilden. Gebärmutter und Eierstöcke fehlen jedoch. Die Vagina ist verkürzt und endet blind, was einen normalen Geschlechtsverkehr später oft erschwert oder gar unmöglich macht, wenn kein Eingriff erfolgt. Das scheint bei Josefine der Fall zu sein.«

»Rein äußerlich kommen diese Babies also als Mädchen zur Welt«, meinte Paul.

»Genau. Vorerst deutet nichts darauf hin, dass sie sich nicht wie normale Mädchen entwickeln und sie fühlen sich auch als solche. In der Pubertät bilden sich weibliche Brüste aus, doch Periode und Schambehaarung bleiben aus. Oftmals wird erst zu diesem Zeitpunkt die Diagnose gestellt.«

»Das stelle ich mir heftig vor.«

»Josefine hat einen regelrechten Schock erlitten, als sie mit 16 Jahren von ihrer Intersexualität erfahren hat. Urplötzlich sollte sie kein Mädchen mehr sein, obwohl sie doch als solches aufgewachsen war und sich auch so fühlte. Ein Bub war sie schon gar nicht, sondern irgendetwas dazwischen. Oder beides zugleich.«

»Hat sie mit dir darüber gesprochen?«

»Nein. Sie hat sich damals ihrer Patentante anvertraut. Die Eltern haben Josefine strengstens untersagt, irgendjemandem zu erzählen, dass sie kein Mädchen, sondern eine

Missgeburt ist. Ihre Patentante hat uns davon erzählt. Sie wollte wohl, dass wir Josefines Schicksal mitberücksichtigen. Sonst wüssten wir nichts davon.«

»Ihre Eltern haben sie nach der Diagnose als Missgeburt bezeichnet?«

Sandra nickte und nippte an ihrem Wein, ehe sie weitersprach. »Die Patentante hat ihr und den Eltern immer wieder zu einer Psychotherapie geraten, aber die haben stets kategorisch abgelehnt. Und auch sonst wurde dieses Thema fortan totgeschwiegen und höchstens bei Streitereien gegen Josefine verwendet. Angeblich hat ihr die Mutter sogar mehrmals gedroht, sich umzubringen, wenn diese Schande herauskäme. Sie hat später zwar aus anderen Gründen Suizid begangen, aber es würde mich nicht wundern, wenn sich Josefine insgeheim dennoch schuldig am Tod der Mutter fühlt.«

»Und ihr Vater?«

»Der Vater hat sie seit der Diagnose emotional distanziert behandelt. Nur beruflich hat er sie noch an sich heranlassen.«

»Beste Voraussetzungen für ein Trauma. Aber musste sie gleich eine dermaßen massive Störung entwickeln, dass sie serienweise Männer ermordet und ihre Gliedmaßen entfernt? Warum? Und warum erst jetzt?«

Sandra stellte das Glas auf dem Couchtisch ab und griff zu einer Salzstange. »Die Psychiaterin geht davon aus, dass der Auslöser für Josefines psychotische Störung ein Vergewaltigungsversuch war. Ihr Onkel Josef, dessen Schweine sie schon in ihrer Kindheit immer wieder betreut hat, als der Großvater noch den Hof führte, wollte sich an ihr vergreifen, was ihm anatomisch bedingt nicht gelungen sein dürfte. In der Hitze des Gefechts hat er sich über sie lus-

tig gemacht. Sie sei gar keine richtige Frau, und er würde
es allen erzählen. Dann sollte sie sich umdrehen, damit er
sie von hinten … na ja … Was beide nicht wussten, war,
dass sich Philipp Blasl ebenfalls im Stadel aufhielt und alles
mitbekommen hatte. Er griff sich die nächstbeste Schaufel
und zog sie dem Bauern über den Schädel, damit er endlich
aufhört, Josefine wehzutun und sie zu verspotten. Dabei
hat er ihn getötet.« Sandra knabberte an ihrer Salzstange.

»Totschlag also«, kommentierte Paul.

»Ja. Josefine kam auf die Idee, einen Unfall zu inszenie-
ren, um ihren Retter zu beschützen. Sie zog dem Bauern
die Hose wieder hoch, setzte ihn mithilfe von Blasl auf den
Traktor und fuhr aufs Feld. Auf der Anhöhe löste sie die
Bremsen und ließ den Traktor bergab über die Böschung
in den Graben rollen. Dann hat Blasl den Unfall melden
müssen.«

»Und danach hat Josefine den Hof übernommen.«

»Ja, ihr Onkel hatte weder Frau noch Kinder. Es war
niemand besonders traurig, dass der versoffene, gewalt-
tätige Josef Haselbacher tot war. Das Gerücht, dass Blasl,
der regelmäßig von ihm verdroschen wurde, ihn auf dem
Gewissen haben könnte, war schnell vom Tisch. Schließlich war der Bauer, als er starb, wie meistens sturzbetrun-
ken gewesen. Nachdem es sich offiziell um einen Unfall
handelte, machte auch die Versicherung keine Probleme.
Der Makler ist ein guter Bekannter aus dem Ort. Josefine
hatte die Landwirtschaftsschule abgeschlossen und mochte
nicht länger im Gasthaus der verstorbenen Mutter arbeiten.
Also haben sie es verpachtet, und das Mädel hat den Hof
samt Philipp Blasl übernommen. Dort hat sie alles umge-
krempelt. Nicht nur, weil sie einer neuen Generation von
Landwirten angehört, die sich auf regionale Qualität kon-

zentriert, sondern weil sie sich durch die Zusammenarbeit mit ihrem Vater dessen Anerkennung erhoffte.«

Paul gähnte.

»Ich habe dich gewarnt, dass die Geschichte länger dauert.«

»Aber ich höre dir doch eh ganz gebannt zu.« Paul griff zur Weinflasche. »Ein Schluck ist noch da. Möchtest du?«

»Nein danke. Trink du ihn ruhig aus.«

Paul schenkte sich das letzte halbe Glas ein, während Sandra fortfuhr.

»Josefine hat Wahnvorstellungen entwickelt. Sie ist überzeugt davon, niemals einem Mann genügen zu können, weil sie keine richtige Frau ist. Dabei ist sie bildschön, groß gewachsen und intelligent wie viele XY-Frauen.«

»Wäre es denn so kompliziert gewesen, sie körperlich so zu verändern, dass ein Geschlechtsverkehr möglich ist und sie eine normale Liebesbeziehung führen kann? Ich meine, Kinder kann man ja auch adoptieren.«

Der Gedanke, dass Paul seine Kinder adoptiert haben könnte, schoss Sandra durch den Kopf, ehe sie ihm antwortete. »Rein körperlich wäre das keine allzu große Sache. Das eigentliche Problem ist ihre kranke Psyche. Josefine wünscht sich nichts sehnlicher als die Bestätigung durch einen Mann. Ihr Vater hat ihr diese mit einem Schlag entzogen, als er von der Diagnose erfuhr. Und so sehr sie sich auch anstrengte, sie konnte sie nicht mehr erlangen. Auch nicht, indem sie ihm vor Augen führte, wie tüchtig sie ist. Für ihn ist sie einfach keine Frau mehr. Das hat er sie offenbar immer wieder spüren lassen. Irgendwann erschien Josefine die reale Erreichung ihres Zieles unmöglich. Erst recht bei einem fremden Mann, dem sie sich hätte anvertrauen müssen. Deshalb versuchte sie sich ihren Wunsch durch diese Morde und das Abtrennen der Gliedmaßen zu erfüllen, die sie am Ende zu ihrem perfekten Mann zusammenfügen wollte. Der labile Blasl, der nicht zuletzt aufgrund seiner Behinderung sozial isoliert war, ist immer weiter in ihr Wahnsystem hineingekippt. Anfangs unterstützte er sie, weil er glaubte, in ihrer Schuld zu stehen. Sie hatte ihm immerhin geholfen, den Totschlag zu vertuschen.«

»Und die Serienmorde hat Josefine alle allein begangen«, bezog sich Paul auf die öffentliche Berichterstattung.

Sandra nickte. »Auch die Amputationen gehen auf ihre Kappe. Blasl war lediglich ihr Handlanger.«

»Und was war der Auslöser für ihren ersten Mord?«

»Warum Josefine ihre Fantasie gerade zu diesem Zeitpunkt in die Tat umgesetzt hat, lässt sich nicht genau sagen. Wahrscheinlich war die Gelegenheit günstig. Markus Haselbacher kam zu ihr, um ihren Großvater daheim abzuliefern. Er hatte ihn auf dem Weg vom Fußballplatz beinahe überfahren, als er mitten auf der Straße herumirrte. Josefine bot Markus etwas zu trinken und zu essen an. Er war der Freund ihrer Angestellten, dennoch muss an jenem Abend irgendetwas Josefines Begierde geweckt haben. An dieser Stelle wäre es normalerweise vielleicht zu einem Seitensprung gekommen, aber so … Josefine lockte Markus in den Zerlegeraum, um ihm angeblich ein Stück von seinem Lieblingsschinken mitzugeben. Dort betäubte sie ihn, zog ihn aus, fügte ihm den Halsschnitt zu, ähnlich wie es ihr der Großvater seinerzeit mit den Schweinen beigebracht hatte, obwohl man die durch einen gezielten Stich tötet.«

»Ich weiß. Mit demselben Ergebnis, dass sich das Blut

in einem Schwall ergießt und nicht die ganze Umgebung vollspritzt«, merkte Paul an.

»So ist es. Josefine ließ ihre Opfer ausbluten. Auch da war die Hemmschwelle nicht besonders groß. Dann nahm sie sich von ihnen, was ihr am besten gefiel. Im Fall von Markus Haselbacher waren es seine Wadeln. Um sie zu konservieren, hat sie diese geselcht. Wie die Hände in deiner Kongogeschichte. Und anschließend in Folie vakuumverschweißt.«

»Wie man Fleisch zerlegt und selcht, weiß sie wahrscheinlich von ihrem Vater, dem Fleischhauer.«

»Genau. Außerdem hat sie sich schon eine Weile vor dem ersten Mord mit Amputationen auseinandergesetzt. Vorerst einmal nur theoretisch. Im Internet findest du Videos, die Amputationen bis ins kleinste Detail zeigen. Josefine wollte die Gliedmaßen so präparieren, dass sie sich am Ende ihres mörderischen Projektes optimal zusammenfügen lassen.«

»Und Blasl hat ihr dabei geholfen?«

»Der ist erst nach dem Mord und der Amputation ins Spiel gekommen. Er hat ihr geholfen, die Leiche in den Wagen zu verfrachten, damit sie diese zum Parkplatz bringen konnte. Außerdem hat er hinter ihr aufgeräumt und die persönlichen Gegenstände aller Opfer entsorgt. Das Bargeld durfte er behalten, den Rest musste er verbrennen beziehungsweise im Brunnen versenken. Nur die Handys haben sie den Opfern gelassen, weil Josefine befürchtete, dass sie geortet werden könnten. Warum Blasl den Schlüsselanhänger des dritten Opfers behielt, weiß er selbst nicht. Christiane Reichelt meint, er hatte zu diesem Zeitpunkt den unbewussten Wunsch, entdeckt zu werden, damit das Morden ein Ende hat. Als es schließlich eng wurde, hat er ihn vor unseren Augen herausgerückt, um sein Unrecht vor Josefine einzugestehen. Schließlich hätte er den Schlüsselanhänger nicht an sich nehmen dürfen. Möglicherweise wollte er sie damit aber auch zu einem Geständnis bewegen. Das konnte oder wollte er uns bisher ebenso wenig beantworten.«

»Und wie hat es Josefine geschafft, ihr zweites Opfer unbemerkt aus dem Kulturhaus zu locken?«

»Sie ist Christian Maric zur Toilette gefolgt. Während des Konzerts hat sie sich in seine begnadeten Hände verliebt.«

»Hat sie das so gesagt?«

»So ähnlich.«

»Und der Bursche ist einfach so auf die Schnelle mit ihr mitgegangen?«

»Du weißt doch bestimmt aus den Medien, wie attraktiv Josefine ist. Bergmann war völlig aus dem Häuschen, als er sie zum ersten Mal gesehen hat.«

»Ich habe Bilder vom ›Todesengel‹ gesehen.« Wieder bezog sich Paul auf die Presse und den plakativen Titel, den ein Boulevardjournalist der geständigen Täterin verliehen hatte.

»Außerdem gab es Streit in der Band. Der Bassist hat Maric die Freundin ausgespannt, und er wollte das Trio fatal verlassen. Eine schöne Frau ist ihm da wohl gerade recht gekommen, um abzuhauen und den Ärger für eine Weile zu vergessen.«

»Da siehst du mal, wie gefährlich schneller Sex sein kann.«

»Dabei hatte der Ärmste noch nicht einmal Sex«, stellte Sandra klar. »Nachdem Josefine tat, was sie schon mit dem ersten Opfer getan hatte, bewahrte sie die verstümmelte Leiche erst einmal in einer Truhe im ehemaligen Schweinestall auf. Zwei Tage lang ergab sich keine Gelegenheit, den Leichnam unbemerkt loszuwerden. Als schließlich der Verwesungsgeruch einsetzte, musste sie kurzentschlossen handeln. Sie setzte ihn in den Rollstuhl ihres Großvaters, verhüllte ihn mit einer Decke und setzte ihm Opas Hut auf, um ihn zu Fuß in den nahen Wald zu bringen. Spuren des sichergestellten Hundekots, durch die einer der Reifen unterwegs rollte, konnte das Labor nachweisen.«

»Das dritte Opfer, Doktor Kropf, war auf Hausbesuch beim Großvater«, wusste Paul.

»Während Bergmann und ich im Hofladen nebenan die Verkäuferin einvernommen haben. Wenn das die Presse wüsste …«

»Von mir erfährt sie es bestimmt nicht.«

»Weiß ich doch. Jedenfalls musste Blasl das Auto sofort wegschaffen. Josefine war klar, dass es nicht lange dauern würde, bis nach dem auffälligen Landrover, der bei ihr am Hof stand, gefahndet werden würde. Wie schon die anderen beiden Taten hat sie auch diese allein begangen und die vermummte Leiche ein weiteres Mal nachts mit Opas Rollstuhl zum nahen Gemüsetunnel gebracht.«

Paul gähnte und trank den letzten Schluck Wein.

»Soll ich noch eine Flasche aufmachen? Oder möchtest du einen Espresso haben?«, fragte Sandra.

Paul sah auf die Uhr. »Nein, danke. Es ist schon spät. Wir sollten lieber schlafen gehen«, sagte er und stand auf.

Sie hätte ihn längst verführen sollen, anstatt ihm so ausführlich von diesem Fall zu erzählen, ärgerte sich Sandra. Wie sollte er bei einer solchen Geschichte auch in Stim-

mung kommen? Ihn jetzt noch auf Sex anzusprechen oder
gar anzufallen, empfand sie als unpassend.

»Was ist mit dir?« Paul streckte ihr die Hand entgegen.

Sandra zog sich an ihr hoch. Sein Blick irritierte sie.

»Tuletko kulta?«, flüsterte er.

Diesmal schmeckte sein Kuss nicht nach Abschied.

ENDE

Herzlichen Dank für die Unterstützung und/oder Inspiration:

Alexandra Monschein
Botschaft von Finnland, Wien
Claudia Senghaas
Diane Kopp
Familie Krispel
Hannes Rossbacher
Ilona Mayer-Zach
Johann Unger vulgo Urlmüller
Oskar Feifar
Markus Weinberger
Wolfgang Fischill

GLOSSAR DER ÖSTERREICHISCHEN
UND STEIRISCHEN AUSDRÜCKE

abposchen abhauen

anpatzen bekleckern

Asmonte, der würziger Hartkäse aus Österreich, der während der Reifezeit mit Leinöl behandelt wird; erinnert an Parmesan

ausfratscheln intensiv ausfragen

auszucken ausrasten

Breinwurst, die Steirische Kochwurstspezialität aus Schweinefleisch (Schweineköpfe und -bauch) unter Zusatz von Buchweizen, Rollgerste, Reis und/oder Hirse; wird in heißem Fett gebraten und meist mit Kraut und gerösteten Erdäpfeln (= Kartoffeln) serviert

Buschenschank, der Gastwirtschaft, in der Weinbauern zu bestimmten Öffnungszeiten die eigenen Produkte ausschenken und dazu Brettljausn mit Gselchtem (= geräuchertes Schweinefleisch), kaltem Schweinsbraten, Schinken, Selchwürsteln, Kren (= Meerrettich), Aufstrichen wie *Verhackert(s)* (s.u.) Brot und anderen *Schmankerln* (s.u.) meist auf einem Holzbrett servieren.

Germ, der Hefe

Grammeln, die Mz.; Speckgrieben

Grantscherbn, der schlecht gelaunter Mensch

Gspusi, das Affäre

Gstettn, die ungepflegtes bzw. ungenutztes Freiland

herstreuen hinfallen

Hirschbirne, die hier: Edelbrand aus Hirschbirnen (Birnensorte aus der Oststeiermark, Name abgeleitet von »Herscht« wie Herbst)

Holler, der Holunder
Isabella-Trauben rote robuste Direktträger-Rebsorte, aus der Saft gepresst und Wein gekeltert wird (im Burgenland *Uhudler* genannt)
Klachelsuppe, die Suppe aus Schweinefüßen
Klumpert, das Krempel
Kukuruz, der Mais
liegen gehen schlafen gehen
Marille, die Aprikose
Matura, die Abitur
Mischung, die mit Mineralwasser vermischte Getränke im Verhältnis 1:1
Muldn, die Mulde
No na (ned) sarkastischer Kommentar für na klar, selbstverständlich
Ogmochte Oa Mz., wörtlich: Angemachte Eier; lokale Spezialität aus früheren ärmeren Tagen: drei gekochte Eier werden mit Süßrahm, Zwiebeln, Kernöl, Salz und Pfeffer angemacht.
Paradeiser, der Tomate
Pfiat di (Gott) Verabschiedung; wörtlich: Behüte dich (Gott)
Pflegeregress, der Kinder und Eltern von Pflegepatienten, die in Pflegeheimen untergebracht sind, müssen sich mit einem gewissen Prozentsatz ihres Einkommens an den Kosten beteiligen, was es zuletzt nur noch in der Steiermark gab; abgeschafft mit 1. Juli 2014
Quetschn, die Ziehharmonika
Rauchkuchl, die Rauchküche; Raum in einem Bauernhaus, in dem Fleisch zum Haltbarmachen geräuchert wurde
Sackerl, das Tüte
Schaffel, das großer Behälter (zwischen Eimer und Fass)

Schas, der Furz

Schilcher, der Roséwein aus Blauen Wildbacher-Trauben aus dem weststeirischen Schilcherland

Schilchersekt Sekt aus Schilcherwein

Schmankerl, das Leckerbissen

Schneiztiachl, das Schnäuztuch = Taschentuch

selchen räuchern

Silberberg renommierte Weinbauschule in der Südsteiermark

stad still

Steirischer Backhendlsalat panierte, frittierte Hühnerstücke auf Blattsalaten, manchmal mit Käferbohnen, immer mit Kernöl serviert

Steirischer Junker Steirischer Jungwein, der traditionell erstmals am Mittwoch vor Martini (Martinstag am 11. November) ausgeschenkt werden darf

Sterznockerl, das kleine längliche Polentastücke

Stockerl, das Hocker, Schemel

Striezel, der geflochtener Zopf aus Hefeteig

Topfennockerl, das längliches Quarkklößchen; Süßspeise

überwuzelt sich im fortgeschrittenen Alter befinden

Ungustl, der unangenehmer Mensch

Verhackert(s), das Brotaufstrich aus Speck und Schweinefleisch

Vulgoname, der Haus- bzw. Hofname, mit dem auch die Bewohner benannt werden, obwohl der Nachname anders lautet

wacklert wackelig

Wappler, der Idiot

Wölli, der ungehobelter Mensch ohne Taktgefühl

Wuggerl, das Ferkel

zuagrast zugereist; von woanders zugezogen

LKA-Ermittler Sandra Mohr und Sascha Bergmann ermitteln:

GMEINER SPANNUNG

WWW.GMEINER-VERLAG.DE
Wir machen's spannend

Weitere Titel von Claudia Rossbacher:

Enter ermittelt
ISBN 978-3-8392-1371-1

Enter ermittelt in Wien
ISBN 978-3-8392-1877-8

Wer mordet schon in der Steiermark?
ISBN 978-3-8392-1775-7

SOKO Graz – Steiermark
ISBN 978-3-8392-2078-8

Hillarys Blut
ISBN 978-3-8392-2516-5

Drehschluss
ISBN 978-3-8392-2709-1

Griaß eich in der Steiermark
ISBN 978-3-8392-1365-0

GenussSpur Steiermark
ISBN 978-3-8392-2517-2

GMEINER SPANNUNG

WWW.GMEINER-VERLAG.DE
Wir machen's spannend

Susanne Kristek
Die nächste Depperte
Roman
300 Seiten, 13,5 x 21 cm,
Premium-Klappenbroschur
ISBN 978-3-8392-0404-7
€ 16,50 [D] / € 17,00 [A]

»Vermutlich ist es leichter, unbefleckt schwanger
zu werden, als einen Bestseller zu schreiben.«

Das beschwerliche Leben einer Frau, die es sich in den
Kopf gesetzt hat, Bestseller-Autorin zu werden und in
ihrem Eifer vor keiner durchgeknallten Idee zurück-
schreckt. Sie bedrängt den Pfarrer für eine Bespre-
chung im örtlichen Pfarrblatt, hält Lesungen vor Toten
und lässt sich von Hera Lind in Hausschuhen coachen.

Ein schwarzhumoriger, rasanter Roman
über die Höhen und Tiefen des Autoren-
lebens – satirisch & saukomisch!

GMEINER SPANNUNG

WWW.GMEINER-VERLAG.DE
Wir machen's spannend

Martina Parker
Aufblattelt
Gartenkrimi
458 Seiten, 13,5 x 21 cm,
Premium-Klappenbroschur
ISBN 978-3-8392-0326-2
€ 18,50 [D] / € 19,00 [A]

»Hast schon gehört?«

»Was meinst?«

»Na die Sache mit dem jungen Grafen.«

»Was ist mit dem? Jetzt sag schon.«

»Er heiratet ein Mädchen von hier. Isabella Kirnbauer.«

Jeder im Bezirk wusste, wer der Isabella ihr Vater war.
Der alte Säufer. Und ihre Großmutter – über die sprach
man besser gar nicht. Das ist ja wie in der »Neuen
Post«. Nur besser, weil man im Südburgenland ist
und die Leute persönlich kennt. Und dass dann die
Gegenbraut auf der Hochzeit Blut spuckend zusam-
menbricht, ist erst der Anfang der Katastrophe …

GMEINER SPANNUNG

WWW.GMEINER-VERLAG.DE
Wir machen's spannend

DIE NEUEN
Lieblingsplätze

ISBN 978-3-8392-0154-1
AM INN

ISBN 978-3-8392-2730-5
AUGSBURG UND BAYERISCH-SCHWABEN

ISBN 978-3-8392-0155-8
FÜNFSEENLAND

ISBN 978-3-8392-0158-9
HARZ

ISBN 978-3-8392-0160-2
mit Hund NORDSEEKÜSTE NIEDERSACHSEN

ISBN 978-3-8392-0159-6
LÜNEBURGER HEIDE

ISBN 978-3-8392-0161-9
NIEDERRHEIN

ISBN 978-3-8392-0163-3
OSTSEE MECKLENBURG-VORPOMMERN

ISBN 978-3-8392-0164-0
OSTSEE SCHLESWIG-HOLSTEIN

ISBN 978-3-8392-2626-1
SACHSEN

ISBN 978-3-8392-0156-5
für Senioren BODENSEE

ISBN 978-3-8392-0157-2
für Senioren NORDSEE SCHLESWIG-HOLSTEIN

ISBN 978-3-8392-0166-4
SÜDLICHE WEINSTRASSE UND PFÄLZERWALD

ISBN 978-3-8392-0166-4
SÜDTIROL

ISBN 978-3-8392-2838-8
USEDOM

ISBN 978-3-8392-0168-8
WIESBADEN RHEIN-TAUNUS RHEINGAU

GMEINER KULTUR

WWW.GMEINER-VERLAG.DE
Mensch, Kultur, Region